KEITAI
SHOUSETSU
BUNKO
野いちご　SINCE 2009

無自覚な誘惑。
～クールな不器用男子は溺愛希望～

＊ あ い ら ＊

JN032099

○ STARTS
スターツ出版株式会社

イラスト／古里こう

圧倒的な美貌をもつ魅惑のマドンナは――。
純情で一途な、恋愛初心者？
「先輩みたいな軽そうな女、俺嫌いなんですよ」

《 花染 静香 》

魅惑の容姿をもつ校内一の美女。
見た目のせいで悪い噂が絶えないが
本当は純粋一途でずっと和泉に片想いしている。

×

《 和泉 悠 》

サッカー部のエースで学年1のモテ男。
極度の女嫌いで
派手な噂が多い静香を嫌っている。

「俺は騙されませんから……」

好きなのはあなただけなのに。
信じてもらえない、かな……？

「無自覚に誘惑すんの、ほんとやめてください。
今すぐ押し倒しますよ？」

無自覚な誘惑。

クールな不器用男子は溺愛希望

登場人物

ヒロイン

花染静香（はなぞめしずか）

圧倒的な美貌をもつ校内一のマドンナ的存在で、成績優秀な高校2年生。魅惑的で大人っぽい印象のせいで悪い噂が絶えないけれど、実は内気でピュアな性格。恋愛にもうとく、年下の悠に一途に片想いしている。

ヒーロー

和泉悠（いずみゆう）

高校1年生にしてサッカー部のエース。イケメンでクールで女子からも人気だけど、母親との関係から極度の女嫌いに。派手な噂が多い静香とは関わらないようにしていたけれど、静香のことが気になっていて…。

松井リナ
まつい りな

静香のクラスメイトで一番の親友。明るい性格でハキハキした姉御肌。いつも静香の味方で恋の行方を見守っている。

柴原健太
しばはらけんた

悠のクラスメイトでサッカー部のマネージャー。愛嬌たっぷりな性格。サッカー部の合宿では静香の頼れる存在。

佐倉奏汰
さくらそうた

高校3年生。サッカー部のキャプテンで校内一のモテ男子。容姿端麗で優しい性格。静香をサッカー部合宿の臨時マネージャーに誘う。

contents

プロローグ

　私は、自分の見た目が大嫌い。

　くせっ毛のウェーブの髪も、厚い唇も、無駄に膨らんだ胸も、必要のない泣きぼくろも、このたれ目も……全部、全部嫌い。

「なあ、見ろよ静香先輩。マジで色気やばくね？」

「俺らには刺激強すぎるよな～」

「１回でいいから、遊んでくれないかな～」

「無理だって。お金持ちの愛人がいるって噂だし」

　図書委員として、受付をしている最中。

　……聞こえてるん、だけどな……。

　遠目から私のことを見ている男の子たちの会話が耳に入って、胸が痛む。

　自分が周りになんて言われているのかは知っているけど、直接話を聞くのは、やっぱり良い気はしない。

　彼らの目に私がどう映っているのかと考えると、怖かった。

　今すぐここから逃げ出したいけど、委員としての役割があるから、仕事を投げ出すわけにもいかない。

　ああ、早く彼らの会話が収まりますように……。

「なあ、お前試しに連絡先聞いてみろよ」

「は？　無理だって、相手にされねーって」

「じゃあ話しかけるだけでもいいからさ！」

　私の願いも空しく、そんな会話をしながら少しずつ近づいてくる男の子たち。

　……嫌、来ないでっ……。

　スカートの裾を、ぎゅっと握った時だった。

「──だまれ」

　図書室に響いた、低い声。

「ここ図書室な。気持ち悪い理由で居座ってんじゃねーよ」

　彼が、どういうつもりでそう言ったのかはわからない。

　読書を邪魔されるのが嫌だったのかもしれないし、騒がしくされることが迷惑だったのかもしれない。

　きっと、私を助けるつもりなんて、彼には微塵もなかったんだろうけど──この時私の瞳に、彼がヒーローのように映ったんだ。

　そして、見つめるだけの恋が始まった。

☆
☆ ☆
☆ ☆

《第1章》
好きな人

一目惚れ

　朝。早く学校に来て、花壇の水やりをする。

　それが、毎日の日課だった。

　誰よりも早く教室について、花瓶の水を入れ替えて。そして、お気に入りの小説を読む。

　私の、何気ない幸せな日常。

「静香ー！」

　私の名前を呼ぶ声が聞こえて、現実世界へと呼び戻された。

　小説から視線を声の主に移すと、いつの間にか人が増えた教室が目に入る。

「あ……おはよう、リナちゃん」

「まーた読書に没頭してたの？　ほんと、小説なんて読んで何が楽しいのよ」

「え？　すごく面白いよ？　今読んでるのはミステリー小説なんだけど、恋愛のエピソードもたくさん入ってて読みやすいと思うから、リナちゃんも読む？」

「無理。あたし活字ダメなの」

　そう言って私の隣の席に座ったのは、親友の松井リナちゃん。

　高校に入ってから、ずっと同じクラスで、一番仲良くさせてもらっている女の子。

　私とは違って、明るくて、ハキハキとしていて、とって

も頼りになる私にとっての親友。

「リナちゃんは朝から元気いっぱいだね」

「なに？　うるさいって言いたいの？」

「ううん。太陽みたいだなって思って」

「……あんた、ほんと人たらしよね」

　人たらし……？

　リナちゃんの言葉の意味がわからなくて、首を傾げた。

「くっ……何よ首なんか傾げちゃって……ほんと可愛いわ
ねッ……」

「……？」

　ますます意味がわからなくて、頭上に並ぶはてなマーク
が増えていく。

「見た目とのギャップがすごいわ……」

「ギャップ？」

　私が……？

「そうよ。こーんな色気ムンムンの見た目なのに、中身天
然記念物ってわけわかんない !!　可愛いの暴力 !!!! 」

「リ、リナちゃん……？」

　なぜか頭を抱え始めたリナちゃんに、恐る恐る手を伸ば
して背中をさすった。

　朝ごはんに、なにか悪いものを食べてしまったのかもし
れないっ……。

　何度か背中をさすった時、運動場のほうから女の子たち
の黄色い声が聞こえた。

　……あっ……。

　その原因に心当たりがある私は、反射的にそちらを見る。

　遠くてはっきりとは見えないけれど、すぐにわかった。

　……和泉、くん……。

　女の子たちの視線を集めていたのは、運動場でサッカーをしている和泉くん。

　私の……。

「なーに、また和泉が騒がれてんの？　気になる？」

「リ、リナちゃんっ……」

「真っ赤になっちゃって……そんなに好きならアタックすればいいじゃない」

　──好きな、人。

　「ふふふ」と不敵な笑みを浮かべるリナちゃんにからかわれ、顔が熱くてたまらなくなる。

「そんなの、できないよ……」

「なんでよ、あいつ今彼女いないし、チャンスだよ？」

　見てるだけで、十分。

　和泉くんはサッカー部の１年生で、女の子からとても人気のある人。

　サッカーも上手くて、クールでかっこいいと、女の子たちが話しているのを聞いたことがある。

　私なんか、きっと相手にされない。

　それに……。

「見てるだけで胸がいっぱいなのに……直接話したりしたら……私、どうにかなっちゃうと思う……」

　こうして遠くから見ているだけで、精一杯。

恥ずかしくて、隠すように両手で顔を覆った。

「……あんたがこんなピュアっ子だって知ったら、校内の男が放っておかないでしょうね」

「……え？」

「あー、じれったい！　ね、放課後見にきなよ、サッカー部！」

「で、できないよそんなこと……」

　私の返事に、リナちゃんは「ちぇっ」と残念そうに唇を尖らせた。

　ちなみに、リナちゃんは和泉くんと知り合いだ。

　リナちゃんは、サッカー部のマネージャーをしているから。

　部内に彼氏がいて、1年生の頃から毎日頑張っている。

「別に部活見学くらいいいじゃない。もうじれったくて見てられないのよあたし」

「ほ、ほんとに、私は見てるだけでいいのっ……それに、今日は図書委員の仕事があるから……」

　申し訳ないけど、その厚意だけ受け取らせてもらって、私は熱い頬を冷ますように手でパタパタとあおいだ。

　でも、少しだけ羨ましい。

　和泉くんがサッカーをしている姿を見ることができるなんて……。きっと、部活の時の和泉くんも、すごくかっこいいんだろうなぁ……。

「……あ！　そういえば誘っといてだけど今日部活休みだったわ！　忘れてた！」

　そんなことを考えている私の耳に、リナちゃんのこぼした独り言が届くことはなかった。

　放課後の図書室は、とても静かだ。

　図書委員の仕事は、受付と貸し出しカードの管理。

　……と言っても、利用者は1日数人しかいないから、基本的に本を読んで過ごしている。

　昨日から読んでいた小説を読み終えて、パタリと本を閉じた。

　すっごく感動したなぁ……。

　こぼれ落ちそうになった涙を拭って、私は余韻に浸った。

　王道のラブストーリーものかと思ったけれど、文章や表現がとても綺麗で、何より主人公の女の子がとてもかっこよかった。

　正義感に溢れていて、思ったことをはっきり口にして、信念を曲げなくて……私もこの主人公みたいに、自立心のある女性になれたらなぁ……。

　行動力があって、積極的な女の子だったら、もっと和泉くんに、近づけたのかな……。

　……って、見てるだけで満足って、言ったのにっ……。

　自分の発想に恥ずかしくなって、髪をいじった。

　恋は、小説の中だけでいい……。

　自分が誰かと付き合ったりする未来なんて、全然見えない。

　……次に読む小説、探そう……。

　ネガティブな思考を打ち消そうと思って、立ち上がった。

　図書室の棚を見ながら、興味をひかれる小説を探す。

　……あっ。

　さっき読んでいた小説の作者さんの、別の作品を見つけて立ち止まる。

　これ、読んでみたいな……でも、一番上の棚だ……脚立取ってこなきゃ。

　……んー、重たい……。

　奥にある脚立をなかば引きずりながら運んで、なんとか目当ての場所に設置した。

　ひとつひとつ気をつけながらのぼって、小説に手を伸ばす。

　裏に書いてあるあらすじを見て、読みたい気持ちが高まった。

　そして、脚立から降りようとした時だった。

　バタンッと図書室の扉が開いた音がして、そちらに視線を向ける。

　……え？

　……どう、して……？

　和泉くんが、いるの……？

「……あ」

　こちらを向いた和泉くんと目が合って、彼が声を漏らした。

　私を見て、なぜか和泉くんも驚いたような表情を浮かべている。

「えっ……と、あっ……」

　頭が混乱して、パニックに陥（おち）った時、足が滑ってしまった。

　落、ちる……っ。

　そう瞬時に理解した私は、痛みに備えて目をきつくつむった。

　その時、ぎゅっと抱きしめられる感覚に襲われる。

「……っ、ぶね」

　……え？

　ど、どうして、私……和泉くんに、抱きしめられてるの……。

「あ、あの……っ……」

　うまく声が出なくて、ただすぐ近くにある和泉くんの顔を見つめる。

　落ちた私を受け止めてくれた和泉くんは、迷惑そうにため息をついた。

　温かい腕の中で、思考が、完全に停止する。

「ご、めんなさ……」

　嫌そうな顔をして私を見つめている和泉くんに気づいて、慌てて彼から離れた。

　当たり、前だ。

　和泉くんの前でこんなドジをしてしまうなんて……最悪だ……。

　私と和泉くんとの間に、気まずい沈黙が流れる。

「……大丈夫、ですか？」

　それを破ったのは、和泉くんの、低い声だった。

　ど、どうしよう……こんなに近くに、和泉くんがいるなんて……っ。

　顔が熱くって、きっと今、情けないくらい赤くなっているにちがいない。

「は、はいっ……ごめんなさい、助けてくれて、ありがとう、ございます……」

　頭を下げて、お礼を言った。

　心臓が異常なくらい速く鼓動を打っている。

「……怪我がないなら、よかったです」

　和泉くんはそう言って、図書室の奥へと歩いていった。

　……はぁっ……。

　聞こえないように、大きく息を吐いて吸い込む。

　事故とはいえ、和泉くんに、触れてしまった……。もう、心臓がどうにかなっちゃいそう……。

　一体何を借りにきたのか、こっそり和泉くんのほうを見ると、熱心に本を吟味していた。

　……あ、あれ？

　そういえば、和泉くん部活は……？

　リナちゃん、今日あるって言ってたと思うけど……どうしてここにいるんだろう。

　和泉くんが、サボるような人にも見えないし……。

　……あっ、そんなこと考えてる場合じゃない……！

　利用者が来たんだから、受付に戻らなきゃ……！

　先に脚立を戻さないと思い、畳んで持ち上げる。

　お、もい……。

　持ってきた時と同様に、引きずりながら元あった場所へ
持っていく。

　その途中で、本棚にぶつかってしまったらしく、嫌な音
が響いた。

　あっ……。

　反動で、上の棚にあった本が落ちてくる。

　今度こそダメだと思い、ぎゅっと目をつむったけれどま
たしても、衝撃が来ることはなく、恐る恐る目を開ける。

　……っ。

　私の視界に、身を挺してかばってくれた和泉くんの姿が
映った。

「……い、ずみ、くん……」

「……どうして、俺の名前知ってるんですか？」

　眉をひそめた和泉くんに、どきりとする。

　そ、れは……って、それどころじゃない……。

「ごめんなさい、私……！」

「案外ドジなんですね……って、もしかして計算ですか？」

「え？」

「……いや、何にもありません」

　計算、って、言った？

　……何のだろう？

　不思議に思って和泉くんを見つめると、その首から、少
し血が出ているのが見えた。

　落ちてきた本で切れたんだと思う。

　　……大変……！

「あ、あの、怪我してますっ……」

「え？」

「首の、ところ……！」

「……ああ、別に平気です。痛くもないですし」

「で、でも……」

「平気ですってば、放っておいてください」

　　突き放すような言い方に、胸がチクリと痛む。

　　……自業自得、だ……。

　　何回もこんな……助けてもらうようなヘマをして……。

　　きっと、嫌われた……。

　　そう考えるだけで、視界が滲んだ。

「……ちゃっちゃと片付けましょう」

「あ……！　置いといてください……私、ひとりでするので……！」

　　これ以上迷惑はかけられない。

　　涙を堪えて、落としてしまった本を拾った。

「上のほうは届かないでしょう。またドジされても困るんで」

　　……和泉くん……。

　　声色は素っ気ないものだったけれど、黙って棚に本をしまってくれる和泉くん。

　　やっぱり、優しいな……。

　　やっぱり──好き、だなぁ……。

　　なんて、和泉くんにとっては迷惑極まりないだろう気持

ちを再確認して、私も本を片付ける。

「……それじゃあ、俺もう行きます」

　しまい終わったと同時に、図書室から出ていこうとした和泉くんの手を、咄嗟に掴んだ。

「……っ。……なんですか？　離してください」

「ま、待ってください……少し、ここに座っててください」

「……は？」

　怪訝そうに私を見る和泉くんの返事も聞かずに、カウンターへ戻った。

　カバンの中から絆創膏を取って、和泉くんの元に戻る。

「絆創膏だけでも貼らせてください」

「ちょっ……！」

　身をよじって後ろへ下がる和泉くんに負けじと、私はその首に手を伸ばした。

　怪我をさせてしまったまま、帰せない……。

　そっと絆創膏を貼って、首に馴染ませた。

「……はい、これで大丈夫です」

「……」

「助けてくださって、ありがとうございました……」

　ちゃんと目を見てお礼を言って、頭を下げた。

　これ以上見つめちゃったら目がどうにかなってしまいそうな気がして、視線を逸らす。

　なぜか黙り込んでしまった和泉くんは、ゆっくりと立ち上がって、私を見下ろした。

「……やっぱり慣れてますね、こういうの」

　図書室に響いた、和泉くんの低すぎる声。

　……え？

　和泉くんのほうを見ると、私のことを軽蔑するような目で見ていた。

　その目が怖くて、思わず一歩後ずさる。

「誰にでもこういうことするんですか？　計算も、ここまでいくと詐欺でしょ？」

　和泉、くん……？

「……あの、どういう、意味ですか？」

　言われている言葉の意味が理解できなくて、首をかしげる。

　和泉くんは、ますます眉間のシワを寄せて、吐き出すように言った。

「そうやって男たぶらかして、楽しいですか？」

「たぶら、かす？」

「何とぼけてるんですか？　……ほんと、虫唾が走る」

　……っ。

　意味はわからなくても、向けられている嫌悪感ははっきりと感じた。

　さっき堪えたはずの涙が、視界を歪ませる。

「そんな顔したって、俺は騙されませんから」

　騙す、って……？

　混乱している私の耳に、入ったのは……。

「先輩みたいな軽そうな女、俺嫌いなんですよ」

　はっきりとした拒絶を示す、和泉くんの言葉だった。

「……え？」

　き、らい……？

「それじゃあ、もう関わることもないと思いますけど」

　私に背を向けて、和泉くんが立ち去ってしまう。

　ドアが閉まる音が響いて、彼が図書室から出ていってしまったことを教えてくれた。

　……嫌い……って、私のこと……。

　好かれる自信は毛頭なかったけれど、あそこまではっきり、嫌いと断言されてしまった。

　告白したわけではないけれど、これは完全に……失恋したって、ことだ。

　耐えきれずにこぼれた涙が、頬を伝って床に落ちていく。

　初めての恋。

　初めての……失恋。

　その場から動けなくて、でも体に力が入らなくて、しゃがみ込んで膝を抱える。

　和泉くんに言われた『嫌い』という言葉が何度も頭の中でくり返されて、この場から消えてしまいたくなった。

「……っ、ぅっ」

　どうしよう……。

　涙、止まらないっ……。

　一目惚れ、だった。

　図書室で始まった恋が、図書室で散った。

　利用者が誰もいなくて、よかった……。

　こんなところ見られたら、情けない……。

　　まだ涙が止まりそうに無いから、誰も来ませんように……。

　　──ガラガラガラ。

「……あれ？」

　　……え？

　　慌てて顔を上げると、そこにはひとりの男子生徒の姿。

　　綺麗な顔をしたその人は、私を見て目を見開いていた。

「……えっと……大丈、夫？」

　　ゆっくりとこちらに近づいてくる彼に、慌てて立ち上がる。

　　私は顔を見られないように手で隠して、彼に背を向けた。

「す、すみません……大丈夫です」

　　ゴシゴシと目を擦って、涙を拭った。

「ちょっと、そんな目擦ったらダメだよ」

「えっ……」

「ほら、こっち向いて」

　　腕を掴まれて手の動きを封じられたと思ったら、彼が制服のポケットから取り出したハンカチを私の頬に当ててくれた。

　　反射的にそれを受け取って、彼のほうを見つめる。

「目、腫れちゃったら綺麗な顔が台無しでしょ？」

　　ふわりと微笑んだ彼に、美しいと思った。

　　綺麗な顔をしているというのもあるけれど、そうじゃなくて……彼の放つ、オーラみたいなものが。

　　それにしても……なんて親切な人……。

「すみません……ありがとうございます」

　私の涙で濡れたハンカチを返すわけにもいかず、一旦受け取って頭を下げる。

「ううん、こちらこそごめんね。タイミング悪く入ってきちゃって」

「いえ……あの、私のことはお気になさらず、どうぞ図書室を利用してください」

「……うーん、気にしないのは無理かな……」

「……え？」

「だって、ひとりで泣いてたんでしょう？　何か嫌なことでもあった？」

　私の頭にそっと手を置いて、顔を覗き込んでくる彼。

「俺でよかったら話聞くけど……」

　なんて、親切なことを言ってくれて、胸の奥が温かくなった。

　本当に、優しい人……。

　胸の苦しみが消えたわけではないけれど、さっきまでの張り裂けそうなほどの痛みが少し和らいだ。

　自然と頬が緩んで、彼に笑顔を向ける。

「心配してくださってありがとうございます……。その言葉だけで元気が出ました」

　……うん、うじうじしてちゃダメだ。

　元から、叶うことのない恋だったんだから、遅かれ早かれ失恋することは決まってた。

　それに、少し話せただけでも……幸せだった。

　和泉くんへの気持ちはすぐに消えそうにはないけれど、早く諦めよう。

　大丈夫……接点もないから、忘れられるはずだもん。

「……へぇ」

　そんなことを思っていた私に、彼がなぜか物珍しそうな視線を向けてきた。

「なんか、噂と随分違う子だね」

「……噂？」

「魅惑のマドンナ花染静香ちゃん、でしょ？」

　……え？

「み、魅惑……？　マドンナって……違いますっ……！　な、名前は、合ってます」

　一体何を言いだすんだろう……。

　目の前の綺麗な人から出てきた驚愕の言葉に、慌てて否定の言葉を述べた。

　けれど、彼はなぜかツボに入っているようで、くすくすと笑っている。

「ふふっ、なんか面白い。近づいたら毒牙にかかるとか百戦錬磨とか聞いてたのに……むしろ真逆みたい」

「あ、あの、さっきから何を……？」

「ううん、こっちの話。涙、止まったみたいでよかった」

　あっ……。

　彼の言葉に、いつの間にかすっかり涙が止まっていたことに気がついた。

　……彼の、おかげだ。

　きっとひとりだったら、今頃ずっと泣きながら、うじう
じしていたに違いない。

　名前、なんていうんだろう……。

　お世話になった彼にお礼がしたいけれど、名前がわから
ない。

「あの……お名前、伺（うかが）ってもいいですか……？」

　恐る恐る尋（たず）ねると、なぜか彼は、「え？」と驚いたよう
な声を出した。

「……あ、俺のこと、知らない？って、なんかナルシスト
みたいだな。ごめん名前聞かれることとかなかったから
ビックリしちゃって」

　名前を聞かれることがない……？

　こんなに容姿端麗（たんれい）な人だから、モテそうなのに……。

「俺、佐倉奏汰（さくらかなた）。3年」

　3年生……先輩……！

「あっ……私、2年の花染静香です……！」

　私も挨拶しなくちゃと思って頭を下げると、またしても
彼……佐倉先輩は、おかしそうに笑った。

「ふふっ、知ってるって。さっき言ったじゃん。静香ちゃ
ん有名人だから」

「……わ、私がですか……？」

「うん。モテモテでしょ？」

　……え？

「そ、そんなことないです……！　私なんて……」

　今まで生きてきて、モテたことなんて一度もない……。

　それに、モテるっていうのは、先輩のような人を指す言葉で……。私の場合は、有名だとしても、それは良い意味のほうじゃないだろうから。

「遊んでそうって、言われてるだけですよきっと……」

　自分の噂は、少しくらい知っていた。

　すべて、この見た目のせい。

　昔から、男の子にも女の子にも好奇な目で見られた。

　私はどうやら、遊んでいるように見えるらしく、誰かの愛人になっているという噂も出回ったことがあるほど。

　見た目が派手と思われてしまうようで、勘違いされることが多かったんだ……。

　でも、自分では派手にならないように、これでも努力しているつもりだった。

　制服は少しも気崩さず、校則を守って着用しているし、メイクも一切していない。強いていうならリップくらいのもの。

　髪の毛も、縮毛矯正をしたこともあったけれど、生まれつきの癖っ毛は直らなかった。

　頑張っても、きっとこの見た目は一生私につきまとうんだ。

　私……男の子と付き合ったことも、手を繋いだこともないのに……。

　和泉くんだって……きっと私の噂、知ってたんだろうな。

　私のこと、『軽そう』って言ってたから。

　言われてすぐは理解できなかったけど、きっと遊んでそ

うって言葉と、同じ意味だったんだろうな……。

　あの、軽蔑の視線……。思い出すと、胸が酷く痛んだ。

　きっと先輩も私のこと……軽い女だって、思っているかな……。

　仕方ない、よね。

　誤解されたって……。

「でも、その噂違うんでしょ？」

　……え？

「どうして……？」

　知ってるん、ですか？

「いや、全然違うでしょ」

　若干笑みすら浮かべている先輩に、目をまん丸と見開いた。

　驚いた。

　だって、そんなふうに言ってくれた人は、今までリナちゃんだけだったから……。

「見てたらわかる。静香ちゃんすごい良い子っぽいし。最初は計算かなって思ったけど、まあ、この子になら騙されても良いかなって思うくらいには魅力的だね」

　私の顔をまじまじと見て、にこりと微笑んだ佐倉先輩。

　ええっと……騙されるとか聞こえたけど……一応、褒めてくれてるの、かな？

「……あ、あの、ありがとう、ございます……？」

　なんだかはっきりと理解できず、疑問形になってしまった私に、相変わらず先輩は笑っている。

「ふっ、ほんと面白いね、静香ちゃん」

「……？」

「ふふっ。ね、連絡先教えてよ。俺、静香ちゃんと仲良くなりたい」

　嬉しかった。

　友達が多いほうではないから、私なんかと仲良くしたいと言ってくれる、佐倉先輩の気持ちが。

　でも……。

「……ごめんなさい、私、スマートフォンを持ってなくて……」

「……え？　ほんと？」

　佐倉先輩は、これでもかと目を見開いて、私を見た。

　スマートフォン、そろそろ持たないといけないかなって思ってるんだけど、私の家では18歳の誕生日に、買ってもらえることになっている。

　だから、連絡先の交換というのが、できないんだ。

　申し訳なくて恐る恐る先輩を見つめると、珍しいものを見るような視線を私に向けていた。

「断る口実ってわけじゃ、なさそうだね」

「……？」

「……ふっ、やばい、俺すごい面白い子見つけちゃったかも」

　……また、笑ってる。

　佐倉先輩は、笑いのツボがおかしい人なのかな……？

「えっと、あの……？」

「ふふっ、ごめんね。えっと、それじゃあ今度、部活休み

の日に遊ぼうよ」

「それは、是非……」

　断る理由もない、かな……？

「約束ね？　それじゃあ、俺ちょっと人探ししてるから、今日はもう行くよ」

「はい。佐倉先輩、本当にありがとうございました！」

「どういたしまして。また明日」

　ひらひらと手を振って、笑顔を残して先輩は去っていった。

　ほんと、良い人だったなぁ……。

　……あっ、そういえばハンカチ……！

　手に持ったままのハンカチの存在に気づいて、ため息をついた。

　返すの、忘れちゃった……。でも、私の涙で濡れたハンカチを返すのも、失礼かな……うん。

　洗濯して、また返しにいこう……！

　って、クラスを聞くのも、忘れちゃったな……。

「明日、リナちゃんに聞いてみよう」

　リナちゃんは友達が多いから、知ってるかもしれない。

　先輩のハンカチを畳んで、カバンに入れる。

　一瞬、脳裏に和泉くんの姿が浮かんだけれど、それをかき消すように、私は首を振った。

失恋

「静香、おはよ！」

「おはよう、リナちゃん」

　本をパタリと閉じ、リナちゃんに笑顔を向ける。

　そんな私を見ながら、リナちゃんはギョッと目を見開かせた。

「あ、あんた、どうしたのよその目。腫れすぎじゃない？」

　……う、やっぱり気づかれた……。

「え、えっと……」

「なに？　また映画でも観て泣いたの？」

　そう言って鼻で笑うリナちゃんに、苦笑いを返す。

　昨日あれから、図書委員の仕事が終わって家に帰った。

　帰り道、和泉くんの言葉を思い出して、涙がこぼれてきて、お風呂に入っている時も、夜寝る直前も……情けない話、ずっと涙が止まらなかった。

　結果、朝起きて鏡で自分の顔を見て、変な声が出るほど目が腫れていたんだ。

　時間が経って引いてくれたらいいけど……。

「ちょっとだけ、いろいろあって……」

「……いろいろ？」

　眉間にシワを寄せ、怖い顔をしたリナちゃん。

「なに？　言ってみなさい？」

　詰め寄るように至近距離で見つめられ、困ってしまう。

　ど、どうしよう……なにから話せば、いいんだろうっ。
　ていうより、和泉くんのことは、話さないほうがいいかな……？
　リナちゃんは、サッカー部のマネージャーでもあるんだし……。
「……」
「あたしに隠しごとできると思ってるの？」
　なんて言おうと考え黙り込んだ私に、リナちゃんの鋭いひと言が届く。
　うっ……。
「簡潔に、言うと……失恋したの……」
「……は？」
　正直に白状した私。
　リナちゃんは、ぽかんと口を開け、まん丸と見開かれた瞳に私を映した。
「待って、なに言ってんの？」
「きっぱり嫌いって、言われちゃった……」
「……は？　和泉に？」
　その質問に、一度だけ首を縦に振る。
「ちょっと来なさい！！！！」
　リナちゃんは私の手を掴んで、教室の外へ連れ出した。

「ここなら平気、絶対誰も来ないから」
　そう言って連れてこられたのは、なんとサッカー部の部室だった。

　私はキョロキョロと辺りを見渡し、肩身の狭さに身を縮める。

「えっ、だ、大丈夫？　部外者の私が入っても……」

「へーきへーき、ほら、ここ座って」

　ほ、ほんとに平気、かな……？

　ここは、サッカー部の場所であって、和泉くんの、テリトリーのようなところで……だから私が、ここに入ってはいけない気がしてたまらなかった。

「……で」

　リナちゃんは、私を向き合うように座らせて、口を開く。

「どういうこと!?　なにが起きたのよ!?　ねぇ!!」

「お、落ち着いてリナちゃん……っ」

「落ち着けるわけないじゃない!!　とにかく話しなさいよ!!」

　随分と興奮しているリナちゃんをひとまず落ち着かせて、私は昨日の出来事を話すことにした。

「昨日、図書室に和泉くんが来たの。部活のはずだからどうして来たんだろうって、思ったんだけど……」

「あ、そうなのよ。実は忘れてたんだけど昨日部活休みで、代わりに合宿のこと話し合いがてらご飯に行こうってことになって……」

　あ、そうだったんだ。

　だから、昨日……。

「なのに和泉のやつ完全に休みだと思ってたらしくて部室に来なくてさ。靴箱見たらまだ下足があったから、みんな

で校内探し回ったのよ。あいつ一応レギュラーだし。それ
にしても、図書室にいたのね」

　リナちゃんは納得したような表情をしたあと、なぜか顔
を曇らせた。

「そういえば、あいつ昨日様子が……」

　……？

　何か言っているリナちゃんに首を傾げると、私の視線に
気づいたのかすぐに顔を上げた。

「ごめんごめん、話逸れたわね。で??」

　目をカッと開きながら私を見つめるリナちゃんに、私は
図書室で起きた出来事をありのままに話す。

　和泉くんが来て、脚立から落ちそうになった私を助けて
くれて、また助けられて、そのあと怪我に気づいて、絆創
膏を貼って……。

「和泉くん、私みたいな軽そうな女は嫌いだって……もう
関わることもないだろうって、言われたの……」

　昨日あれだけ泣いたのに、まだ涙は枯れ果ててはいない
のかな。

　じわりとこぼれたものが、視界を歪める。

「もう完全に、フラられ、ちゃった……えへへ……」

　リナちゃんに心配をかけたくなくて、精一杯の笑顔を作
る。

　そんな私を見るリナちゃんの瞳に、一瞬殺意が滲んで見
えた。

「……あのクソ生意気許さない」

「え？」

「もうやめなさいあんな男‼　噂なんて鵜呑みにするような男、あんたにはふさわしくないわ‼　ほんとガキ！クズ！　カスよ‼‼」

　リ、リナちゃんっ……？

「ちょ、ちょっと落ち着いて、リナちゃん……！」

「あー、あいつの顔思い出したら腹が立ってきた……！」

　本当に激怒している様子のリナちゃんは、歯を食いしばりながら拳を握っている。

　やっぱり、和泉くんとリナちゃんの関係に支障が出てしまうようなこと、言わないほうがよかったかな……と、申し訳なくなった。

「で、でも、嫌われても仕方ないよ……私、見た目こんなだし……」

　和泉くんは、何も悪くない……。

「軽そうっていうのも、きっと遊んでそうって意味だったのかなって……よく言われてるから、和泉くんも何か聞いてたのかもしれない……」

　誤解されるような見た目をしてる、私が悪いんだ。

　それに何か、昨日の和泉くんの気にさわるようなことをしたのかもしれないし、それで不快な思いをさせてしまった可能性もある。

　何にせよ、きっと私は和泉くんに近づいていい人間じゃなかったんだ……。

「静香」

　リナちゃんが、ガシリと私の肩を掴んだ。

　真剣な眼差しで見つめられ、頭の上にはてなマークが並ぶ。

　リナちゃん……？

「いーい、あんたはね、最高に良い女なのよ」

　……っ。

「人の噂なんかに流されるような男に、傷つけられる必要ないの。もっと自信をもちなさい。あんたと出会うまで女友達なんか要らないって思ってたあたしがここまで言うんだから、絶対よ。静香ほど優しくて、信頼できる人間、いないんだから」

　私は……なんて素敵な友達に、恵まれたんだろう……。

　私なんかのために、ここまで言ってくれる友達がいるなんて……。

「リナちゃん……」

　瞳いっぱいに溢れる涙。私は思わず、リナちゃんに抱きついた。

「私もっ……リナちゃんが大好きっ……ありがとう……」

「よしよし、好きなだけあたしの胸で泣くといい。このまな板に顔をうずめて泣きなさい」

　謎の言葉を残し、私の頭を撫でてくれるリナちゃん。

　失恋してしまったけど、こんなに素敵な友達に支えられているんだと、再確認させてもらえた気がした。

　もう、うじうじしない……。和泉くんのことも、ちゃんと……。この恋心に、蓋をする。

「ごめんね……ありがとう、もう大丈夫っ」

　ハンカチで涙を拭って、リナちゃんに心からの笑顔を向けた。

「そう？　辛い時は、ちゃんと言うのよ」

「うんっ……！」

「それじゃあ、教室戻りましょ」

　笑顔を浮かべるリナちゃんに深く頷いて、サッカー部の部室を出た。

　ハンカチをポケットにしまう時、私はあることを思い出す。

「あっ……そうだっ。リナちゃん佐倉先輩って知ってる？」

　昨日、ハンカチを貸してくれた佐倉先輩。

　今日は洗濯中だから、明日返しにいきたいけど、まだクラスを知らないままだった。

　リナちゃんは、私の質問に眉をひそめ、こちらを見ている。

「……は？　なに言ってんの？」

「やっぱり、わからないよね……３年生って言ってたから、怖いけど、クラス探してみようかな……」

　佐倉先輩は目立ちそうだから、きっとすぐに見つかるはず……！

「いやいやいや、あんた本気？　佐倉先輩知らないの？」

「え？」

　何やら驚きを隠せない様子のリナちゃんは、そう言って頭を抱える仕草をした。

「……あり得ない。この高校で佐倉先輩知らない女子がいるなんて……あんた本当和泉しか見てなかったのね……」

　佐倉先輩って、そんなにも有名な人なの……？

　あんな容姿端麗な人、滅多に見ないから、女の子からモテているだろうなとは思っていたけど……。

「サッカー部のキャプテンよ、佐倉先輩」

「えっ！　そうなんだ……！」

　まさかの、サッカー部……。

　和泉くんといい、サッカー部は人気者の集まりなんだなぁ……。

「ていうか、校内じゃダンっとつ一番のモテ男ね。他校にもファンがいるし、女子はみんなあの人の彼女の座を狙ってるわ……！」

　拳を握りしめ力説してくれるリナちゃんに、苦笑いを返す。

「そ、そんなにすごい人だったんだね……」

　でも、いい人だったもんな……人気があるのも頷ける。

　うんうんと首を縦に振る私の顔を、リナちゃんが覗き込んでくる。

「ていうか、どうして急に佐倉先輩？」

　そういえば……、尋ねた主旨を忘れてしまっていたことを思い出し、慌てて口を開く。

「昨日ね、図書室で泣いてたら、佐倉先輩が入ってきたの。それでね、慰めてくれて……」

「え……？　佐倉先輩が……？」

　なぜかとても驚いているリナちゃんを不思議に思いながらも、話を続ける。

「私の噂、否定してくれたの。見てたらわかるって、言ってくれた。すごくいい人だった……！」

　思い出したら心が温かくなって、胸に手を当てた。

「あの人、そんな優しかったっけ……？」

　……？

　先ほどよりも驚いているリナちゃんに、「優しかったよ」と答える。

　するとリナちゃんは、少しの間黙り込んだあと、意味深に口角をつり上げた。

「……ふふっ、なるほどねぇ」

　な、なんだろう……。リナちゃんが、すっごく悪い顔になってる……。

「うん、ありね。断然そっちのほうがいいわ」

　ぶつぶつと呟きながら、「ふふふふふ」と不気味な笑みを浮かべるリナちゃん。

「いい、静香」

「ん？」

「失恋には、新しい恋よ」

「……え？」

　新しい……恋？

「佐倉先輩いいじゃない！　和泉なんかクソ生意気よりよっぽど大人だし、お似合いよ〜！　あの人若干、捻くれてるけど、静香に対して優しかったなら脈あり確定ね!!

あたし的には佐倉先輩のほうがかっこいいと思うし！」

　次々とリナちゃんの口から飛び出す言葉に、理解が追いつかない。

「……え、えっと……なに言ってるの……？」

「もう！　だから、和泉はきっぱりやめて、佐倉先輩に行きなさいって話よ！」

　え、ええっ……！

「そ、そんなことできないよっ……！」

　突然、何てことを言いだすんだろうっ……！

　きっぱり、やめるなんて……リナちゃんは、私のことを想って言ってくれてるんだろうけど……。

　諦めるとしても、他の人と恋人関係になりたいとは思っていない。

　それに、佐倉先輩のような人気な人が私のことを相手にしてくれるとも思わないし、なにより……。

「なんでしぶるのよ！」

「だ、だって……佐倉先輩はいい人だから、そんなふうに見れない……」

　和泉くん以外の人なんて、考えたこと、ない……。

　視線を下げて、俯いた。

「……まぁ、あんたはそうか」

　リナちゃんの、ため息混じりの声が耳に届く。

　恐る恐るリナちゃんのほうを見ると、頭を優しく撫でられた。

「恋愛に疎いから、今すぐどうこうって言っても無駄ね。ま、

あたしは静香が幸せになってくれたらいいわ」

　リナちゃん……。

「リナちゃん、大好——」

「でも、そっか……ふふふふっ、佐倉先輩が……ふふふふ
ふふ」

「……」

　こ、怖いよ、リナちゃん……。

　何やらまた不気味に微笑んでいるリナちゃんに、私は苦
笑いするしかない。

親友と先輩と

　７月もなかばに入ると、朝の日差しが眩い。

　少し汗ばんでいる顔のほてりを冷ますように手であおぎ、作業を続けた。

「大きく育ってねっ……」

　花壇の花、ひとつひとつにお水をあげて、朝の日課をこなす。

　まっすぐ、太陽を向いて咲くひまわりがたくましくて、自然と頬が緩んだ。

　今年も無事に咲いてくれて、よかった……。

　花壇のある場所は、校舎の陰になる場所だった。

　ひまわりにとって、あまりよくない環境で試行錯誤し、できるだけ太陽が当たりやすい場所を選んだんだ。

　ひまわり、大好きな花。

　堂々としていて、見ているだけで元気が出る。

「……よし、終わり」

　すべての花の水やりが終わって、道具を片づけようと、立ち上がった時だった。

「あー、疲れたぁ……！」

「マジ朝からランニングとかキツすぎ……」

　男子生徒の声が聞こえ、ビクッと肩を震わせる。

　ぶ、部活の人たちかな……？

　どうやら水道を使いにきたらしい。鉢合わせしないよう

に、彼らが去るのを待とうと、私はひまわりを見つめながらぼうっとしていた。

そういえば、なんの部活だろう？

バスケ部がいつも朝練をしているのは知っているけど、わざわざ体育館からここまで歩いてこないよね……？

不思議に思って、ちらりと水道のほうを見る。

……え？

「……っ」

私が視線を向けた先に、和泉くんがいた。

そしてなぜか、和泉くんはこっちを見ていたらしく、視線がぶつかった。

私と目が合って、すぐに視線を逸らした和泉くん。

どうして、見てたんだろう……。一瞬不思議に思ったけれど、すぐに理由がわかった。

きっと、このひまわりを見てたんだろうな……。

和泉くんは、花が好きなのかな……？

もしそうだとしたら、嬉しい……。

このひまわりを見て、和泉くんが少しでも明るい気持ちになってくれたなら……とっても、嬉しい。

……って、ダメだっ。

私は、和泉くんを忘れるんだから、和泉くんのことは考えないっ……。

自分にそう言い聞かせ、私は和泉くんの死角になる場所に移動する。

綺麗なひまわりの近くに、私がいたら邪魔だから……和

泉くんにとって不快な存在でしかない私は、隠れておこう。

　きっと朝の練習で疲れているだろうし、少しでも和泉くんが、花たちを見て癒されますようにっ……。

　……って、私はまた……。

　全然ダメだなぁと反省しながら、近くにいるというだけでドキドキと騒いでしまう心臓を抑えた。

　教室に戻って、一昨日から読み始めている本を開く。

　そういえば、サッカー部が朝練してたってことは、リナちゃん今日は早く来るかな……？

　そう思ったけれど、リナちゃんはいつも来る時間になっても登校してくることはなく、パタリと読んでいた本を閉じる。

　もしかして、風邪かな……？

　心配……リナちゃんがいないと、寂しいなぁ……。

　そんなことを思っていると、前の扉から入ってきたリナちゃんの姿が目に入る。

　あっ！

「リナちゃん、おはようっ」

「あら、今日は読書に没頭してないの？」

「う、うん……」

「そう、おはよう」

　……あれ？

　リナちゃん、なんだか元気がない……？

　いつも通りの優しい笑顔を向けてくれるけど、なぜかそ

こに、いつもあるものがないような、違和感を感じた。

「リナちゃん……何か、あった？」

「……え？」

　心配で問いかけた私に、リナちゃんがあからさまに肩を震わせた。

　それが、図星の合図だとわかって、さらに心配になる。

「元気が、ないように見えて……あっ、で、でも、言いたくないならいいのっ……」

　いつも、私が落ち込んだ時、リナちゃんが元気づけてくれるから……。

　リナちゃんが悲しい時には、私はそばで、寄り添える存在になりたい。

「コウと別れた」

「……へ？」

　衝撃的すぎるリナちゃんの発言に、思わず変な声が出た。

　コウ、とは、リナちゃんの彼氏の名前。

　……って、別れたってことは、もう彼氏じゃないってこと……？

　そんな……あんなに仲が良さそう、だったのに……。

　……あっ。

「そういえば、朝サッカー部が朝練してた……」

　リナちゃんが遅く来たのも、関係してる……？

「うん、あたしマネージャーも辞めたから。もうサッカー部にも行かない」

「えっ……！　そ、そっか」

そんな返事しかできなくて、下唇を噛む。

どう、しよう……。

もし逆の立場だったら、落ち込んでるのが私だったら、リナちゃんはいつも、笑顔にさせてくれるのに。

私はうまく言葉が出てこなくて、自分が情けなくなる。

きっと今……辛い、だろうな。

好きな人と、別れるなんて……。

「あ、あのね、リナちゃん……」

やめて大丈夫だよって伝えたい。

「私は、いつでもリナちゃんの味方だよっ……！」

なんにもできないけど、笑わせてあげることなんて、できないかもしれないけど——寂しい時は、ずっと一緒にいるよ。

「ちょっと、なんであんたが泣くのよ……！」

「私がコウくんの分も、そ、そばに、いるからねっ……」

リナちゃんの気持ちを考えると、胸が痛かった。

精神的に大人なリナちゃんは、弱音を吐いたりしないけれど、きっと何か別れた理由があるに決まってる。

「もう……ありがと」

「わ、私は、大好きだよっ……」

「……ほんと、クッソ可愛いわね」

ク、クッソ……？

口の悪い言葉が聞こえたけれど、私の頭を撫でるリナちゃんの触れ方は、愛でるような優しい手つきだった。

「大丈夫だから泣き止んで。元々冷めてたのよ。むしろ今は、

新しい恋を求めてるの!! 片っ端から合コンに参加して、いい男見つけるわ……!!」

握った拳を上げて、ドヤ顔をしているリナちゃん。

その笑顔は、いつも通りの元気なリナちゃんのもので、私もゴシゴシと涙を拭いた。

「えへへっ……うん!」

リナちゃんに早く、良い人が見つかりますように……。

そう願いを込めて、微笑みを向けた。

お昼休み。

いつも机をくっつけてリナちゃんと食べているのだけど、今日は少しだけ用事がある。

「リナちゃん、ちょっと私、行ってくる」

「どこに?」

「佐倉先輩に、ハンカチを返しに」

洗濯してアイロンもして、袋に入れたハンカチを持って立ち上がった。

クラスは、昨日リナちゃんが教えてくれた。

「あー、そういえば昨日言ってたわね。あたしもついていくわ」

「え? い、いいの?」

「うん。それに、あんたひとりで行かせるのは心配だし」

わ、私、そんなに方向音痴かな……?

何はともあれ、リナちゃんがついてきてくれるなんて頼もしいことこの上ない。

　正直、３年生の階に行くのは怖かったから……。
「ありがとうっ」
　私に続いて席を立ったリナちゃんと一緒に、上の階へと
向かった。

　し、視線を感じる……。
　私たちの高校は、上履きの色が学年ごとに違う。
　２年の私たちが３年生の階にいるのが不思議なのか、視
線が私たちに集まっていた。
「なぁなぁ、あれ２年の静香ちゃんじゃない？」
「だよな！　やばい、噂以上に色気あるな！」
「お前それしか目に入んねーのかよ、まあでもあの体つき
はやばい」
「後輩とは思えねーよな……誰か掴まえてこいよー」
　何か、ぶつぶつ名前を呼ばれてる気がする……。
　気のせい、かな。
　とにかく、早く先輩にハンカチを返して、教室に戻りた
い……。
「あ、ここだわ」
　『３－１』と書かれた表札のかかった、教室の前。
　ふたりで立ち止まり、佐倉先輩を探す。
　佐倉先輩、いるかな……？
「あ、いた。佐倉先輩！」
　すぐに先輩を見つけてくれたリナちゃんが、大きな声で
叫んだ。

　こ、怖くないのかな、リナちゃんっ……！

　案の定、視線がこちらへ集まっている。

　そんななか、探していた人がこっちへ駆け寄ってきてくれた。

　あっ……佐倉先輩。

「あれ？　リナちゃん……と、静香ちゃん？」

「どうしたの？」と私の前に立った佐倉先輩に、袋を差し出した。

「あの……これ、ありがとうございました……！」

「え？　なにこれ？」

「ハンカチです」

「あー、そういえば」と思い出したように呟いて、袋を受け取ってくれた佐倉先輩。

「いいのに、返さなくて」

　向けられた笑顔は、相変わらず綺麗だった。

　リナちゃんが言っていた話が、よくわかる。

　こんなに綺麗で優しかったら、きっとモテモテなんだろうな。

　そんなことを頭の片隅で考えながら、返事を返した。

「そんなわけにはいきません……」

「母親がいつも勝手に入れてるだけだしね」

「そうなんですか？」

　こっそりポケットにハンカチを忍ばせる、会ったこともない佐倉先輩のお母さんが思い浮かんで、頬が緩んだ。

「良いお母さんですね」

　佐倉先輩が優しいのも、素敵なお母さんの元で育てられたからなのかな。

　素直な感想を述べた私を見て、佐倉先輩はなぜか、目を見開かせた。

　……？

　不思議に思い首をかしげた私を見て、今度はくすっと笑う佐倉先輩。

「……ふふっ、ありがと」

　そう言った表情が、とても嬉しそうなものに見えた。

「あのぉ、あたし先に帰ってましょうかぁ？」

　……え？

　隣でそう言ったリナちゃんは、なぜか口角の端をつり上げ、不敵な笑みを浮かべている。

　そんなリナちゃんに、佐倉先輩が言葉を放った。

「なにその言い方、野次馬みたいだよ」

「相変わらずさらっと酷い言い方しますね」

　相変わらず……？

　そういえば、ふたりは部活で仲がいいのかな……？

「よく言われる。ていうか、ほんとにマネージャー辞めんの？」

　……っ。

　そうだった……。リナちゃんはもうサッカー部のマネージャーじゃないんだった。

「あー、はい。辞めます」

　困った顔をした佐倉先輩と、気まずそうなリナちゃん。

　ふたりの会話に、私は耳を傾けた。

「合宿は？」

「行くわけないじゃないですか」

「えー、リナちゃんいないと困るんだよねぇ……うちのマネージャー仕事してくれない子ばっかりだし……」

「うちのはマネージャーっていうか、ファンクラブみたいなもんだから仕方ないですよ。もうあたし無関係なんで、そっちでどうにかしてください」

「んー……ここだけの話、ほんとに合宿だけでも来てくれない？　ただでさえ毎年酷い有様なのにさ、リナちゃんいなかったら誰も仕事しないって。サッカー部の母でしょ？」

「その言い方やめてください。……申し訳ないですけど、絶対行きません」

　なんだか、ふたりとも深刻そうだ……っ。

　合宿って、大変なのかな？

　もう夏休みに入るから、それのかな……？

　佐倉先輩は、断固として拒否するリナちゃんに、困ったように頭を掻いた。

「即答か……じゃあ、代わりにちゃんと仕事できる子探してくれない？　ほんとにお願い、最後の頼みだと思って」

「先輩が自分で頼めばいいじゃないですか。女の子集めるの得意でしょ？」

「人聞き悪い言い方するね。俺に集まる女の子なんて何もしないし、数合わせにもならないよ。……んー、どうしよっかなぁ……」

　私にはわからない領域の話に、ふたりを交互に見つめて聞き手に回る。

　両者とも一旦黙り込み、少しだけ気まずい空気が流れた。

　先に口を開いたのは、リナちゃんのほう。

「……まあ、さすがに急に辞めて申し訳ないとは思ってますけど、もうコウとも会いたくないし、合宿は死んでも行きません」

　リナちゃん……。

　事情はわからないけれど、リナちゃんはただワガママで辞めると言っているわけじゃないはずだ。

　責任感があるリナちゃんが、個人的な感情で仕事を投げ出すようなこと、するはずない。

　なんとなくだけど……コウくんのことを想って、辞めるんじゃないかな、と思った。

　そう考えると、胸がぎゅっと締め付けられる。

「んー……そっかぁ……」

　顎に手を当て、頭を悩ませている佐倉先輩。

　リナちゃんも完全に下を向いていて、私はオロオロしながらふたりを見つめた。

「……あ、そーだ」

　突然、何か思いついたように、佐倉先輩がパッと私のほうを見る。

「ねぇ、静香ちゃんって、8月の後半暇だったりしない？」

　……え？

　わ、私……？

　合宿のお手伝いをするってこと……かな？

「ちょっと先輩、静香はダメですよ!!　あんな男の群れの中に入れるなんて!!」

　なぜか焦った様子で、佐倉先輩に抗議しているリナちゃん。

「えー、じゃあ、リナちゃんが来てよ」

「……それも無理です」

　気まずそうに視線を逸らしたリナちゃんを見つめ、私は口を開いた。

「あ、あの、私でよければ、手伝います！」

　全然、何をするかとか、わからないけど……。リナちゃんが困ってるんだもん。何か協力させてほしい。

「ほんと？」

　私の言葉に、佐倉先輩はぱぁっと顔色を明るくさせた。

　首を縦に振った私の肩を、リナちゃんが掴む。

「何言ってんのよ静香！　こんな面倒なこと引き受けなくていいのよ！」

「面倒って……まぁ確かに、洗濯とかご飯作ったりとか、作業量も多いし、大変は大変だよ」

　そ、そっか……部活、だもんね……。

　きっとすごく大変なんだろうな。

「それでもいいかな？」

　改めてそう聞いてくる佐倉先輩に、断る理由はなかった。

　こちらこそ、いつもありがとうっ……。

「はい、頑張ります！」

「ちょっと静香、本気？」

　即答した私に、リナちゃんが神妙な面持ちになる。

　だって……リナちゃん、困ってるでしょう？

　親友が困っていたら、何かしたいと思うのは当然……！

「私、いつもリナちゃんには助けられてばっかりだから……リナちゃんが困ってる時には、助けになりたいの」

　私なんかで少しでも役に立てるなら……いくらだって協力したい。

「でも……本当に結構きついわよ？」

「リナちゃんのためになるなら、どんなことだってへっちゃら」

　大丈夫だよとアピールするため、満面の笑みを向けた。

　そんな私に、リナちゃんは「はぁ……」とため息とはまた違う息を吐いて、口を開く。

「……それじゃあ、お願いしてもいい？」

「うん‼　私、一生懸命頑張るっ……！」

「ありがとう……本当は、ちょっとほっとしてるっていうか、すごく助かる」

　そんな……お礼なんていらないのに。

　リナちゃんには、毎日感謝でいっぱいなんだ。

「……なるほど」

　……？

　私たちを交互に見て、佐倉先輩が呟いた。

　なる、ほど？

「……リナちゃんがこの前言ってた親友って、静香ちゃん

のことだったんだね」
　……え？
「はい。そうですよ」
　なぜかドヤ顔のリナちゃんは、フフンっと鼻を鳴らして
いる。
「力説してた理由がわかった」
「ふふっ、さすが先輩」
　完全に置いてけぼりの私。ふたりの会話に、頭上にはて
なマークをいくつも並べた。
「それじゃあ、あたしたち戻ります」
　理解するより先に、リナちゃんが私の手を掴む。
「うん、バイバイ。またね」
　手を振ってくれた佐倉先輩に一度頭を下げ、私たちは教
室を去った。
「……ごめんね、面倒なことになって」
　教室に戻る途中、申し訳なさそうに謝ってくるリナちゃ
ん。
　本当に、私は大丈夫なのに。
「ううん。平気だよ」
「それにしても……あんた本当に大丈夫なの？」
「え？　なにが……？」
「合宿、１週間泊まり込みなのよ？　その間、ずっと和泉
といることになるけど……」
　この時、私は自分がとんでもない場所へ自ら足を踏み入
れてしまったのだと理解した。

　そ、そう、だ……リナちゃんと佐倉先輩はサッカー部だから、合宿となれば、言わずもがな和泉くんと会ってしまう。

　それに、今リナちゃん、泊まりって言った……？

「……え、と、泊まり……？」

「なに、日帰りだと思ってたの……？」

　当たり前にそうだと思っていた自分に、頭を抱えたくなった。

　合宿……サッカー部……１週間……。

「……今からでも断る？」

　私の絶望的な心情を察してくれたのか、リナちゃんが頬に冷や汗を浮かべている。

　……確かに、私は行かないほうが……。

　和泉くんも、１週間も私がいたら迷惑だろうし……。

　ただでさえ、嫌われてるんだから。

「……」

　いや、ダメだ。

「だ、大丈夫……！　頑張る……！」

　慌てて笑顔を作って、大丈夫だとアピールするように小さくガッツポーズをした。

　一度、すると言ったんだもの……それに、リナちゃんも佐倉先輩も困っていたし、今更やめますなんて言って、もっと拗れさせたりしたら本末転倒だ。

　和泉くんには、極力視界に入らないよう頑張って……なんとか１週間を乗り切ってみせようっ……。

「本当に平気？」

「う、うんっ！　和泉くんには近づかないようにするから、平気っ……！」

「そう？　……ま、進展期待してるわ」

「進展？」

「佐倉先輩とのよ」

　リ、リナちゃんってば、まだそんなこと……。

　万が一にでも何か起きるわけないのに、変な期待してるよ……。

　この時の私は、知る由もなかったんだ。

　合宿で起きる、出来事の数々を。

　リナちゃんに報告するような出来事が起きてしまうなんて、1ミリも想像していなかった。

合宿説明会

「今から成績表を配るぞ」

　担任の先生の言葉に、クラスメイトからブーイングの声があがった。

「いらねーよ先生ー！」

「そんなの見たくなーい」

「やめてー！」

　隣にいるリナちゃんも、耳を塞いでいた。

「はい、静かにしろー。今回も、成績順に返していくからなー」

　さらに批判の声が殺到するなか、先生はそれらの声を完全に無視している。

「花染静香」

　自分の名前が呼ばれ、ほっと胸を撫でおろした。

　よかった……今回はダメかと思ったから……。

　言い訳でしかないのだけれど、いろいろなことがあって、いつもより勉強に身が入らなかった。

　いつもはテスト前日はしっかり睡眠をとるけれど、今回は不安だったからテストのギリギリまで追い込みをしたんだ。

　席を立って、教卓まで歩み寄る。

「よく頑張ったな、今回も学年トップだったぞ」

　先生の言葉に、自然と頬が緩んでしまう。

　「ありがとうございます」と成績表を受け取って、自分の席に戻った。
「お前たちも、花染を見習えよー」
　私はただ、人より勉強が好きなだけ。
　むしろ、勉強以外に取り柄がないから、部活動や他の活動に取り組んでる他のクラスメイトを尊敬する。
「花染さんって、入学してからずっと首席だろ？」
「すごいよな〜、顔良し頭良し」
　こそこそ何か言われているのが聞こえて、顔を伏せる。
　自分のことを言われるのは、あまり得意ではない。
　けれど席に着いた時、後ろの辺りに座っている女の子の言葉が、今度ははっきりと耳に入った。
「先生に媚でも売って、点数もらってんじゃない？」
　……っ。
　蔑むような、笑いの混じった声。
　悲しくて、私はスカートの裾をぎゅっと握った。
「ちょっとあんた今なんて言ったのよ」
　隣にいたリナちゃんにも聞こえていたのか、怒った様子のリナちゃんが立ち上がる。
　声の主を睨みつけるリナちゃんに、相手の女の子は気まずそうに顔を伏せた。
　た、大変……っ。
「リ、リナちゃんっ、大丈夫だからっ……！」
　こういうことを言われるのは、その……慣れているし、平気。

　慌ててリナちゃんを止めるも、怒りが収まらない様子
だった。

「大丈夫じゃないでしょ。女の僻みは醜いわよ」

　そう言われたクラスメイトの女の子は、リナちゃんに怯
えたように、小さい声で「ご、ごめん……」とこぼした。

　静まり返る教室内。リナちゃんは怒りが収まったのか、
ため息をつきながら席に着いた。

「ご、ごめんねリナちゃん……ありがとう」

「あたしが勝手に言っただけ。ほんっとムカつく。静香の
こと何にも知らないくせに。あんたが勉強頑張ってるの、
あたしは知ってるんだから」

　リナちゃんの気持ちが、泣きそうになるほど嬉しかった。

　こうしてわかってくれる人が、私にはちゃんといる。

　他の誰に、どんなふうに思われたって、こうして理解し
てくれる人がいてくれるから、それだけでもういいやと思
えるんだ。

　例え、好きな人に誤解されたって、仕方ないと割り切る
ことができた。

「はぁ……あたし、そろそろ赤点とるかもしれない……」

　ＬＨＲが終わって、放課後がやってきた。

　リナちゃんは、成績がよくなかったらしく、机に突っ伏
している。

「大丈夫だよ……！　次のテストから、一緒に勉強しよ
う？」

「静香……マイエンジェル……」

マ、マイエンジェル……？

私に天使の要素なんて全くないけど、とりあえず苦笑い
を返す。

「そういえば、今日って合宿の説明会だったっけ？」

ギクッと、身体が効果音を鳴らした気がした。

「そ、そうなの……佐倉先輩が教室まで迎えにきてくれる
らしくて、一緒に、行ってくる……」

今日は、サッカー部の合宿の説明会があった。

部員とマネージャー全員参加の説明会らしく、臨時で合
宿のマネージャーをする私も参加しなければいけない。

和泉くんに会うの……気まずい、な……。

が、頑張って、できるだけ和泉くんの視界に入らないよ
うにしなきゃ……！

「あんた、ほんとに大丈夫？」

「う、うんっ……！　ご飯作ったり、洗濯したりするんだ
よね……？　が、頑張る……！」

「そうじゃなくて……」

そう言いかけたリナちゃんに、首をかしげた時だった。

「静香ちゃん」

私を呼ぶ声が聞こえて、教室の扉のほうに視線を向ける。

あっ、佐倉先輩……！

「お待たせ」

私に手を振り、笑みを浮かべる佐倉先輩の姿に、同じも
のを返す。

「王子様のお迎えね」

「王子様……？」

「何もないわ。いってらっしゃい」

「うんっ、また明日、リナちゃん……！」

　リナちゃんとお別れして、佐倉先輩の元へ急いだ。

「行こっか？」

「は、はい……！」

　視聴覚室を借りて説明会をするらしく、ふたりで教室までの道を歩く。

　今までまじまじと見たことがないから気づかなかったけれど、佐倉先輩、背が高いなぁ……。

　私が160センチで、20センチくらい差がありそうだから、180あるかないかくらいかな……？

　高校生離れしたスタイルのよさだ。

「静香ちゃん、成績表返ってきた？」

　そんなことをぼうっと考えていたら、突然話しかけられて、びっくりしてしまう。

「は、はい、さっき」

「赤点とかなかったの？」

「はい、無事」

「へー、頭いいんだね」

「い、いえ、そんなことありません……」

　首を左右に振った私を見て、佐倉先輩はくすっと笑った。

「サッカー部の合宿、夏休みの後半って伝えたじゃん？それね、補習のやつが続出するから、前半にしたら部員の

半分くらい参加できなくなるってう理由なんだよね」

「バカばっかりなんだ、サッカー部」と付け足して、苦笑いを浮かべる佐倉先輩。

　そ、そうなんだ……でも、毎日部活があったら、勉強する時間も減って当たり前だよね……。

　部活との両立って、私には想像できないほど大変そう。

　しみじみとそう思っていると、佐倉先輩が突然、何かを思い出したように「あっ」と声をあげた。

　……？

「そうだ、言ってなかったけど……合宿中は、極力俺と一緒にいてね」

「え？」

　どうしてだろう……？

　言葉の真意がわからず、首をかしげる。

「リナちゃんから頼まれてるんだ。『野郎どもから静香を守ってください！』って」

　容易にその姿が想像できてしまって、思わず笑ってしまった。

「ふふっ、そんなこと言ってくれてたんですね」

　本当に、リナちゃんには守られてばっかりだなぁ……。

「まぁ、言われなくてもそのつもりだったけど」

「……え？」

　佐倉先輩、今なんて言った……？

「さ、着いた。静香ちゃんは、後ろのほう座ってていいよ」

　聞き返そうとしたけれど、どうやらもう視聴覚室に到着

してしまったらしい。

独り言みたいだったし、いっか。

特に気にすることなく、私は言われた通り、後ろの扉から中に入ることにした。

佐倉先輩は説明と進行をするから、前に立たないといけないらしい。

もう、和泉くんいるの、かな……？

……って、和泉くんのことばっかり考えるのはやめようって、何回言い聞かせれば……。

でも、考えずにはいられない。

そんな私はきっと、まだまだ未練でいっぱいなんだろう。

ゆっくりと扉を開けて、中に入る。

すでにほとんどの人たちが集まっていたらしく、席はほぼ満席だった。

空いている席をひとつだけ見つけて、そして、同時に気づいてしまう。

……っ、和泉くんの、隣の席……。

私が扉を開けたことで、室内の人たちの視線が一斉に集まった。

その中に、和泉くんのものも。

まるで、『どうしてお前がここにいるんだ』とでも言いたげな視線に、思わず目を逸らした。

ど、どうし、よう……。

和泉くんのほう、見れない。

こんな状況にも関わらず、ドキドキと騒ぎだす心臓。

　単純な自分が嫌になるけれど、和泉くんの姿を見るだけ
で、高鳴ってどうしようもなかった。

　さすがに隣なんて座れないから……後ろに、立っていよ
う。

　視線を下げたまま、教室の後ろ端に移動する。

　周りから、私に向けられたのだろう声が飛び交っている。

「ちょっ、なんで花染さんがいんの?」

「俺初めて実物見た……マジで目の保養だな」

「サッカー部に何の用だろ?　誰か話しかけてみろよ」

　和泉くんのことでいっぱいいっぱいな私に、その言葉た
ちが届くことはなく、目を瞑ったまま胸を押さえていた。

「ちょっと俺、聞いてくるわ……!」

「おう!　行ってこい行ってこい!」

　私がここにいるの、和泉くん嫌がってるだろうな……。

「やっべ、話しかけるの緊張するんだけど……!」

　でも、今日も相変わらず、カッコよかった……。

「あ、あの……」

　……好きだなぁって、思ってしまう心を、やっぱり止め
られない。

「おーい、席つけお前らー」

　佐倉先輩の声が、視聴覚室に響いた。

「ゲッ、キャプテン」

「何やってんだお前、ほら、席ついて」

「ちぇっ。はーい。せっかく話すチャンスだったのに〜」

　顔を上げると、前に立つ佐倉先輩が目に入る。

「あれ？　静香ちゃん立ったままじゃん。あの席空いてる
から、座りなよ」

　……っ。

　佐倉先輩は、和泉くんの隣を指差して、そう言った。

　和泉くんの表情は、前を見ているから見えないけれど、
きっと嫌がっているに違いない。

「あの……」

「ん？　そんな後ろじゃ聞きにくいでしょ？」

「……は、はい……」

　変に断ったら、佐倉先輩に心配かけちゃう……それに、
和泉くんも、私と何かあったのかとか誤解されたくないだ
ろうな……。

　恐る恐る、席へ向かう。

　ちらりと和泉くんを見ると、頬に手をつきながら、無表
情で前を見ていた。

　私のことなんて、気にしていない様子で。

　それに、少しだけほっとする。

　嫌がられるより、もう無視されるくらいのほうが、まだ
よかったから。

　そっと、隣の席に座らせてもらった。

　近づかないって、決めたのに。

　和泉くんの迷惑にならないようにするって、あれだけ
自分に誓ったのに……こんなの、迷惑以外の何ものでも
ない……。

「ごめん、なさい……」

　和泉くんにだけ聞こえるくらいの大きさで、そう言った。

　目をきつくつむって、スカートの裾を握る。

「……俺も」

　聞こえた言葉に、自分の耳を疑った。

「……え?」

　驚きのあまり、目を見開いて、和泉くんのほうを見る。

　視界に映った彼は、私に見えないよう顔を逸らしていたけれど、はっきりと見えてしまったんだ。

　髪の間から見えた、赤く染まった耳が。

「……言いすぎ、ました」

　自然と溢れてきた涙が、視界を滲ませる。

　和泉くんが、そんなふうに思ってくれていたんだと思うだけで、もう今までの苦しみもすべてが吹き飛んでいくようで。

　変に思われないように、こっそり涙を拭った。

「い、いえっ……私が全部、悪かったので……」

　和泉くんが謝る必要なんて、少しもない……。

　今まで抱えていた和泉くんへの申し訳なさと後ろめたさが、薄れていくように、心が軽くなった。

　目も合わせてもらえないくらい、嫌われてしまったと思っていたから、嬉しくて今にも舞い上がってしまいそう。

「……どうして、ここにいるんですか?」

　和泉くんは、顔をそむけたままそう言った。

　こうして話せるだけでも夢のようで、急いで返事をしようと口を開いた私。

「あの、臨時で──」

「じゃあ、説明始めるぞ。お前ら静かにしろよ～！」

　あっ……。

　私の声を遮ったのは、騒いでいた男の子たちを静めよう
とした、佐倉先輩の言葉。

　今は、話さないほうがいいかな……。

　静かになった室内。前に立つ佐倉先輩に視線を向けると、
資料を持ちながら話していた。

「今から資料回すから、みんな1枚ずつ取って」

　前から資料が回ってきて、後ろに回していく。

「じゃあ、ひとつずつ説明していくから、わからないとこ
ろあったら手あげて聞いて」

　そう言って佐倉先輩が説明を始めようとしたけれど、早
速前のほうにいた男の人が手を挙げたのが見えた。

「はいはい！　佐倉先輩！」

「ん？　どうした？」

「あ、あの～……」

　……え？

　なぜか、チラチラと私のほうを見ている男の人。

　気のせい……には、見えない気が……。

「お前たちな……みんな揃って見過ぎ。失礼だろ」

　「はぁ……」とため息をついたあと、私のほうを見た佐
倉先輩。

「えーっと、じゃあ先に紹介しとこうかな。静香ちゃん、
ちょっと立ってもらってもいい？」

　あっ……なるほど。

　サッカー部じゃない私がいたから、皆さん変に思ってたんだ……。

　和泉くんのことで頭がいっぱいで、何にも考えられなかった。

　言われた通り席を立つと、視線が私に集中する。

「２年の花染静香ちゃん。合宿の間だけ、臨時でマネージャーしてくれることになりました」

「よ、よろしくお願いしますっ……！」

　深く頭を下げると、なぜかいろんなところから、「うおー！」という声があがった。

　こ、これは……体育会系のノリってやつ、かな……？

　もう座っても大丈夫かなと思い、座ろうとした時。

「ちなみに」

　まだ何か話があったのか、佐倉先輩が言葉を続けた。

「俺の大事な子だから、不用意に近づくの禁止ね。必要最低限以外の会話もダメ」

　……え？

「マジっすか!?　え!?」

「キャプテン羨ましすぎっすよ……！」

　大事な子って？

　なぜか室内は一気に騒がしくなり、私だけが状況を読めていなかった。

　どういう意味だろう？と少し考えたけれど、きっとリナちゃんの友達だからってことだろうな。

「静香ちゃん、もう座っていいよ」

　特に気にせず、言われた通り席に着いた。

　どうしてみんな、ニヤニヤした顔で私を見るんだろう？

　よくわからない視線の数々に、思わず下を向いた。

「そういうことかよ……」

　和泉、くん？

　気のせいかと疑うほど、小さな声。

　意図的ではなく無意識に漏れたみたいなその言葉に、首をかしげる。

　どうしたんだろう……？

　不思議に思ったけれど、それを聞くのも図々しい気がして、ためらってしまう。

　さっき少しだけ話せたからといって、私が和泉くんにとって迷惑な存在なのは、まだ変わらないだろうから。

「はい、静かに。今から説明始めるから、ちゃんと聞いておくように」

　結局、私が聞く勇気を振り絞るより先に説明が始まって、肩を落とした。

　佐倉先輩が、1ページ1ページ、丁寧に説明してくれる。

　けれど、私は正直説明を聞くどころではなかった。

　隣にいる和泉くんが気になって、全然頭に入ってこないっ……。

「まあ、そんな感じかな。一応全部資料に書いてあるから、ちゃんと読んでください。ここまででなにか質問あるやついる？」

　ひと通り、説明が終わったみたい。

　帰ったら、ちゃんと確認しよう……今はもう、ダメだ。

「じゃあ、合宿の説明は以上です。今日は解散」

　佐倉先輩の言葉を合図に、みんなぞろぞろと席を立つ。

　和泉くんも、荷物をカバンに詰め始めていて、私はない頭を必死に回転させた。

　どうしよう、どうしようっ……このまま何も言わずに帰るのも、愛想がないかな……？

　でも、喋りかけて鬱陶しいと思われるのも、怖い……。

　ドキドキを通り越し、バクバクと騒ぎ立てている心臓。

　……よ、よし。

　挨拶だけ……しようっ。

　さよならって……それだけ言おう。

「あ、あの、和泉くんっ……」

　顔を見ることができなくて、目をつむったまま口を開けた。

　膝の上で、両手を握りしめた時だった。

「退いてくれません？」

　和泉くんの鬱陶しそうな声が、聞こえたのは。

　……え？

　慌てて顔を上げると、すでに鞄を持ち、教室から出ていこうとしている和泉くんの姿。

　通路が狭くて、私が椅子を引かないと通れないみたいだった。

　私を見下ろすその瞳は、ゾッとするほど冷たい。

　——この前と、同じだった。

　拒絶の瞳だ、これは。

「あっ……ごめん、なさい……」

　慌てて椅子を引いて、道を開ける。

　さっきまでは、声色も柔らかいものだったのに……。今は少し恐ろしくなるくらいの声のトーンだった。

　私は何かまた、気にさわることをしてしまった……？

「あの、和泉、くん……？」

　もう一度恐る恐る名前を呼ぶと、和泉くんは私のほうを見ることなく、口を開く。

「気安く名前、呼ばないでください」

　そう言って、私の後ろを通っていく和泉くんは……。

「必要最低限以外の会話、禁止されてるんでしょ？」

　そう言い残して、足早に視聴覚室から出ていってしまった。

　……私、何を悩んでいたんだろう。

　話しかけようなんて……身の程知らずなこと……あんなにもはっきりとわかりやすく、体現されているのに。

　和泉くんの全身が、私を拒否しているみたいだった。

　さっき少し話せたのは、きっと夢に違いない。

　少しずつ、人が減っていく視聴覚室。

　私は動けなくて、座ったまま服の裾をぎゅっと、シワができるくらい強く握りしめていた。

　そうしないと、涙が溢れてしまいそうだったから。

　諦めるって決めた時、ちゃんときっぱり諦めていたらよ

かったんだ。

　結局少しも忘れられなくて、ひとりでドキドキして、本当に……はずかしい。

　こんなに胸が苦しいのは、私が勝手に和泉くんを好きになってしまったせい。

　どうやったらいいんだろう。

　……好きなのをやめるって、どうやったら、できるんだろうっ……。

　こんな……相手に迷惑がかかるような好意、今すぐ捨ててしまいたい。

　和泉くんの声と瞳が、焼きついて離れなかった。

「静香ちゃん、おつかれさま」

　頭上から声が聞こえて、すぐに佐倉先輩のものだとわかった。

　だけど、顔が上げられない。

　きっと今、情けなさ過ぎる顔をしているから。

「静香ちゃん……？　大丈夫……？」

　心配するような声色に、慌てて表情筋に力を入れた。

　し、心配かけちゃ、ダメ……！

　必死に涙を堪えて、顔を上げる。頑張って作った笑顔を、佐倉先輩に向けた。

「は、はい……大丈夫、です！」

　佐倉先輩が、一瞬顔を歪めた。

　勘づかれてしまったかと焦ったけれど、どうやら杞憂だったらしい。

「……そう？　ごめんね、サッカー部のやつらうるさくて
びっくりしたでしょ？」

「い、いえ」

　どうやらサッカー部の雰囲気に驚いたと思われたらし
い。

　誤解だったけど、とりあえずこっそり胸を撫で下ろした。

「でもほんとに、静香ちゃんが来てくれて助かるよ。当日
はよろしくね？」

　佐倉先輩の言葉が、胸に刺さった。

　本当に、私は行っても、いいのかな？

　和泉くんは……いや、もう考えるのはやめよう。

「はい……よろしくお願い、します……」

　そう言って、もう一度笑顔を作った。

　合宿中は、サッカー部の役に立てるように、リナちゃん
の代わりが務まるように頑張る。

　和泉くんには近づかない……うん、それでいい。

　マネージャーはたくさんいると言っていたし、きっと頑
張れば、和泉くんと関わらないように立ち回れるはずだ。

　合宿まで、まだ日はあるから……それまでに少しでも、
この気持ちが薄れたらいいなぁ。

　きっぱりと諦められたら、いいのになぁ……。

　そう思いながら、今はただただ、張り裂けそうな胸の痛
みに耐えるしかなかった。

罪な人【side 和泉】

　一目惚れだった。
　あの人は、女が嫌いな俺の心を、一瞬で奪った。

　高校に入学して、間もない頃。
　大好きなサッカーをするため部に入ったものの、毎日朝練がないという状態に痺(しび)れを切らしていた。
　公立校の中で、県内トップの強豪だと聞いたからここを選んだのに。
　顧問が朝に弱いから週2は朝練はなしって、意味がわからない……。
　2、3年生に遅れをとりたくなくて、俺は毎日朝から校舎周りを走っていた。
　個人練習を終え、汗を流そうと水道に向かった時だった。
　……ん？
　物音が聞こえて、視線を向ける。
　花壇のほうで人影が見えて、窓から覗いた。
　……っ。
　視界に映ったその瞬間が、まるで一枚の絵画のように、美しかった。
　花に水をやる、女子生徒。
　きっと年上だろう。彼女は大人びた容姿をしていて、言い表せない妖美さを感じる。

　俺は柄にもなく彼女に見惚れ、少しの間動けなくなった。

　花ひとつひとつを愛おしそうに見つめて、手入れをしている。

　あの瞳を、自分も向けられてみたいなんてバカなことを考えたことに気づいて、慌てて首を振った。

　何考えてんだよ、俺……きっも。

　そう思いながらも、目が離せない。

　あんなふうに優しい瞳をしている彼女は、きっと心の美しい人間に違いない。

　──そう、勘違いしてしまったんだ。

　花染静香。

　その名前は、聞いたことがあった。

　けれど、彼女がその人物だと気づくには、少し時間がかかった。

　花壇の彼女を見た日から、俺は彼女の姿が頭から離れなかった。

「和泉！　今日の部活なんだけどさ」

　休み時間に、声をかけてきたクラスメイトと部活のことについて話していた。

　その時、突然騒がしくなり始めた教室に、俺は眉をひそめた。

　うるさいな……特に男。

「おい、静香先輩いるぞ！」

　近くにいた奴が、そう言って立ち上がった。

　廊下の辺りだろうか、室内にいる人間の視線が、一斉に
そっちに集まる。

　静香先輩？

　確か……いつも男が騒いでる人か。

　クラスの連中も、サッカー部の奴らも、よく話題にして
いる。

　俺は知らないけど、２年に高校生離れした色気を放つ美
貌をした女がいるとかいないとか。

　マドンナ扱いされているその女は、何人もの金持ちの愛
人をしているらしく、常に男がより取り見取り……って、
噂で聞いた。

　そんな女に興味はない。

　俺が一番、苦手とする人種だから。

「うわ〜今日も色気全開だな」

　さっきまでサッカーについて話していた奴も、今は廊下
のほうに視線を向けている。

　移動教室で１年のところを通ってきたのだろうか……迷
惑だ。

　男関係がゆるい人間とは、できれば関わりたくないし、
視界に入れたくもない。

　そう思いつつも、あまりの騒がれように俺もつられて視
線を向けてしまった。

　──途端、息が止まるほどの、衝撃が走った。

「……え？」

　一瞬何が起きているのか、俺が見ているものは幻ではな

いのかと、自分自身を疑いたくなる。

　だって、視線の先にいたのは──俺の頭に焼きついて離れなかった、彼女だったから。

　嘘だ。

　ありえない。

　あんなにも優しそうに微笑む彼女が、『静香先輩』なわけがない。

　慈しむように花を見つめている、優しい瞳の彼女が、そんな……。

「なぁ、今の誰？」

　誰かに嘘だと否定してほしくて、目の前のやつに問いかけた。

「は？　お前静香先輩知らないのか!?　２年のマドンナ！花染静香さん！」

　返ってきた答えを、まだ頭が受け入れようとしない。

「……それって、男関係緩いって言われてる人？」

「緩いっつーか、いろんな金持ちの愛人やってるって噂。でもあの美貌なら納得だよな～、俺も１回でいいから遊ばれたいわ～！」

「……んだよ、それ……」

　俺の、勘違いだったのか？

　ここにいる『静香先輩』が本物で、あの日俺が見た彼女が、幻だったのか……？

　未だに理解が追いつかなくて、その日は一日中、噂のことで頭がいっぱいだった。

　この時はまだ、ただの噂なんじゃないかとどこかで思っている諦めの悪い自分がいた。

　でも、俺は見てしまったんだ。

　決定的、瞬間を——。

　あれは、練習試合の前日だった。

　顧問に許可をもらい朝から運動場を使わせてもらえることになり、シュート練をしようと早くに登校してきた。

　……あ。

　校門の前に、誰もが知る高級車が停められていた。

　かっこいいな……あの車種。

　特にあのグレードは、男なら誰もが一度は乗りたいと思うやつだ。

　ぼーっと眺めていたら、助手席から、ひとりの女子生徒が降りてきた。

　……間違いない。

　花染、静香だ。

　彼女の整った容姿を、見まちがうはずがない。

　花染静香は、窓越しに運転席に座る人間に頭を下げた。

　すると、運転席の窓が開いて、男が顔を出す。

　この男もまた、遠目から見てもわかるほどズバ抜けて容姿の整った人間だった。

　そいつは、窓から顔を出し、花染静香の頬にキスをした。

　頭の中で、何かが崩れる音がする。

　ああ……あれか。愛人って言われる理由。

　なんだ、本当だったのか。

　……バカみたいだ、本当に。

　一体、自分がどうしてここまで、ショックを受けている
のかわからない。

　ただ、母親の顔が脳裏をよぎった。

　不倫の末、俺と父親を捨てた母親の顔が。

　何が、心の綺麗な人間なんだろうな、だ。

　結局女なんて、そんなもの。

　今見たものが、紛れもない真実だ。

　それから数日が経った日だった。

　試合に控えての練習ばかりで、迫ったテストへの対策が
おろそかになっていた俺は、勉強をするため図書室へ向
かった。

　きっとそんなに人はいないだろうと思っていたのに、
行ってみると図書室内はなぜかやけに男の利用者が多い。

　なんだ……野郎ばっかり……。

　一瞬不思議に思ったが、その理由はすぐにわかった。

　受付に座る、女の姿。

　背筋を綺麗に伸ばし、無表情で座っている花染静香がい
た。

　……っ。

　今一番、会いたくなかった人間。

　出ていこうかと一瞬考えたが、逆にこの女を意識してい
るようで、そんな自分が嫌だった。

　関係ない……空気だと思えばいい。

　別に俺は、こいつに対してもうなんとも思っていないん
だから。

　気にしないフリをして、奥のほうの席に座った。

　すると、前の席に座っていた男三人が、図書室にふさわ
しくない声の大きさで会話をし始めた。

「なあ、見ろよ静香先輩。マジで色気やばくね？」

「俺らには刺激強すぎるよな〜」

「1回でいいから、遊んでくれないかな〜」

「無理だって。お金持ちの愛人がいるって噂だし」

　多分、女も聞こえてるんじゃないか。

　こんなにも大きな声で自分の話をされたら、少しくらい
気になるはず。

　まあでも、愛人をするような図太い女ならこんな会話く
らい無表情で流せるのかもしれない。

　そう思い、花染静香に視線を移した。

　目に映った彼女が、俺には今にも泣きだしそうに見えた。

　……っ。

「なあ、お前試しに連絡先聞いてみろよ」

　ほんと……なんなの、この女。

「は？　無理だって、相手にされねーって」

　知ってるんだからな。お前が朝から男に送ってもらって
たこと。

　噂だって、あながち間違ってないんだろ……？

「じゃあ話しかけるだけでもいいからさ！」

　なんでそんな……悲しそうな顔、してんだよ……。

「──だまれ」

　知らない間に、勝手に身体が動いていた。

　どの立場からそんなことを思われるかもしれないが、咄嗟に、守ってやらないとなんて、思ってしまった。

「ここ図書室な。気持ち悪い理由で居座ってんじゃねーよ」

　俺の言葉に、男たちは気まずそうな顔をして、図書室から出ていく。

　……気持ち悪いのは、どっちだよ。

　なにやってんの俺、ヒーロー気取りか？　いつからそんな寒い思考になった？

　それに、こんな女に、守ってやらないとなんて……何回騙されるつもりだ、俺は。

　俺は親父みたいに、女に振り回されないって、変な女に引っかかったりしないって、決めていたのに……。

　親父と同じ道を辿ろうとしているような気がして、頭が痛くなった。

　机に並べた筆記用具を慌ててカバンにしまい、急いで図書室から出た。

　もう、あの女には関わらない。

　絶対に、近づかない──。

　そう、決めていたのに。

　それから、1ヶ月ほどが経った日だった。

　今日は整備でグラウンドが使えず部活が休みになり、俺は図書室に向かっていた。

　最近自分にあったトレーニングを探すため試行錯誤していて、図書室の本でも参考にしようと思ったからだ。

　ただ、ひとつだけ気がかりなことがあった。

　あの女がいるかもしれない……。

　この前受付にいたということは、図書委員ってことだろう。

　もしあいつがいたら、行くのはやめよう。

　顔も見たくはないし。

　そう思って、ゆっくりと図書室の扉を開ける。

　……誰もいない、か……。

　ほっと胸を撫でおろし、中に入ろうとした時。

「……あ」

　図書室の奥の本棚に、会いたくない人物を見つけてしまった。

　脚立に乗って、上の本棚に手を伸ばしていた花染静香。

　向こうも俺のほうを見ていて、バチリと視線がぶつかる。

　出ていこう。瞬時にそう判断したが、予想外の出来事が起こった。

　脚立が揺れ、花染静香がバランスを崩す。

　前と一緒だった。

　勝手に身体が動いて、気づいたら俺は、落ちた花染静香を受け止めるように抱きしめていた。

「あ、あの……っ……」

　見た目より幼い声に、胸がどきりと音を鳴らす。

「ご、めんなさ……」

そう言った花染静香から、ふわりと花の匂いがして、慌てて手を離した。

どうすればいいんだよ……この空気。

「……大丈夫、ですか？」

とりあえず無視するわけにもいかず、確認するように問いかけた。

「は、はいっ……ごめんなさい、助けてくれて、ありがとう、ございます……」

なんだ……？

「……怪我がないなら、よかったです」

思ってたのと、違う……。

噂から、もっと高飛車そうな人間だと思っていたのに、随分とおどおどしているし……なんか、顔赤くないか？

……いや、見間違いに決まってる。

今すぐ帰りたいけど、せっかく来たし、とっとと本だけ借りて帰ろう……。

そう思って離れたのに、花染静香は二度目のドジをやらかした。

危なっかしい脚立の持ち方をしていたから、ヒヤヒヤしながら見つめていると、案の定本棚にぶつかる。

再び慌てて駆け寄って、かばうように覆いかぶさった。

……本当に、何やってんだろう、俺……。

結局放っておけない自分に自己嫌悪に陥りながら、無事を確認しようと花染静香の顔を見た。

その顔は、やっぱり赤く染まっていて、心配するように

俺の顔を覗き込んでいた。

「……い、ずみ、くん……」

　彼女の口から自分の名前が出てきたことに、全身の血が湧き上がるような衝撃を受けた。

　——は?

「……どうして、俺の名前知ってるんですか?」

　ありえ、ない。

　だって俺たちにはなんの接点もないし、この女は有名人だから、俺のほうは名前を知っててもおかしくないけど、俺はただの後輩ってだけで、騒がれているわけでもなければ何か秀でたものがあるわけでもない。

　ああ、もうわけわかんねー……。

　頭の中は混乱状態で、正気でいられるわけがなかった。

「ごめんなさい、私……」

「案外ドジなんですね……って、もしかして計算ですか?」

「え?」

「……いや、何にもありません」

　嫌味なことを言ってしまう幼稚な自分。

　もう、本当に早く、ここから出て……。

「あ、あの、怪我してますっ……」

「え?」

「首の、ところ……!」

　言われて触ってみると、ズキリと痛んだその場所。

　でも、そんなこと今はどうでもいい。

　それよりも、この人と一緒にいることのほうが、今は危

険だと思った。

「……ああ、別に平気です。痛くもないですし」

「で、でも……」

「平気ですってば、放っておいてください……ちゃっちゃと片付けましょう」

「あ……置いといてください……私、ひとりでするので……」

「上のほうは届かないでしょう。またドジされても困るんで」

　急いで元あった場所に、本を戻していく。

「……それじゃあ、俺もう行きます」

　ようやく離れられる……と、そう思ったのに。

　突然、俺の服の袖を、花染静香が掴んできた。

「……っ」

　心配したような瞳で、俺を見上げるように、見つめてくる彼女。

　上目遣いになっているのは、きっと計算に違いない。

　だから……惑わされるなって……っ。

「……なんですか？　離してください」

「ま、待ってください……少し、ここに座っててください」

「……は？」

「絆創膏だけでも貼らせてください」

「ちょっ……！」

　急いで絆創膏を取ってきたらしい彼女が、俺の首に触れた。

　異様なくらいその箇所に熱が集まって、俺は今きっと情けないくらい赤くなっているだろう。

　いくらなんでも、平然と触りすぎじゃないか……？

　足とか手とかならわかるけど、男の首なんて簡単に触って、しかも、顔近いし……。

「……やっぱり慣れてますね、こういうの」

　この女の行動すべてが、計算高く感じて、言葉にできない怒りが湧き上がった。

　俺のこと、からかってんのかな……？

　俺の反応見て、楽しんでんの？

　俺が、この女のこと——……。

「誰にでもこういうことするんですか？　計算も、ここまでいくと詐欺でしょ？」

　——気になって仕方ないって、見透かされている気がした。

　バカにされているみたいで、腹が立った。

「……あの、どういう、意味ですか？」

「そうやって男たぶらかして、楽しいですか？」

「たぶら、かす？」

「何惚けてるんですか？　……ほんと、虫唾が走る。そんな顔したって、俺は騙されませんから」

　言いだしたら、もう止まらなかった。

「先輩みたいな軽そうな女、俺嫌いなんですよ」

　言いすぎた、と、後悔したのは、彼女の傷ついた顔を見たあと。

　けれど、今更謝ることもできない。

「それじゃあ、もう関わることもないと思いますけど」

　図書室を飛び出して、早足で廊下を歩く。

　……いくらなんでも、言い過ぎた……。

　軽い女が嫌いだっていうのも、あの女の行動に腹が立ったのも本当だけど、でも……あんなこと、言いたかったわけじゃない。

　ただ、振り回されている自分をあざ笑われているような気がして……。

「ガキかよ、俺……」

　一目惚れだったんだ。

　自分でも、気づいていた。

　あの日、花壇で彼女を見かけたあの瞬間。

　俺の心は、あっさりと奪われた。

　母親のことがあって、女が嫌いだった俺を、花染静香はいとも簡単に恋に墜としたんだ。

　それなのに、噂を聞いて、裏切られたんだと勝手に被害者ぶっていた。

　勝手に惚れて勝手に優しい人だなんて幻想を抱いて、勝手に逆恨みして……。最低なのは、俺のほう。

　彼女の傷ついた顔が、頭に焼きついて離れない。

　あの表情すら計算なのかもしれないが、どうしてもそうは思えなかった。

　この前と、同じ。今にも泣きそうな、顔をしていたから。

　くそ……。

　結局、振り回されてんだろ、俺……。

「和泉‼」

　背後から名前を呼ばれて、慌てて振り返る。

「佐倉先輩……」

　そこには、呆れた様子で俺を見つめるサッカー部のキャプテンがいた。

「やっと見つけた……お前、何回も連絡したのに何してんの……」

　連絡……？

　ポケットのスマホを取り出すと、すごい数の通知が入っていた。

「あ、すみません、気づきませんでした……」

「まあ見つかったしいいや。今から合宿について話し合うことになったから、部室行くぞ。もうみんな集まってるから」

「はい」

　そういえば、結局本借りられなかったな……。まぁ、またあの人がいない時にでも行こう……。

　そんなことを考えながら、ちらりと佐倉先輩のほうを見た俺は、ある違和感に気づいた。

「佐倉先輩、なんか機嫌よくないですか？」

　いつも一定のテンションを保っている佐倉先輩だからこそ、感じられた違和感だと思う。

　少し浮き足立っているように見えたというか……とにかく、機嫌がいいことだけはわかった。

「え？　そう？」

　俺の言葉に、佐倉先輩は何やら恥ずかしそうに頭を掻いている。

「……うん、まあそうかも。さっきすごい可愛いもの見つけちゃったから」

　……可愛いもの？

「なんすかそれ」

　野良猫でも見かけたのか……？

　変な言い方に引っかかったが、どうでもいいやという気持ちが勝った。

　けれど、この時のセリフの意味を、俺は後に知ることになる。

　夏休み後半に行われる合宿。

　その説明会が視聴覚室で行われるため、部員が集められた。

　密かに楽しみにしている合宿。1週間サッカーづけなんて、楽しいに決まってる。

　もうすでに部員のほとんどが揃っていて、あとはキャプテンである佐倉先輩が来れば説明会が始まる……という時だった。

　視聴覚室の後ろの扉が開いて、なぜか部員の視線がそこに集中する。

　瞬く間に室内がざわついて、俺もその方向を見た。

　……っ、なんで……。

　花染静香が、ここにいんの……？

　この場にいる誰もが、場違いすぎる人間の登場に戸惑っていた。

　気にしないようにしようと思っていたのに、席が他に空いておらず、俺の隣に座った彼女。

　気まずすぎて、俺はあからさまに彼女から顔を背けた。

　向こうも、もう俺とは関わりたくないって、思ってるだろう。

　だって俺は、図書室で自分でも酷いと思う言葉を彼女に投げかけた。

　あんなことを言われて、さぞ怒ってるだろう……と、思っていたのに。

「ごめん、なさい……」

　彼女はなぜか、俺に謝ってきた。

　その謝罪が、一体何に対してなのかはわからない。

　けれど、今しかないと思ったんだ。

「……俺も」

「……え？」

「……言い過ぎ、ました」

　謝るなら、今しか……。

「い、いえっ……私が全部、悪かったので……」

　彼女は怒るどころか、最低なことを言った俺をあっさりと許してくれた。

　自分が全部悪いって……どう考えたって、あんなことを言った俺が悪いに決まってるのに。

　……なんで、この人はこんな、嬉しそうな顔しているんだろう。

　やっぱり彼女は──優しい人、なんじゃないのか……？

　そんな一筋の希望が、俺の中に生まれた。

　ていうか、なんでこの人、ここにいるんだろう……。

　サッカー部と無縁だろ……？

「……どうして、ここにいるんですか？」

「あの、臨時で……」

「──じゃあ、説明始めます。お前ら静かにしろよ〜！」

　何か言おうとした彼女の声は、キャプテンの声によって掻き消された。

　……あとで聞けばいいか。

　けれど、この謎は聞く必要もなく、解決することになる。

「俺の大事な子だから、手出すの禁止ね。必要最低限以外の会話もダメ」

　佐倉先輩が、まるで見せつけるみたいに、みんなの前で宣言した。

　……なんだ。

「そういうことかよ……」

　佐倉先輩の彼女って、わけか……。

　俺、本当にバカじゃないのか。

　一体、何を期待していたんだろう……。

　酷く落胆している、自分がいた。

　そして、自分がまだ彼女のことを忘れられないでいたのだということに、嫌でも気づかされる。

　部活の先輩の彼女とか……ありえねー……。

　説明会が終わると同時に、今すぐこの場から逃げ出したくなって、席を立つ。

「退いてくれません？」

「あっ……ごめん、なさい……」

　何か言いたげな彼女に、低い声でそう告げた。

「和泉、くん……？」

「気安く名前、呼ばないでください」

　先輩の、彼女のくせに……俺のことなんて、放っておいて。

「必要最低限以外の会話、禁止されてるんでしょ？」

　こんな、子供みたいな拗ね方……かっこ悪すぎる。

　そうはわかっていても、今は優しくなんてできなかった。

　もう、彼女には関わらない。

　このどうしようもない感情ごと、全部捨ててやる。

　そう決意しながら、俺の頭の中には、去り際に見えた彼女の泣きそうな顔がこびりついていた。

《第2章》
危険な合宿

1週間の幕開け

　……よし、準備万端。

　重たい荷物を持って、家の階段を下りる。

　今日から、1週間の合宿がスタートする。

「お母さんお父さん、おはよう」

　リビングで座っていたふたりに挨拶をすると、ふたりが私の元へ寄ってきてくれた。

「おはよ静香。もう準備できたの？」

「うん。今から行ってきます」

「も、もう行くのか……!?」

　お父さんが、目に涙をためながら私を見ている。

「それにしても、静香が1週間も家を空けるなんて初めてだから、ママもパパも寂しいわ」

　確かに、そうかもしれない……。

　あまり友達の家に泊まりにいくこともなかったし、今まで修学旅行くらいしか家を空けた記憶がない。

　1週間もここに帰ってこれないと思うと、唐突に寂しさに襲われた。

　お母さんとお父さんにも会えないから、ホームシックにならないか心配……。

「私も寂しいよ」

　そう伝えると、同時にふたりからぎゅうっと抱きしめられた。

「静香ぁ……！」

「何かあったらすぐ連絡するのよ!!」

「えへへ、うんっ。ありがとうっ」

　大好きな、お母さんとお父さん。

　帰ってきたら、まただきゅってしてもらおう。

　そう思ってふたりと離れた時、今度は背後から強く抱きしめられた。

「静香！　お兄ちゃんのことも忘れないでくれ!!」

　私の頭に頬をすり寄せているのは、今年23歳になるお兄ちゃん。

「忘れてないよお兄ちゃん」

　お兄ちゃんは、とても私のことを可愛がってくれる。

　大学３年間、お兄ちゃんは海外に留学していて私が中学生の頃は全く会えなかった。

　日本に帰ってきて仕事をしている今、会社に近い場所で一人暮らしをしながらも、日曜日はいつも家に帰ってきてくれる。

　そして、月曜日の朝はいつも出勤ついでに私を学校まで送ってくれる。

　今日も、学校まで送ってくれると言ってくれた、優しいお兄ちゃん。

　かっこよくて、頭がよくて、なんでもできるお兄ちゃんは、私の自慢だ。

「荷物はこれだけか？」

「うん」

　合宿の荷物の入った重たいキャリーバッグを軽々と持ち上げたお兄ちゃんが、車まで運んでくれた。

　私も立ち上がって、家を出るためお兄ちゃんのあとをついていく。

「お母さんお父さん、バイバイ」

　お兄ちゃんの車の助手席に乗って、窓越しに、外まで見送りにきてくれたふたりに手を振る。

「気をつけるのよ！」

「早く帰ってきてくれよ静香ぁ！」

「ふふっ、はーい」

　行ってきますっ……。

　ふたりが見えなくなるまで、私は手を振り続けた。

「送ってくれてありがとう、お兄ちゃん」

　正門の前で、私と荷物を降ろしてくれたお兄ちゃん。

「静香のためならお安い御用だよ」

　にっこりと微笑むお兄ちゃんの顔は、同じ血が流れているとは思えないほど整っている。

　きっと、会社でもモテモテなんだろうなぁ……と思った。

「静香」

「はぁい？」

「母さんも言っていたけど、気をつけるんだぞ。高校生の男なんて、変なことしか考えてないからな」

「変なこと……？」

「ぐっ……お前のピュアさが憎いよ……！」

　お兄ちゃん……？

　なぜか額を押さえて苦しみ始めたお兄ちゃんに、目を瞬かせる。

　だ、大丈夫、かな……？

　心配だったけれど、どうやら収まったらしく、お兄ちゃんはふぅ……と大きく息を吐いた。

「とにかく、何かあればすぐに連絡すること。わかったか？」

「はいっ」

「よし」

　私の返事に納得したらしいお兄ちゃんは、車の窓から顔を出し、私に手招きした。

　いつもの合図。

　顔を近づけると、お兄ちゃんが私の頬にキスをする。

「いってらっしゃい、静香」

　満足げに微笑んだお兄ちゃんに、私も笑顔を返した。

「行ってきます」

　車を発進させ、去ってしまったお兄ちゃん。

　私もキャリーバッグを持って、待ち合わせ場所である体育館に向かいながら、先ほどキスをされた頬に手を添えた。

　海外から帰ってきてからだよね……やっぱり、向こうではキスは挨拶なのかな？

　相手はお兄ちゃんだし、特になんとも思わないけれど、私には考えられない世界だなぁと思った。

　海外で暮らせる気がしない……。

　体育館に着くと、すでにちらほらと部員さんたちが集まっていた。

　その中に、佐倉先輩の姿も。

「静香ちゃん！　おはよ」

　すぐに私に気づいて、佐倉先輩が駆け寄ってきてくれる。

「おはようございます」

　ぺこりと頭を下げると、笑顔を向けられた。

　朝から、爽やかだなぁ……佐倉先輩。

「来てくれてほんとにありがとう。もうバス来てるから、先に荷物だけ入れにいこっか？」

「はい」

「結構多そうだね。貸して」

　あっ……。

　私のキャリーバッグをさりげなく取って、代わりに持ってくれた佐倉先輩。

　方向操作ができないくらい重たいはずなのに、先輩は軽々と持ち上げてしまった。

「あの、自分で持てます……！　申し訳ないので……！」

「大丈夫だって。そんな細い腕じゃ持てないでしょ？　さっきから荷物に引きずられてるみたいだったよ静香ちゃん」

　おかしそうに笑う佐倉先輩に、恥ずかしくなって視線を下げた。

「ふふっ、可愛かったけど」

　か、からかわれてるっ……。

　私、そんなに重たそうにしてたかな……？

「今日はどうやって来たの？」

　恥ずかしさのせいできっと顔が赤いだろう私を見つめな

がら、佐倉先輩がそう聞いてきた。

「兄が、送ってくれました」

「え、静香ちゃんお兄さんいるんだね」

　意外、とでも言いたそうな佐倉先輩に、「はい」と返事
をする。

「佐倉先輩は、御兄弟は……？」

「俺はね、姉と妹がいる」

　3人兄妹……！　それに、お姉さんと妹さんがいるなん
て、とっても楽しそう……！

　そう思ったけれど、どうやら佐倉先輩にとってはそうで
はないらしく、苦笑いを浮かべていた。

「どっちもすごいわがままなの。俺に似て性格悪いし。だ
から俺、女の子苦手だったんだよね」

　俺に、似て……？

　先輩は、とってもいい人だと思うけどな……。

　それにしても、佐倉先輩、女の人苦手だったんだ……。

「そうだったんですね」

　初めて聞く真実に、少し戸惑ってしまう。

　ていうことは、私も、あんまり話しかけたりしないほう
がいいかな……？

　そんな考えが脳裏をよぎったけれど、どうやらその心配
は杞憂だったらしい。

「静香ちゃんは苦手じゃないよ。特別だから」

　にっこりと微笑んでくれた先輩に、胸が温かくなった。

　特別の意味はよくわからないけれど、認めてもらえてい

るみたいで嬉しかった。

　自然と、頬が緩んでしまう。

「私も、男の人には少し苦手意識がありますけど、佐倉先輩はとっても良い人だと思ってます」

　そういう意味では、私にとっても佐倉先輩は特別だ。

　優しい、神様みたいな人……ふふっ。

　微笑みかけると、なぜか佐倉先輩は、私を見ながら大きく目を見開いた。

　……あれ?

　佐倉先輩、なんだか顔が、赤い気がする……。

「……ありがと。……うん、なんか照れるね」

「……?」

「ううん、気にしないで。これ、今日乗るバスだよ」

　あっ……いつの間に……!

　話に集中していて気づかなかった。体育館裏にある裏門の前に停まっていた、1台のバス。

　佐倉先輩は荷物を入れる場所に私のキャリーバッグを入れてくれて、扉を閉めた。

「よし、体育館戻ろうか?　そろそろ点呼とらなきゃね」

「はい」

　ふたりで並んで、そう遠くはない体育館までの道を歩く。

　その、途中だった。

　……っ。

　視界に映った、和泉くんの姿。

　和泉くんも荷物を入れにきたのか、大きなカバンを背負

いながらこちらへ歩いてきていた。

　私に気づいたのか、目が合った途端視線を逸らされてしまう。

　……やっぱり、嫌われちゃった、かな……。

　こんなことで落ち込んでしまう女々しい自分が嫌になる。

「お、和泉、おはよ」

　何も知らないだろう佐倉先輩が、和泉くんに声をかけた。

　和泉くんは、少しダルそうにしながら、それに答える。

「……おはようございます」

　あれ？

　和泉くん……なんだか様子が変だ。

　いつもより、元気がないというか……一言で言うなら、しんどそうに見えた。

　嫌いな私に会ったからとか、そういうのではなく、話し方や歩き方から、それが伝わってきた。

　気のせいかな……？

　そんなに話したこともなければ、和泉くんのことをたいして知っているわけでもない。

　私の勘違いならいいけれど、心配になってしまう。

　……って、私なんかに心配されても、和泉くんは嫌がるだろうな……や、やめよう。

　合宿の間は、極力関わらないようにって決めたんだからっ……。

　邪魔にならないように、みんなのお手伝いをするのが私

に任された仕事だ。

　私たちの横を通り過ぎ、行ってしまった和泉くん。

「ごめんね、あいつ無愛想で」

　佐倉先輩の言葉に、どきりと心臓が音を鳴らす。

「い、いえっ……」

「女嫌いみたいなんだよね。あいつ目当ての女子マネも結構いるんだけど、会話もしないし……いつもあんな感じだから気にしないで」

　……え？

　そ、そう、なんだ……。

　初めて知った、和泉くんが女の子苦手だなんて……。

　でも、きっと私はその中でも、際立って苦手な部類に入るんだろうな……。

「でもさ、あいつは無口でも『そこがクールでかっこいい』とか言われてモテモテなの。ほんとイケメンってずるいよね」

　冗談っぽくそう言って、苦笑いした佐倉先輩。

「佐倉先輩も、かっこいいと思いますよ？」

　むしろ、リナちゃんによると和泉くん以上にモテモテだそう。

　純粋に思ったことを伝えれば、佐倉先輩は困ったように頬を掻いた。

「……えっと、ごめんね。なんか言わせたみたいになって。そんなつもりじゃなかったんだけど……」

　も、もしかして、気にさわるようなこと言っちゃったか

な……？

「でもありがと。静香ちゃんにそう言ってもらえると嬉し
いよ」

　どうやら嫌な気分にさせてしまったわけではなさそう
で、ほっと胸を撫でおろした。

　体育館に戻って、部員さんたちが全員揃ったところで点
呼をとった。

　佐倉先輩が注意事項などを説明したあと、みんなでバス
へ向かう。

　マネージャーは前側の席らしく、私も指定された席へ
座った。

　私の横を通り過ぎる男の子たちが、何やらヒソヒソと話
しているのが耳に入る。

「マジで静香先輩いんじゃん……やば、俺合宿面倒だった
けど来てよかった～」

「つーかただのジャージなのに、静香先輩が着たらなんか
な……」

「わかる。ジャージなのに色気漂ってる感じ」

　何を言われてるのかな……ちょっとヤダな……。

　やっぱり男の子は、怖い……。

　通り過ぎるのを待とうと、目をきつく瞑った時だった。

「邪魔」

　彼の声ひとつで、場がシーンと静まる。

「ご、ごめん和泉……！」

　男の子たちは慌てて自分たちの席まで歩いていって、話し声も聞こえなくなった。

　和泉くん……。

　初めて助けられた日のことを思い出す。

　図書室での一件……私が、和泉くんを好きになってしまったきっかけ。

　……勘違いするな、私……。

　今回だって、本当に道を塞いでいた男の子たちに、退いてほしかっただけだろうから。

　私を助けてくれた、わけじゃない……。

　ちゃんと頭では理解しているから、お願い……ドキドキ、しないで……。

　胸の辺りを押さえて、心を落ち着かせるように小さく息を吐いた。

　……って、あれ……？

　ドカッと、私の後ろの席に座った和泉くん。

　もしかして……和泉くんと、前後の席……。

　……う、そ……。

　心臓の脈打つスピードが、異常なくらい速くなる。

　座席があるから、和泉くんから私の姿は見えないだろうけど……でも、近くにいるという事実だけで、どうにかなってしまいそうだった。

　こんな状況でずっと、耐えられるかな私……っ。

　心を落ち着かせようと、胸の辺りをさすった時、隣の席に誰かが座った。

「あ……佐倉先輩」

「隣だね。……ま、俺が座席決めたんだけど」

　相変わらず爽やかな笑みを浮かべた佐倉先輩に、少しだけほっとする。

　隣の人が、知らない人じゃなくて安心した……。

　そんな私を側に、何やら他の部員さんたちから声をかけられている佐倉先輩。

「キャプテンずりーっす！　職権濫用ですよ！」

「なんで俺ら後ろの席なんっすかー！」

「うるさい。お前らみたいな騒がしいのと一緒に座らせるわけないだろ」

　……なんだかこうしてみると、キャプテンなんだなぁと改めて感じる。

　みんなに慕われている様子が、手に取るように感じられた。

　それにしても、にぎやかだ……。

　今まで部活に入ったことはおろか、こんな行事に参加したこともなかったから、不思議な感覚。

　でも……嫌な気はしなくて、むしろ少しだけ楽しくなってきたような、わくわく感が芽生えた。

「1時間半くらいで着くから、眠たかったら寝て」

　バスが発進して、目的地へと向かい始めた。

　1時間、半か……。

　せっかく気を使ってくれたのは嬉しいけれど、私なんかより、佐倉先輩のほうが心配。

「佐倉先輩も……眠ってくださいね？」

「……え？　俺？」

「はい、なんだか眠そうだなって……」

　明るくふるまっていた佐倉先輩が、少しだけ無理をしているように見えた。

　あくびを堪えるような仕草も何度か見えて、寝不足なんじゃないかなという心配が脳裏にチラついていたんだ。

　佐倉先輩は、私を見ながら驚いたような表情をして、そのあと、頬を緩めた。

「……うん、ほんとはちょっと眠かったかも。静香ちゃんって意外と鋭いよね」

　鋭い……？

　は、初めて言われた……！

　いつもリナちゃんに、鈍い！って言われるから、なんだか嬉しい。

　そんなことを思いながら、ひとり心の中で喜んでいた。

「私、今日はたくさん寝たので眠たくないです。着きそうになったら起こすので、寝てくださいね」

「ありがと。じゃあ、お言葉に甘えようかな」

　……え？

「あ、あのっ……」

　突然だった。

　佐倉先輩が、私の肩に頭を預けてきたのは。

「……ダメ？」

　眉の端を垂らして、懇願（こんがん）するように聞いてきた佐倉先輩。

「……だ、ダメでは、ないです……」

　そう言うと、先輩は嬉しそうに笑った。

　お兄ちゃんがよくこうしてくるから、別に嫌では無い。

　相当眠たかったんだろうな……バスは寝にくいだろうし、私の肩で役に立つなら……。

「静香ちゃん、いい匂いする……」

　え？

　いい、匂い？

　自分の匂いなんて気にしたことがなかったから、気に入らない匂いを漂わせていたらどうしようと心配になった。

「花の……落ち着く匂い……」

　……佐倉、先輩？

　スー、スー、と規則正しい寝息が聞こえて、驚いた。

　もう寝ちゃった……？

　相当眠たかったんだろうなぁ……。

　きっとキャプテンだから、合宿のことで事前に用意しなければいけないことが山ほどあったんだろう。

　少しでも佐倉先輩が休息をとれるように、動かないよう気をつけなきゃ。

　横目で綺麗な寝顔を見て、無防備なその姿に思わずくすりと笑った。

　いつもはしっかりしてそうに見えるのに、寝顔は子供みたい……可愛いな、ふふっ。

　佐倉先輩を起こさないように、視線を窓の外に移した。

　ぼうっと景色を眺めていた私の耳には……。

「なぁなぁ和泉、見て……！　佐倉先輩と静香先輩……！」

「……」

「堂々とラブラブし過ぎだよな……羨ましすぎる……！」

「……うるさい。喋るな」

　後ろで繰り広げられているそんな会話が、耳に入ることはなかった。

　──波乱の合宿が、幕を開けた。

マネージャーは大忙し

バスの運転手さんが、あと10分弱で到着するというアナウンスを流した。

それを聞いて、私はスヤスヤと眠っている佐倉先輩の肩を優しく揺する。

こんなにぐっすり寝ているから、起こすのは可哀想だな。

「佐倉先輩、もう着きますよー」

「……ん」

先輩が、眠たそうに唸った。

ゆっくりと、その瞳が開かれる。

「……あ……静香ちゃん……」

佐倉先輩は、目を擦って頭を起こした。

肩に乗っていた体重がなくなって、すっと軽くなる。

起こさないようにじっとしていたから、体が少し固まっていた。

「あと10分くらいで到着するみたいです」

「そっか……んー、よく寝た……」

大きなあくびをした佐倉先輩は、ふにゃっといつもより幼い笑顔で笑った。

「起こしてくれてありがとう。……ていうか、俺重くなかった？」

「いえ。全然気になりませんでしたよ」

「そっか……静香ちゃんのおかげで、久しぶりにゆっくり

眠れた気がする。いつも目覚め悪いんだけど、今日は爽
快」

「ふふっ、よかったです」

　んーっと、伸びをして、もう一度微笑んだ先輩。

　もう眠気は吹き飛んだようで、その姿に安心した。

　合宿場所である宿屋に到着し、順次バスを降りてゆく。

　わ……想像していたよりも、大きなところだなぁ……。

　グラウンドも広いし、これならサッカー部も練習に専念
できそう。

「はい、集合！」

　佐倉先輩の声で、バスの前に集まる部員さんたち。

　私たちも集まって、軽い説明を聞いた。

「それじゃあ、先に各自割り当てられた自分の部屋に行っ
て、荷物の整理。それが終わったら、9時にグラウンドに
集まること」

　それを最後に、一旦解散となった。

　ぞろぞろと宿屋に入っていく部員さんたちの中に、和泉
くんの姿を見つける。

　……やっぱり、なんだか……しんどそうに見える……。

　心配になったけれど、私が何かを言ったところで、鬱陶
しがられるだけなのはわかっている。

　和泉くんに話しかけるなんて、できないから……そっと
して、おこう。

　勘違いかもしれないし……。

　私も、部屋に向かおう。

　和泉くんから視線を逸らし、荷物を握った。

　私以外にもマネージャーさんはいるし、和泉くんに何かあった時は、他の人が気づくよね……。

　和泉くんも、私じゃない子のほうがいいだろう。

　重たいキャリーバッグを転がし、宿屋の方に足を進める。

　部屋割り表を見ると、私はどうやら一人部屋らしく、３人部屋もあるなかひとりで使わせていただくのは少し申し訳ない気がする……。

　合宿の説明書類を眺めながら、そんなことを考えていると。

「静香ちゃん。ちょっといい？」

　背後から声をかけられ、佐倉先輩に呼び止められた。

「はい、どうかしましたか？」

　なんだろう……？

　じっと佐倉先輩を見つめると、その隣にひとりの男の子がいることに気づいた。

「こいつ、１年のマネージャー」

　佐倉先輩は、そう言ってその男の子を指差す。

　随分と小柄で、私と同じくらいの身長の男の子。

　少年っぽさが漂っているその子は、なぜか顔を真っ赤にしながら、私に向かって頭を下げた。

「は、初めまして……！　柴原健太です……！」

　男の子にしては高めの声に、私も慌てて頭を下げて返す。

　状況がわからず佐倉先輩を見つめると、先輩は柴原くんの肩をポンっと軽く叩いた。

「こいつ、唯一仕事とかちゃんと把握してるやつだから、マネージャーの仕事でわからないことあったら柴原に聞いてね」

　あっ……なるほど。

「花染静香です、よろしくお願いします」

　どうやら私の指導係をしてくださるらしい彼に、私も名前を告げた。

「それじゃあ、俺は行くね」

　ひらひらと手を振って、行ってしまった佐倉先輩。

　柴原くんは、アタフタしながらも、私を見ながら口を開いた。

「あの、せ、説明を、するので、荷物の整理が終わったら、あそこの水道前に来ていただいてもいいですかっ……？」

「はい、わかりました」

「そ、そそそ、それではっ……！」

　それだけ言って、柴原くんも去っていく。

　随分と挙動不審な態度に、私は首を傾げた。

　どうしたんだろう……？

　それにしても、男の子のマネージャーもいるんだ……。

　……って、そんなこと思ってる場合じゃない。

　私も早く荷物整理しにいかなきゃ……！と思い、急いで部屋に向かった。

　荷物の整理が終わり、柴原くんに言われた通り水道前へ行く。

　もうすでに来ていた柴原くんの姿が見えて、私は急いで
駆け寄った。

「遅くなってすみません……」

「い、いいいえ!!!　大丈夫、です!!!」

　私を見るなり、アタフタしながら顔を赤らめた柴原くん。

　……ん?

　やっぱり、どうしたんだろう……?

「そ、れ、じゃあ……体育館から、案内、しますっ……!」

　そう言って、歩き始める柴原くん。

　挙動不審な態度に、私は頭上にはてなマークを並べた。

「あの……大丈夫、ですか?」

　柴原くんのあとをついていきながら、そう尋ねる。

「ええ!!??　な、何が、でしょうかっ……!?」

「なんだか落ち着かないように見えて……」

　会ってからずっと、私と目も合わせようとしない。

　なぜかカチコチに緊張しているように見える柴原くんを
じっと見つめると、耳まで赤くなっていた。

　……か、風邪かな?

「え、えっと、あの……そ、そそれは……」

　歩きながら、私のほうは見ず、口を開いた柴原くん。

「あ……えっと、あの……」

「……」

「……そ、そのっ……」

「……」

「は、ははは、花染さんみたいな、お、お綺麗な方といる

ので……き、んちょう、してしまって……」

「……え？」

　お、綺麗……？

　私が？

　綺麗だなんてことはないと思うけれど、柴原くんの態度が嘘を言っているようにも見えず、混乱してしまう。

　えっと……お、お世辞が上手な人、なのかな……？

　……それか、独特の美的感覚を持っているのかな……。

「えっと……ありがとう、ございます」

　否定するのも申し訳なくなり、とりあえずお礼を言った。

　綺麗と言われて嫌な気はしないけれど、少し柴原くんの目が心配になる。

　じっと背中を見つめていると、急に振り返った柴原くん。

　その顔はやっぱり真っ赤で、眉を垂れ下げながらなぜか焦った様子だった。

「す、すすすみません!!　俺、へ、変なこと言っちゃって……!!　キ、キモいですよね!!!　ご、ごごごめんなさいっ……!!」

　そ、そんな……全然謝る必要ないのに。

　アタフタして謝っている姿が、小動物のように見えて、思わず笑ってしまう。

　可愛いっ……。

「ふふっ、うぅん。嬉しいです」

　私は柴原くんに笑顔を向けて、そう言った。

　柴原くんは、私を見つめて硬直したように、ピクリとも

動かなくなる。

　……あれ？

「だ、大丈夫……？　柴原くん……？」

　顔を覗き込むように近づけて、じっと見つめる。

　すると、目が覚めたようにビクッと動いた柴原くんが、先ほどよりも顔を真っ赤にさせた。

「……あの、あのっ……す、すみませんっ……！」

　今度はなんのすみませんだろう……？

　真っ赤な顔を隠すように両手で覆っている柴原くんに、首をかしげる。

　なんだか不思議な子、だけど……可愛くて、良い人そうだなぁ。

「えっと……行きましょう、か？」

「は、ははははいっ……！」

　完全に立ち止まっていた柴原くんに声をかけ、ふたりで体育館の方向へ向かう。

「え、ええっと、体育館は、雨天の日や、ミーティングの時に、使いますっ……！」

　高校の体育館と同じほどの広さの施設。

　ひとつひとつ柴原くんが丁寧に説明してくれて、私も必死にメモを取る。

　体育館以外にも、食堂や洗濯場の説明もしてもらって、粗方の仕事は把握できた。

「基本的に、荷物運びとか、男手が必要な仕事は俺がしますっ……！　花染さんには、洗濯とか、料理のほうお願い

しても、いいですかっ……？　俺、苦手で……」

　申し訳なさそうにお願いする柴原くんの頭に、チワワの耳が見えるほどの圧倒的小動物感。

「はい、わかりました」

　私の返事に、柴原くんはぱあっと顔を明るくさせた。

「あ、ありがとうございますっ、花染さん……！」

　こんな弟がいたら、可愛くて仕方なかっただろうなぁと思うくらい、柴原くんは愛嬌（あいきょう）たっぷりな男の子に思えた。

　それにしても……。

「あの……呼び捨てでいいですよ？　花染さんなんて……」

　ひとつ年上なだけだから、そんな気を使ってくれなくていいのに……。

　むしろ、私のほうが教えてもらっている立場なんだから。

「え、ええ！　そ、そんなっ、俺ごときが呼び捨てなんてできませんっ……！」

　ブンブンと、音が鳴るんじゃないかと思うほど、激しく首を左右に振った柴原くん。

　あまりに全力で否定され、少し肩を落とした。

　そんな私に気づいたのか、柴原くんはより一層アタフタして、「ええっと……！」と声を漏らしている。

　そして、意を決したようにピンっと背筋を伸ばし、私を見つめた。

「じゃ、じゃあ……し、ししし、静香さん、って呼んでもいい、ですか……？」

「はいっ」

「あっ……の、お、俺のことも……健太って呼んでくだ、さいっ……」

「それじゃあ……健太くん？」

「……は、はっ……あ、ありがとうございます……」

　恥ずかしそうに両手で顔を隠した健太くんは、女の子より可愛いんじゃないかと思うほど愛らしかった。

　男の人は苦手でも、健太くんとはうまくやっていけそうだなぁと思い、自然と頬が緩んだ。

　こんな可愛らしい人でよかった……。

「全員集まった？　……それじゃ、今から練習を始めます」

　佐倉先輩の言葉に、部員さんたちがかけ声をあげた。

　わー……部活っぽい……！

　今まで部活動に関わったことがなかったので、密かに感動してしまう。

　まずは準備運動とランニングから入るらしく、私たちはひとまず見学となった。

　今日は洗濯物もなく、午前の仕事は部員さんたちのサポートと、食堂の掃除くらい。

　ちなみに、食事の用意は、マネージャーの担当が朝と夜ご飯。

　お昼は、地元の方たちがふるまってくれるらしい。

　今日はお昼ご飯を食べたら買い出しにいって、3時くらいから作り始めなきゃ……。

　40人弱の食事は大変だろうけど、他にもマネージャーさんはいるから、何人かで作ればきっと大丈夫だろう。

　呑気にそんなことを考えていられたのは、この時まで
だった。

「柴原ごめん、手当お願いしていい……？」

「はい！　任せてください！」

　開始早々、怪我人が出てしまい、健太くんが処置に入っ
た。

　……あれ？

　……他のマネージャーさんたちは……？

　動くどころか、怪我をした彼に見向きもしないマネー
ジャーさんたち。

　その光景を不思議に思いながら眺めていると、違和感は
膨らんでいく一方だった。

「きゃー!!　佐倉せんぱーい!!」

「頑張ってくださーい！」

「和泉くん！　ファイトー！」

「きゃあー!!」

　……え、えっと……これは、ファ、ファンクラブ……？

　シュート練をしているサッカー部員たち……改め、主に
佐倉先輩と和泉くんに、投げられる歓声。

　マネージャーさんたちは皆、彼らを見ながら目をハート
にしている。

「10分休憩ね、みんな水分補給しっかりしろよ」

　佐倉先輩の号令と同時に、女の子たちはタオルと水分補
給用の水が入ったペットボトルを持って一斉に駆けだし

た。

一直線に、佐倉先輩と和泉くんへと走って行ったマネージャーさんたちに、私は呆気(あっけ)にとられてしまった。

……な、なるほど。

「おつかれさまです佐倉先輩！」

「はい和泉くん！　水どうぞ！」

佐倉先輩とリナちゃんが言ってたのは、こういうことだったのか……。

た、確かに、みんなマネージャーの仕事っていうより、ふたりの応援に必死だっ……。

一方、怪我をした人の手当を終えた健太くんが、手際よく部員さんたちにタオルと飲み物を配っていた。

ひとりでみんなの相手をして、手が回っていない様子。

私は慌てて、健太くんの元へ駆け寄った。

「わ、私も手伝います……！」

「し、静香さん……！　ありがとうございます！　助かりますっ……！」

健太くんはタオル。私は飲み物。

「はいっ、どうぞ……！」

それぞれ配布カバンに詰められたものを、順番に配っていく。

「あ、ありがとうございます……!!」

みんな、私の配ったペットボトルを両手で受け取って、まじまじと顔を見つめてくるのはどうしてだろう……？

不思議に思いながらも、部員さんたちがきっちり並んで

くれたおかげで、スムーズに配布することができた。

　ふぅ……配るだけなのに、疲れたっ……。

　それにしても、今日はふたりだからなんとかなったけど、明日から……この時間帯に私は洗濯に回るんだ。

　健太くん、ひとりで大丈夫かな……？

　……私も、この調子だとひとりで洗濯ものを回さなきゃいけなくなりそう……。

　マネージャーさんが他にもたくさんいるから、油断してたっ……。

　この合宿、想像以上に忙しくなる予感っ……。

女神【side 健太】

　全員にタオルを配って、俺はふぅ……と息を吐いた。

　静香さんが手伝ってくれて、助かった……。

　それにしても……。

「やばい、静香先輩の手渡し……」

「貴重すぎて飲めないんだけど……」

「つーか近くで見たらマジやばかった。超綺麗だったんだけど」

「俺らサッカー部でよかったな……！」

　静香さんからスポーツドリンクを受け取った部員たちが、揃いも揃ってそれを大事そうに抱えている。

　みんな喉渇いてるはずなのに、飲まずに何やってるんだろう……。

　でも、静香さんは、そのくらい俺たちにとって雲の上の存在の人。

　噂は、入学してすぐに俺の耳にも入ってきた。

　2年に、とんでもない美人がいるって……。

　よくない噂も聞いたことがあって、今日話すまでは、そんな人とやっていけるだろうかと不安だったけれど……。

　静香さんが、予想外にもとても優しそうな人で驚いた。

　それに……噂で聞いていた以上に、き、綺麗で……直視、できないっ……。

　俺なんかとも優しく話してくれて……本当に女神かと

思ったっ……。

　今もこうして率先して手伝いにきてくれたし、すごく助かったなぁ……。

　リナ先輩がいなくなるって聞いて、今年の合宿はなくなるんじゃないかとも思ったけど、静香さんが来てくれて本当によかった。

　それに比べて……。

　佐倉先輩と和泉に群がるマネージャーを見て、ため息をつく。

　……正直、すっごい邪魔。

　うちのマネージャーは、揃いも揃って全くと言っていいほど仕事をしない。

　佐倉先輩も表では笑顔で接しているけど、裏では毒を吐きまくっている。

　和泉に関しては、ガン無視。

　あそこまで無視されて、よくめげないよなぁ……女子って怖い。

「健太くんっ……終わりました……！」

　空になった配布カバンを持って、俺のほうへ駆け寄って来てくれた静香さん。

　……け、健太くんって呼ばれるの、変な感じっ……。

　こんなに綺麗で、高嶺の花である人が、俺のことを名前で呼んでくれるなんて……う、嬉しいなっ……。

　サッカー部のマネージャーやっててよかった……！なんて、他の部員と似たようなことを考えてしまい、慌てて首

を左右に振った。

「お、おつかれさまですっ……！　あ、ありがとうござい
ましたっ……！」

「いえ。少しでも役に立てたなら嬉しいですっ……」

　そう言って、照れくさそうに笑った静香さん。

　か……可愛すぎる……っ。

　あまりの神々しさに、言葉を失ってしまう。

「健太くん……？」

　そんな俺の顔を、静香さんは心配そうに覗き込んできた。

　お、俺ってば、なに見惚れてるんだ……！

「あ、い、いえっ……！　本当に助かりましたっ……!!」

「ふふっ、そんなにたいしたことしてませんよ……？」

　俺の反応が大袈裟だと思ったのか、控えめに笑う静香さ
ん。

　……か、可愛いっ……。

　ていうかこの人、本当に噂と真逆な気が……。一体、本
当はどんな人なんだろう……？

　この合宿中に、少しでも静香さんのことが知れたらいい
な……と、俺はひとりそんなことを思った。

君だけは

　食堂で作ってくれたお昼ご飯をいただいて、午後の練習がスタートした。

　私も、そろそろ行こう……！

「健太くん、買い出し行ってきます」

「あっ……待ってください！」

　ひと言伝えていこうと思ったけれど、健太くんに引き留められ、足を止める。

「お、俺も行きますっ……!!」

「え？　でも……」

　健太くんがいなくなったら、部員さんたちに何かあった時に困るんじゃ……。

「いえ……！　さすがにひとりじゃ荷物持って帰れないと思うので、合宿の買い出しは男手必須ですよ……！　キャプテンに言ってきます!!」

　そう言って、佐倉先輩の元に走っていった健太くん。

　確かに……この量はひとりじゃ持てないかな……。

　一応献立はもう考えていて、2日分の食材を書いたメモ用紙を見ながら、苦笑い。

　お店の人に言ってカートを借りて帰ろうと思ったけれど、それでもきつそう……。健太くんがついてきてくれるなら、私としてはとても助かる。

　遠くから、健太くんと佐倉先輩が話している姿を見つめ

る。

　話が終わったのか、健太くんは私のほうへ戻ってきた。

　そしてなぜか、佐倉先輩もこちらへ駆け寄ってきた。

「静香ちゃん、今から買い出し？」

「はい。行ってきます」

「ちょっと待って。柴原だけじゃ足りないだろうし、１年
の奴連れていっていいよ」

　重たいものもあるし、人が多ければ多いほど助かるけれ
ど……いいのかな……？

「皆さん練習中ですし、なんとかふたりで持って帰ります
よ！」

「大丈夫大丈夫。雑用も１年の仕事のうちだから。それに、
今２、３年が練習中だし１時間くらいなら連れていってい
いよ」

　にっこりと微笑んでくれる佐倉先輩に、「ありがとうご
ざいます」と頭を下げた。

　とても助かる……それに、人手が多いなら、３日分くら
いはまとめ買いできるかもしれない。

「えーっと、じゃあ柴原、適当に２、３人連れていきな」

「ありがとうございます！」

　佐倉先輩に肩を叩かれた健太くんが、買い出し係を掴ま
えるため１年生の集まる場所へと駆けていった。

　その先に、和泉くんの姿も見える。

　……座ってるだけなのに、かっこいい……。

　思わず見惚れてしまっていた自分に気づいて、慌てて視

線を逸らす。

　ダ、ダメダメッ……和泉くんのこと、考えないっ……。

　つ、追加の食材、メモしなきゃっ……。

　ポケットにあるボールペンを取り出し、3日目の食材を追加する。

　えーっと、ジャガイモと、玉ねぎと……。

「静香さん！　1年3人連れてきました！」

　ちょうど書き終わった時、名前を呼ばれて顔を上げる。

　……つ。

　健太くんの後ろにいる、1年生3人。

　その中にあった和泉くんの姿に、私は思わずボールペンを落としてしまった。

「だ、大丈夫ですか静香さんっ……？」

「あ……ごめんなさい、ありがとうございますっ……」

　私の落としたペンを拾ってくれた健太くんにお礼を言って、それを受け取る。

「えっと……それじゃあ、行きましょうか？」

　何も知らない健太くんが、笑みを浮かべてそう言った。

　気まずい……。

　5人で、一番近くにあるスーパーまでの道を歩く。

　合宿場から徒歩10分と近場にあるのだけれど、その移動時間が途轍もなく長く感じられた。

　後ろにいる、和泉くんの存在。

　振り返ることができなくて、ただまっすぐに前を向いて道を進む。

「静香さん、け、結構買うものありそうですか……？」

　ぼうっとしていたのだろう。隣にいた健太くんに突然話しかけられ、ビクッとした。

「あ……はい！　３日分くらいは買い溜めしておこうかなって……」

「それがいいと思いますっ……！　ゴールデンウィークの合宿の時なんて、リナ先輩５日買い占めてました……！」

　あっ……なるほど。

　だから１年生なのに、健太くんは合宿場について詳しかったんだ。

　健太くんたちは一度合宿に来たことがあったんだなぁ……。

　それにしても、リナちゃんらしいな……ふふっ。

「荷物持ち４人もいますし、余裕ですよ！　な、和泉！」

　再び、びくりとあからさまに反応してしまった。

　和泉くんに同意を求めた健太くんは、笑顔で後ろを振り返っている。

「……はい」

　背後から、短い返事が聞こえた。

　和泉くんは、歩く足を速め、スタスタと私たちを追い越していく。

　先に行ってしまった和泉くんの背中を見ながら、私は少しほっとしてしまった。

　これ以上近くにいたら、気まずくてどうにかなっちゃいそうだったから。

　それにしても……やっぱり和泉くん、風邪でも引いてる
のかな……。

　どうしても違和感が、拭えなかった。

　近くにいてより一層感じたそれが、確信に変わっていく。

　足早に歩いていくその背中も、いつもより覇気がないよ
うに感じられた。

　隣で歩く健太くんは、そんな和泉くんを見て、大きくた
め息をつく。

「はぁ……相変わらず愛想ないなぁ。俺、同じクラスであ
いつと仲良いんですけど、いっつもあんな感じで……」

　あ……そっか、同じクラス。

　１年生同士だもんね……。健太くんの口振りからして、
仲がいいんだろう。

「先輩にも態度悪い時とかあって……本当はいいやつなん
ですけど……」

　全然タイプが違うようなふたりに見えるけど……健太く
ん、和泉くんのこと信頼してるんだろうなぁ。

　健太くんの口調から、それが伝わってきた。

　さすがに、買いすぎちゃったかな……っ。

　パンパンに詰められた買い物袋が、十袋。

　それを両手に１袋ずつ……健太くんに関しては、左手に
２袋も持ってくれている。

「ごめんなさい……か、買いすぎましたっ……」

「大丈夫ですよこのくらい！」

　絶対に重いはずなのに、4人は軽々とそれを持ってくれた。

　私、ひとつしか持ってないのに、腕がちぎれそう……。

　両手でなんとか持ち上げて、合宿場まで戻る。

　うっ……お、重い……。

　腕が悲鳴を上げ、地面に落としてしまいそうになった時だった。

　力が抜けて、腕にかかっていた重みがなくなる。

　彼が、軽がると私の荷物を奪って、先を歩いて行った。

　……和泉、くん……っ。

「あ、あのっ……」

　慌てて追いかけて、私はその大きな背中に声をかけた。

「大丈夫、です……！　私、自分で持ちますっ……！」

　すでに重たい袋をふたつも持たせてしまっているのに、これ以上負担を増やすわけにはいかない。

　みんな持ってくれてるんだから、私だってひとつくらいはっ……。

「落とされたら困るんで、持ちます……」

　私のほうを見ずに、歩きながらそう言った和泉くん。

「で、でも……」

「……別に、2個でも3個でも変わりませんから」

　和泉くんは、スタスタと早足に歩いて行ってしまって、置いてけぼりになった私は、その背中を見つめることしかできなかった。

　……どうしてなんだろう。

　和泉くんは、いつも私を助けてくれる。

　なんてそんな言い方おかしいかな……決して私を助けてくれているわけじゃない。

　本当に優しい人なんだと思う。だから、困っている人がいたら、自然と手を差し伸べられる人なのかもしれない。

　そんなところもかっこよくて、心臓は否応なく高鳴ってしまう。

　もう、ドキドキしたくないのに……これ以上和泉くんで、頭の中がいっぱいになっちゃいけないのに……。

　胸をぎゅっと押さえ、目をきつくつむった。

　落ち着け、私……。

「……珍し」

「え？」

　隣から聞こえた独り言のようなものに、顔を上げる。

　健太くんが、離れていく和泉くんの背中を見ながら、珍しいものを見るような目を向けていた。

　私の視線に気づいたのか、健太くんは顔を真っ赤にして、頭を左右に振った。

「あ……い、いえっ、あいつってこういうことする奴だったっけと思って……」

　あいつって……和泉くんの、ことだよね……？

「き、気にしないでくださいっ……！　さ、か、帰りましょっか……？」

「はい」

　気になったけれど、聞くのもなんだか違う気がして、私

は気にしないフリをした。

「皆さん、ありがとうございましたっ……！」

　無事に合宿場に辿り着いて、荷物持ちをしてくれた4人にお礼を言う。

「い、いえいえ！　いつでも言ってください！」

　なぜか照れくさそうにしていた健太くんと和泉くん以外のふたりに、頭を下げた。

「助かりました……！」

　私ひとりじゃ、きっとひとつも持って帰れていなかったと思うから……。

「そ、それじゃあ、俺ら練習行きます……！」

「はい。頑張ってください……！」

　にっこりと笑顔を向けて、ふたりを送り出す。

　ふたりに続くように、和泉くんが運動場のほうに行こうとして、私は慌てて引き留めた。

「あのっ……」

　和泉くんにも、ちゃんとお礼言わなきゃっ……。

「ありがとうございましたっ……」

　私の言葉に、和泉くんは頭を少しだけ下げてくれた。

　言葉はなくとも返事をもらえたことに、喜んでしまう。

　一応、聞いておこうかな……。

「あの……大丈夫、ですか？」

「……は？」

　何が？とでも言いたそうな和泉くんの声に、私は言葉を

続ける。

「体調、悪そうに見えて……」

　ずっと、気になっていた。

　もしどこか悪いなら、治るまで安静にしたほうが……。

　私の質問に、今まで頑なにこっちを見なかった和泉くんが振り返った。

「……っ」

　その表情が、何を思っているのかわからない。

　眉をひそめ、唇を固く閉ざしていて……とにかくひとつだけわかるのは、何かに対して驚いているということだけ。

　どうして、そんな顔してるの……？

「あ、あの……」

「……っ」

　顔色をうかがうように見つめると、和泉くんはハッとしたように目を見開いてから、視線を下げる。

　そして、私に背を向けた。

「別に、そんなことないです」

　和泉くんの言葉に、私の心配が杞憂だったことを知る。

「あ……ごめん、なさい……」

　私の謝罪が聞こえたかどうかは、わからないけど、和泉くんはスタスタと運動場のほうへ歩いていってしまった。

　はぁ……。

　ひとりになった私は、大きなため息を吐き出した。

　勘違いだったなら、とんだ迷惑だっただろうな……。

　余計な心配をして、余計なことを言って、また嫌われて

しまったかもしれない。

　それ以前に、関わらないって決めていたのに……。もう、自分が嫌になる。

　矛盾だらけで、情けなくて、お荷物にしかなっていない私。

　このままじゃ……ダメだ……。

「……よしっ」

　頬をパチンと叩き、気合を入れる。

　これ以上、役立たずだって思われないように……頑張ろう……！

　自分の仕事だけは、完璧にこなさなきゃっ……！

　今日買ってきた食材を眺め、服の袖をまくった。

　ひとまず食材を整理しなきゃ……冷蔵庫冷蔵庫……。

　全部しまい終わって、時間を確認した。

　2時……少し早いかなぁ。

　何か他に手伝うことがないか、健太くんに聞きにいこう。

　私は靴を履き替えて、みんなが部活をしている運動場へ向かった。

　なんだか、賑わってる……？

　コートを囲むように、歓声をおくっている部員さんたちとマネージャーさんたち。

　私はコート端で待機していた健太くんの元に走っていき、声をかけた。

「健太くん」

「あっ……静香さん……！」

「あの、今って何か仕事あったりしませんか……？」

「えっと、今は比較的大丈夫です……！　そ、それより、キャプテンの練習試合始まりましたよっ……！」

　佐倉先輩の？

　どうやら今は初日の練習試合をしているらしく、コート上には走る佐倉先輩の姿があった。

「キャプテンはマジですごいんですっ……!!　大学から推薦もらうくらいの実力なんで、素人目でも楽しめると思いますっ……!!」

　目を輝かせながら説明してくれる健太くん。

　辺りを見渡すと、健太くんだけではなく、周りにいる人すべての視線が佐倉先輩に集まっていた。

「キャー！　佐倉せんぱーい!!」

「頑張ってくださーい！」

　女の子たちの声援も、今は一身に佐倉先輩へと注がれていた。

　確かに、サッカーのルールなんて全然わからない私から見ても、すごい……。

　なんというか、実力の差が圧倒的……。

　言い方が悪いかもしれないけれど、周りの部員さんたちが子供に見えるほど、佐倉先輩は抜きん出ていた。

　キャプテンっていうのは、人柄で選ばれたんだと思っていたけど……実力も兼ね揃えていたなんて、佐倉先輩は本当にすごいなぁ……。

　尊敬するところばかりだ……。

あれ？

恋は盲目という言葉を、私は今まで気にしたことはな
かった。

けれど、和泉くんを好きになってから、その言葉の意味
を身に染みて感じた。

どこにいても、遠くにいても、和泉くんの姿だけが何故
か輝いて見えたから。

和泉くんの周りだけに煌びやかなフィルターが見えるほ
ど。

コートを囲む声援の後ろ。

私は、フラフラと物陰へ移動する和泉くんの姿を見た。

「……っ」

「……え？　静香さんっ……!?」

困惑した様子で私の名前を呼ぶ健太くんの声も、今は届
いていなかった。

私はその場から駆けだし、急いで和泉くんの元へと走る。

迷惑がられるとか、関わらないようにとか、もうそんな
ことは頭の中からすっぽり抜けていて……物陰へと移った
和泉くんを追いかけ、角を曲がる。

――そこには、壁にもたれて苦しそうにしている、和泉
くんの姿があった。

「和泉くんっ……！」

急いで駆け寄って、和泉くんの容態を確認する。

私を見ながら驚いたように目を見開いていたけれど、今
はそんなことも気にならなかった。

　顔、真っ青……っ。

　それに……額に手を当てると、正常ではない熱が伝わってきて、思わず顔をしかめた。

　すごい熱っ……すぐに部屋に運んで、休んでもらわないと……。

「和泉くん、立てますか……？」

「……な、んで……あんた……」

　覇気のない瞳が、私を見つめる。

　弱っているその姿に、胸が痛くなった。

「ひとりで立てそうになかったら、他の人を呼んできます」

　どうやらもうもたれているのがやっとらしい和泉くん。放っておくのは心配だけれど、健太くんを呼びにいこう。

　私の力じゃさすがに、部屋まで運んであげることはできそうにない。

「少しだけ、待っててくださ……っ！」

　非力な自分を情けなく思いながらも、助けを呼びにいこうとした時——和泉くんに手を掴まれ、弱々しい力で引き寄せられた。

　本当に一瞬のことで、何が起きたか理解が追いつかない。

「和泉、くん？」

　私、今……和泉くんに、抱きしめられて、る……？

　私を包み込む大きな体から伝わる熱が、酷く熱くて、触れた部分が溶けてしまいそう。

　頭が回らなくて……私はただ、じっとしていることしかできなくて……。

「……か、ないで……」

　和泉くんの、消えそうな声が頭上から降ってきた。

　……え？

　今、なんて言ったの……？

　確認しようと思って、顔を上げる。

　私の視界に映ったのは、ぐったりと頭を垂れ下げている
姿。

「あ、あれ？　和泉くん……？」

　もしかして……。

「……う、嘘っ……」

　この体勢のまま、意識を失ってる……!?

　和泉くんの全体重が、私の身体にかかる。

　完全に身動きを封じられ、私は途方に暮れた。

温もり【side 和泉】

　待ちに待った、合宿の日がやってきた。

　……っていうのに。

「ダルい……」

　靴紐を結びながら、深くため息をついた。

　身体が異常に重く、悪寒がする。

　熱があると、体温を測らなくてもわかるほどだった。

　でも、休むなんて選択肢はない。

　他の部員に遅れをとりたくはないし、3年の先輩と練習
できる最後の合宿。

　1日目と最終日には練習試合もできるんだ……風邪でも
なんでも、やってやる。

　ダルい体を引きずりながら、運動場へ向かう。

「それじゃあ、今からランニング20周。終わったやつから
ペアで基礎練ね」

　キャプテンのひと言で、各自それぞれ練習を開始する。

　……っ、くそ……ダルい……。

　身体が思うように動かなくて、周りにバレないよう必死
に平静を装う。

「和泉、張り切ってんな！」

「ペース上げ過ぎんなよ～」

　先輩に背中を叩かれ、少しえずいてしまった。

　気持ち悪い……でも、バレてはなさそうだ。

　風邪だなんて知れたら、家に帰されるかもしれない。

　それだけは、絶対に嫌だ。

「10分休憩ね、みんな水分補給しっかりしろよ」

　その言葉に、俺はほっと息を吐いた。

　時間が経つにつれ、体調が悪化していくのがわかる。

「和泉くん！　おつかれさま！」

「はい和泉くん！　水どうぞ！」

　水やタオルを持って、群がってくるマネージャーを無視して自分でペットボトルを取りにいく。

　邪魔……。

　黄色い声も、視線も、全部が俺の気分を悪化させてくる。

　仕事をしないなら、帰ってくれ……。

　ていうかリナ先輩いなくて大丈夫かよ……。

　柴原ひとりじゃさすがに無理だろ……。そう思い、柴原のほうを見た。

　部員たちに必死にものを配る柴原の隣に、同じように動いている静香先輩の姿。

　……あの人、なんで……。

　佐倉先輩の彼女なら、佐倉先輩のことだけしていればいいのに。

　……って、俺には関係ないことか。

　モヤモヤした気持ちを抱えながら、なんとか午前の練習を終わらせた。

　午後練になり、1年は雑用を熟す。

　ボール拾いや、練習試合のためのライン引き、ゴールを

移したり、普段ならなんともない作業が酷く辛い。

　練習試合まで一旦休みたいと思うけど、そんなことをしたら怪しまれるに決まってる。

「和泉ー！」

　そんなことを考えていると、柴原に名前を呼ばれた。

「ちょっと買い出しついてきてくれねー？」

　買い出し……？

「……わかった」

　雑用よりは、楽だろ。

　おとなしく柴原についていったが、その先に静香先輩がいるとは思っていなかった。

　……この人も行くのかよ。

　ていうか、本当にマネージャーすんの……？

　そんなイメージが一切ないから、いまだに場違い感が否めない。

　けれど、スーパーについて、カートに食材を入れていく様が、やけに慣れていた。

　柴原に、この野菜は丸いほうがいいとか、色はこっちのほうがいいとかアドバイスをしながら、数日分の食材を購入している。

　もしかして、この人が料理すんの……？

　……いや、それはないか。

　そういえば、ゴールデンウィークに合宿に行った時は、リナ先輩が作っていた。

　うまくもまずくもない微妙な味に、みんな口数を少なく

して食べていたのを覚えている。

　元より、合宿の飯に期待なんてしてないけど。

　買い物が終わり、合宿所に戻る。

　重たそうに袋を持つ静香先輩が気になって、内心ヒヤヒヤしながら見ていた。

　ひ弱過ぎないか……？

　袋１個で、足元フラフラしてるし……。

　あー、くそ……。

　俺は静香先輩からなかば無理やり買い物袋を奪って、ひとり先を歩いた。

　前も思ったけど、本当に危なっかしい。

　なんか、ほっとけないっていうか……って、だから俺とは関係ないのに……。

　気づけば彼女のことを考えてしまう自分に、嫌気がさす。

　気のせいか頭痛も酷くなってきて、早く合宿所に戻ろうと、歩く速度を速めた。

　全員戻ってきて、静香先輩は手伝いにいったやつらにお礼を言っていた。

「ありがとうございましたっ……」

　俺に対しても頭を下げてきた静香先輩に、何も言わずに行こうとした時。

「あの……大丈夫、ですか？」

　最初、意味がわからなかった。

「……は？」

　何が？

　大丈夫、って……。この人は、何の心配をしてんの？

「体調、悪そうに見えて……」

「……っ」

　冗談抜きに、驚きのあまり一瞬心臓が止まった気さえした。

　心配そうに俺を見る静香先輩の瞳から、目が逸らせない。

　——なんで？

　どうして、この人が気づくんだ。

　他の誰も、気づかなかったのに。

　仲のいい部員や、基礎練でペアを組んだ相手さえ、俺が体調を崩していることに少しも気づくそぶりすら見せなかった。

　絶対にバレてないと、思ってたのに……。

　……よりにもよって、なんで……っ。

「あ、あの……」

　黙り込んだ俺の顔を、心配するように覗き込んできた静香先輩。

　俺はハッとして、慌てて視線を逸らした。

「別に、そんなことないです」

　気づかれてしまったことが情けなくて、思っていたよりも低い声が出た。

「あ……ごめん、なさい」

　彼女が、萎縮（いしゅく）したように身を縮め、申し訳なさそうに下を向く。

　俺は、彼女に背を向け、逃げるように運動場へ向かった。

なんで、どうして。

その言葉が、頭の中を支配している。

俺のどこに、そんなそぶりを見つけたんだ？

ていうか、静香先輩とは話したことも少ししかないし、普段の俺を知っているはずがない。

それなのにどうして——。

考えれば考えるほどわけがわからなくなって、また頭痛がしてきた。

もう考えることを放棄しようと思い、髪をくしゃりと掻いた。

……うん、どうせたまたまだ。

俺が何か、ヘマをしたんだろう。

そう思うことで、俺は平静を装った。

「……」

「おーい和泉！　練習試合始まんぞー！」

部員に呼ばれ、慌ててコートの端に立つ。

佐倉先輩の練習試合が始まるから、部員一同目を輝かせていた。

俺も、いつもなら喜んで観戦するが、今はそうもいかない。

もう、身体が言うことをきかなくなっていた。

悪寒のせいで鳥肌が止まらなくて、変な汗がシャツを濡らす。

せっかくキャプテンのプレーを観れるチャンスなのに、

もう気丈を装うのも限界だった。

　試合が始まり、場が大きな盛り上がりを見せている。

　そんななか、俺はコートから少しずつ離れた。

　誰も、俺には気づかない。

　今はみんな、キャプテンに夢中だ。

　いつも群がってくるマネージャーたちにも、バレる心配はない。

　あいつらは、俺のことなんか好きじゃないから。

　ただ、サッカー部でレギュラーの彼女とか、顔がいいやつと付き合いたいとか、そういうブランド嗜好（しこう）をもっているだけ。

　俺のことなんか上っ面しか見ていないし、なんなら、本当は佐倉先輩とどうにかなりたいんだろう。

　３年の佐倉先輩より、１年の俺にしたほうが、長く高校生活を楽しめるから——所詮（しょせん）俺に群がってくるのは、そんな奴らしかいない。

　案の定、運動場から遠ざかっても、誰ひとり気づかれることはなかった。

　それでいい。心配されるのは苦手だし、ていうか上辺だけの心配とか、されても気持ち悪いだけ。

　足がふらついて、壁にもたれかかった。

　コンクリートの壁が、やけに冷たく感じる。

　寒い、冷たい、苦しい……——寂しい。

　どうして、そんな感情が出てきたんだろう。

　寂しい？　俺が？　なんで？

　自分から、こんな物陰に隠れたくせに。

「……きも……」

　……酷くめんどくさい人間だと、我ながら思う。

　結局俺は、誰かに気づいてもらいたかったのかもしれない。

　俺のことを、ちゃんと見てほしくて、いつだって俺だけを見てくれる人間を探していた。

　でも、そんなふうに思う女々しい自分を、認めることもできなくて……。

　唐突に、母親の姿がフラッシュバックした。

　伸ばした俺の手を振り払う、母親の姿。

『あんたは要らない子なの』

　要らない、子……。あの日からだ。

　俺は誰にも愛してもらえないのだと、手を伸ばすのを諦めたのは。

　少しでも体を温めようと、自分の体に手を回す。

　けれど少しも温もりなんてなくて、柄にもなく助けを請いたくなった。

　誰か……。

「和泉くんっ……！」

　──俺に、気づいて。

　淡いソプラノの声に、名前を呼ばれた。

　ダルさのあまり振り返ることもできなかったが、少しして、肩に感じた温もり。

「和泉くん、立てますか……？」

　俺の顔を覗き込んだのは、さっき唯一俺の異変に気づいた彼女だった。

「……な、んで……あんた……」

　どうして、あんたんだ。

　どうしてあんたが……俺を見つけてくれるんだ……っ。

「ひとりで立てそうになかったら、他の人を呼んできます。少しだけ、待っててください……！」

　静香先輩は、そう言ってグラウンドに戻っていこうとした。

　最後の力を振り絞り、俺はその細い手を掴んだ。

　自分のほうへ引き寄せて、華奢なカラダを抱きしめる。

　お願いだから……ここにいて。

「……か、ないで……」

　どこにも行かないで。

　今だけでいいから……俺のそばにいて。

　そんなことを思ったのは、意識が朦朧としていて、正常な思考回路ではなかったからだろうか。

　それとも……それが俺の、本心だったのだろうか。

　ただひとつだけはっきり言えるのは、この人をずっと、抱きしめていたいと思った。

　静香先輩の体温は、心地いいほど温かかった。

近づくふたり

　ピピピピピという電子音が鳴り響き、私は健太くんのほうを見た。

「何度でしたかっ……？」

「39度5分です……これ、帰したほうがいいですかね？」

　健太くんの口から発せられた数字に、私は下唇をぎゅっと噛み、布団で眠っている和泉くんに視線を向ける。

　和泉くんが倒れたあと、どうしようかと途方に暮れていた私。

　そんななか、私を追いかけて健太くんが来てくれて、すぐに助けを求めた。

　健太くんにおぶってもらい、ひとまず余っていた使われていない一室に和泉くんを運んだ。

　応急処置で毛布を重ねて温かくして、氷嚢や水分なども持ってきたのだけれど……。

「一旦、ご両親に連絡したほうがいいかもしれませんね……」

　この熱じゃ、合宿どころではないだろう。

　それに、ただの風邪とは断言できないから、念のため病院に行って診てもらったほうがいい。

　このままここに和泉くんを置いておくのは……心配過ぎる……。

　苦しそうに息をしている和泉くんを見て、胸が締め付け

られた。

「とりあえず、連絡入れたんでもうすぐキャプテンも来る
と思います……！」

「そうですか……」

　それしか言えなくて、私は小さくため息をついた。

　やっぱり和泉くん、体調がよくなかったんだ……。

　私、気づいてたのに……どうしてこうなるまで、何もし
なかったんだろう。

　せめて佐倉先輩に報告したり、無理にでも休んでもらっ
たり、すればよかった……。もっと私がちゃんとしてれば、
ここまで悪化することもなかったかもしれないのに……。

「柴原！　和泉のやつ大丈夫？」

　自己嫌悪に陥っていると、部屋の扉が開いて、佐倉先輩
が顔を出した。

「あれ、静香ちゃんもいたんだね。おつかれさま」

「おつかれさまです」

「あー、結構しんどそうだな。おーい、和泉ー！」

　え、えっ……!?

　ズカズカと和泉くんのほうに近づくと、大きな声で名前
を呼んで肩を揺すり始めた先輩。

　和泉くんは苦しそうに、「ん"ー……」と唸り声をあげて
いて、私は慌てて佐倉先輩を止めた。

「あ、あのっ、眠っているので、そっとしておいたほう
が……」

　む、無理に起こしたら可哀想……！

154

「大丈夫、ただの風邪だよ。それに、両親に連絡入れて迎
えにきてもらうか聞きたいんだけど……起きそうにない
かぁ」

　ため息をついて、ポリポリと頭を掻いた佐倉先輩。

「ま、いいや。多分本人は帰らないって言うだろうし、こ
いつの両親も迎えになんかこないだろうしね」

　……え？

　迎えに、こない？

　どうして？

「とりあえず、目が覚めるまで誰か看病するこ付けとこう
か。柴原は……仕事忙しいだろうし、適当に和泉ファンの
マネージャーにでも頼んどくよ」

「えっ……任せて大丈夫ですかね……？」

「あの子らもさすがに看病くらいならするでしょ」

　佐倉先輩と健太くんの会話を聞きながらも、先ほどの言
葉が引っかかる。

　どうして和泉くんの両親が迎えにきてくれないって、わ
かるんだろう……。気になったけれど、あまりご家族のこ
とを聞くのは失礼だと思い、言葉を飲み込んだ。

「さ、行こうか？　マスクもせずに同じ空間にいたら、静
香ちゃんも風邪移っちゃうよ？」

　そう言って、部屋から出て行こうとする佐倉先輩。

「あ……は、はい……」

　そう、だよね……。でも、このまま辛そうな和泉くんを
ひとりにするのは……気が引ける。

　……いや、私がそばにいるほうが、和泉くんには悪影響かもしれないかな……。

　うん、すぐに他のマネージャーさんが来てくれるだろうし……お任せ、しよう。

　立ち上がって、佐倉先輩のあとをついていき、健太くんと部屋を出た。

「それじゃあ、俺他のマネージャーに頼んできます！」

「うん、お願い」

　走っていってしまった健太くんを見送り、私たちも自分たちの目的地へと歩く。

　佐倉先輩はグラウンド、私は食堂。

　途中まで行き先が一緒なため、並んで向かう。

「合宿、どう？　疲れてない？」

「はい……大丈夫です」

　初日なのにいろんなことが起きて、少し戸惑ってはいるけど、疲れてはいない。

　というより、今から仕事が山積みだろうから、こんなところで疲れてちゃいけないよね……！

　リナちゃんの分、たっくさん働かなきゃ……！

「なんか部員に言い寄られたりしたら、すぐに俺に言ってね。俺の部屋、静香ちゃんの下の階だから」

　冗談で言っていると思ったら、佐倉先輩は真顔で私のほうを見ていて、返事に困ってしまった。

　いい噂がないのは自覚しているし、私に言い寄る人なんて、いないと思うけど……。

「ありがとうございます……」

　心配してくれていることに対して、素直に嬉しく思った。

　私の返事を聞いて、佐倉先輩はいつものように優しく微笑んでくれる。

「夜も一応、見回りで確認にいくね？　部屋入ったりしないから、俺がノックしたら返事だけお願い」

「はいっ……！」

「静香ちゃんは、今から何するの？」

「あ……私は、夕食の支度をします」

　そう返事をすると、佐倉先輩は驚いたように目を見開いた。

「え？　担当になったの？　静香ちゃんって、料理作れるの？」

　す、すごく意外そう……っ。

　わ、私って、そんなに家事ができそうにないイメージ、かな……？

　前にリナちゃんにも、すごく驚かれた記憶がある。

「うまくはないんですけど、一応少しだけ……」

　人並みには、できるはずっ……。

「へぇー、じゃあ俺、楽しみにしてるね」

　佐倉先輩は、本当に嬉しそうな顔で笑った。

「静香ちゃんの手料理食べれるなら、練習も頑張れる」

　そんなお世辞をプラスしてくれる先輩に、慌てて補足を入れた。

「あ、味には、期待しないでくださいねっ……？」

　たいしたものは作れないから、ハードルを上げられると困る……！

　慌てる私の顔が面白かったのか、くすっと吹き出した佐倉先輩。

「はーい。ふふっ、わかりました」

　お茶目な言い方が可愛らしくて、私も一緒に笑った。

　食事の時間は、PM7時。

　部員さんたちは夕方5時半に練習を終え、お風呂を済ませて食堂に集まる。

「終わった……」

　大鍋に料理をすべて分けて、私は大きく息を吐いた。

　よかった……ひとりじゃ終わらないかもと思ったけど、想定よりも早くできた……。

　今の時刻は5時半ちょうど。

　食事は、各自お皿とお盆を持って、大鍋に入ったそれぞれのおかずをマネージャーさんたちについでもらうシステム。

　私は机にお皿とお盆、そして料理の入った鍋を運び、すぐにでも食事を始められるよう食堂を整頓していく。

　なんだか、小学校の給食みたいだなぁ……。

　懐かしくなって、思わず笑みがこぼれる。

　味見はちゃんとしたけど、大丈夫かな……みなさんのお口に合うと、いいんだけど……。

　そんなことを思いながら、頭の片隅で、ずっと考えてい

たことがある。

　和泉くん、大丈夫かな……。

　健太くんがマネージャーさんたちに頼んだって言ってたけど……どんな感じだろう……。

　体調、少しでもよくなってるかな……？

　食事は……とれそうかな……？

　……うん、マネージャーさんに容態を聞きにいこう。

　食事の有無も聞きたくて、私は食堂のセットを終わらせ、和泉くんが休んでいる部屋へ向かう。

　……起きてません、ように……っ。

　和泉くんが起きてたら、何しにきたんだこいつって思われるかもしれないからっ……。

　小さく、扉を3回ノックした。

　けれど、中から返答がない。

　……あれ？

　き、聞こえなかったのかな……？

　そう思い、先ほどよりも気持ち強めにノックをしたけれど、やっぱり応答はなかった。

　……？

　不思議に思い、恐る恐る部屋の扉を開ける。

　……え？

　私の視界に映ったのは、苦しそうに布団で眠る、和泉くんの姿だけ。

　マネージャーさんの姿は、どこにもなかった。

　ど、どうして……？

あれっ……もしかして、お手洗いにでも行ってるのかな……？

とにかく、探そう……！

和泉くんがすごく苦しそうにしているから、誰かついていてあげてほしい……。私はいちゃ、いけないから……。

熱に浮かされている和泉くんを見ながら痛む胸に目を逸らして、私は部屋をあとにした。

マネージャーさんたち、何処にいるんだろう……？

とりあえず、体育館の方に向かいながら、途中にある洗面室も探してみようっ……。

廊下を歩きながら、お手洗いを通り過ぎようとした時だった。

「あたしたちに頼まれても、困るよねー」

女の人の声が聞こえて、私は驚いてなかば反射的に足を止めた。

部員の中に、女性はいない。

つまり、この声はマネージャーさんのものだ。

「わかる。風邪移されても困るしー。できれば佐倉先輩ともお近づきになりたいじゃん？」

「和泉くんは目の保養だけど、寝てたら意味ないよね。話せないし、顔も覚えてもらえないしー」

「ほんとそれ。寝てる時に看病したって、感謝されるわけでもないし。ボランティアとか勘弁してほしい」

「目覚ましてちょっと元気になった頃に行こっかなぁ〜」

「それずるいしー！　あたしも行くー！」

「弱ってる間に優しくしたら、あの和泉くんでもコロッと
おちてくれるかもよ？」

　ケラケラと面白そうに笑っている女の子たちの会話に、
酷く胸が痛む。

　泣きたくなって、私はその場から逃げるように走った。

　女の子たちに、腹が立ったわけじゃない。

　考え方は人それぞれだし、人の意見にとやかく言うほど、
私は偉い人間ではないから。

　ただ……和泉くんが……可哀想、で……っ。

　和泉くんの気持ちを考えると、涙が一筋、私の頬にシミ
を作った。

　どう、しよう……。あの子たち、きっとあのまま、行か
ないつもりだ……。

　だとしたら、和泉くんはあのままひとりで……それ以前
に、さっき私たちが出ていってからもしかしてずっとひと
りでいたの、かな……？

　氷枕やタオルを替えたり、こまめに水分補給を勧めたり
しないと、風邪もよくならないだろう。

　むしろ、悪化しちゃう……。

　健太くんに頼もうかな……いや、健太くんは他の仕事が
あるだろうし、忙しいか……。

　それに、もし健太くんにお願いしたら、さっきのマネー
ジャーさんたちが看病をしてくれないと告げ口しているよ
うなもの。

　頭をフル回転させ、いろんなことを考えている時、前か

ら歩いてくる人影が見えた。

「あっ……」

「あれ？ し、静香さんっ……？」

　その人影は健太くんで、私に気づいた健太くんが、トコトコと駆け寄ってきてくれる。

「どうしたんですか？　こんなところで……」

「え、えっと……あっ、夕食が、できたので、報告しにいこうかと……」

「え？　もうできたんですか!?」

「は、はい……健太くんは……？」

　なんとか話を逸らすことに成功し、バレないようにホッと息を吐く。

「あ、俺も仕事終わったんで、静香さんのお手伝いに、行こうと……」

　私の、お手伝い……？

　気持ちはとてもありがたいけれど、今は私のほうも、分けられる仕事がない……あっ……！

「あ、あの……それじゃあひとつ、お願いしてもいいですかっ……？」

「は、はい!!　俺にできることなら、なんでも!!!」

　なぜか満面の笑みを浮かべ、嬉しそうにしている健太くん。

　健太くんに尻尾が付いていたら、ブンブンと揺れていただろう。

　申し訳ないけれど……このあとの仕事を健太くんにお願

いしよう……！

「私、ちょっと用事があるので、夕食のほうお願いしても いいですか……？　料理やお皿は用意してあるので、部員 さんたちに配食して、先に食べていてもらえると助かりま す……！」

　私は──和泉くんのほうへ行かなきゃ。

　心配で……放っておくことなんて、どうしてもできな い。

　せめて和泉くんが目を覚ますまでは、私が……。

「もちろん大丈夫ですけど、用事って……？　静香さんは、 一緒に食べないんですか？」

　不思議そうに私を見つめる健太くんに、ドキッと心臓が 音を立てた。

「えっと……じ、自分の部屋の模様替えと、朝ご飯の仕込み、 です……！　ご飯は、あとでいただきます」

　口から出た、苦し紛れの言い訳。

　言い逃れできるかどうか、健太くんの顔色をうかがうよ うに見ると、納得したように頷いてくれた。

「そうですか。わかりました……！　それじゃあ、任せて ください！！」

　よ、よかった……。

　笑顔の健太くんに、押し寄せる罪悪感。

　う、嘘ついて、ごめんなさい……！

　心の中でそう呟いて、私は頭を下げた。

「ありがとうございます……助かりますっ……！」

　顔を上げてにっこりと微笑むと、健太くんがぼっと顔を赤らめる。

　……ん？

「い、いいいいいえっ……！！！　お、おお、お安いご用、です……！」

　なぜか噛み噛みの健太くんを不思議に思いながらも、私は和泉くんの部屋へと身体を向けた。

「それじゃあ、お願いしますっ」

　本当にごめんなさい、健太くんっ……！

　それにしても……すごく顔が赤かったけど……もしかして、健太くんも風邪が移ったとか……。

　あとでちゃんと、体調悪くないか聞いておこう……！

　私も、マスクをして行かなきゃ……！

　替えのタオルと氷水、そしてミネラルウォーター、氷枕を持って、和泉くんの部屋へと向かう。

　ゆっくりと扉を開けると、先ほどと変わらず苦しそうに眠る和泉くんの姿があった。

　熱い……。さっきより、熱が上がっているかもしれない……。

　そっと触れた額から伝わってきた熱に、思わず顔をしかめる。

　私は起こさないように、枕とタオルを替えて、寒くないように毛布をもう1枚かぶせた。

　これで少しでも、よくなればいいんだけど……。

　ひとまず、起こさなかったことにほっとして、スヤスヤ

と眠っている和泉くんを見つめる。

　なんだか、初めて和泉くんが、年下に見えるな……。

　とても大人っぽいから、後輩だと知った時は驚いた。

　落ち着いていて、寡黙で、しっかりしてて……。普段は見れない子供のような寝顔に、自然と笑みが溢れた。

　……って、いけない……！

　人の寝込みを勝手に見つめるなんて……っ。

　ただでさえ嫌われているんだから、和泉くんが嫌がることは、絶対ダメ……！

　自分を叱咤して、慌てて視線を逸らした。

　ひとまず看病も終わったから、そろそろ行こう……。

　このままここにいても、今何もできることはないし.それに……目が覚めて私がいたら、和泉くんの目覚めを妨害してしまうっ……。

　音を立てないように、ゆっくりと立ち上がろうとした時だった。

「……ん……」

　……え？

　少し苦しそうな、呻きにも似た声が室内に響く。

　慌てて和泉くんのほうを見ると、先ほどまで固く閉ざされていた瞼が、薄っすらと開かれていた。

　やってしまった……っ、と、心の中で叫ぶ。

　ゆっくりと開かれてゆく和泉くんの瞳がこちらを向いて、バッチリ目が合ってしまった。

　ど、どうし、ようっ……。

　ここは……。

「す、すみません……！　失礼しました……！」

　……に、逃げよう……！

　慌てて立ち上がろうとしたけれど、腕に走った熱の感触。

　……え？

　和泉くんの手が、弱々しい力で私の腕を掴んだ。

　どうしてそんなことになっているかわからなくて、私はその体勢のまま固まる。

　ぶつかったままの視線。

　私を見つめる和泉くんの視線に、いつも込められている憎悪が見当たらず、さらに混乱してしまう。

　どうしてそんな……寂しそうな、懇願するような瞳で、私を見る、の？

「……ま、って……」

　瞳と同じ、寂しそうな、かすれた声が私に投げられた。

「まだ……行かないで、ください……」

　苦しそうに息をしながら紡がれる声に、私が逆らえるはずがない。

　どんな意図があって、私を引き留めたのかはわからないけれど、私はそっと頷いて、和泉くんの横に座った。

　ど、どうしたん、だろう……何か頼みごとでも、あるのかな……？

　暖房付けてとか、誰か呼んできて、とか……そんな理由がない限り、私を引き留めるなんてありえない。

　心臓が、異常なほど速く脈を打っている。

「あの……」

　静寂を破るように発せられた和泉くんの声。

　それに、ビクッと肩を震わせた。

　な、何、だろう……？

　身構えながら、和泉くんを見つめる。

「……今、何時です、か……？」

　拍子抜けするような質問に、「え？」と声が漏れた。

「……い、今は、19時前です」

　とりあえず答えなきゃっ……そう思い、腕時計を見て時間を口にした。

「……俺、ずっと……寝て、ましたか……？」

「はい……」

「……そう、ですか……」

　頷いた私に、和泉くんは呆れた様子でため息をつく。

　そのあと、再び黙り込んで、室内に気まずい空気が走った。

　ええっと……私、ここにいても、いいのかな……？

　出ていったほうが、いいんじゃ……。そう思い、口を開こうとした時。

「……ありがとう、ございます……」

　自分に向けられるはずのない言葉が聞こえ、私は大きく目を見開かせた。

「え？」

　ありがとう、って……な、に？

「助けて、くれて……感謝、してます……」

　ぶっきらぼうな言い方だったけれど、私にはなんだか、とても気持ちが込められているように感じた。

　感謝されたくてしたわけではなかったけれど、和泉くんが私に、嫌悪以外の感情を向けてくれるのがただただ嬉しかった。

　私、ほんとに和泉くんのことになると、気持ち悪い。今も、気を緩めたら、泣いちゃいそうで……。

「い、いえっ……ここまで運んでくれたのは、健太くんです……！」

　涙を必死に堪え、首を振った。

　急に泣いたりなんてしたら、気持ち悪いやつって思われちゃう。

　せっかく話せたんだから、これ以上……嫌われたくない。

　好かれる可能性なんて皆無だから、せめて普通の先輩くらいに思われてたい……。

「健太、くん……？」

　そんなことを考える私を側に、先ほどよりもトーンの下がった低い声を出した和泉くん。

「……随分仲いいん、ですね……」

　……え？

　仲がいいって、私と健太くんのことかな……？

　どうしてそんなふうに思うんだろう？と不思議に思いながら和泉くんを見つめると、そっぽを向かれてしまった。

　私に背を向けるように、寝返りを打った和泉くん。

　……？

　よくわからないその行動に、私の頭上にいくつかのはてなマークが並ぶ。

　どうしたんだろう……？

　また私、気にさわるようなこと、言っちゃったかな。

　やっぱり、出ていったほうがいいかもしれない……。

　うん……このまま居座っても迷惑だろうし、もう行こうっ……。

　そう思った時、私はこの部屋に来た理由のひとつを思い出した。

　そういえば……。

「あの……ご飯、食べられそうですか……？」

　やっぱり食事はまだ、キツいかな……？

　免疫力をつけるためにも、できれば少しでも栄養を摂ってもらいたい。

「……ご飯……」

　ぼそりと呟かれた声のトーンから、あまり食欲がないのだと伝わってきた。

「えっと……早く治るように、少しでも何か口に入れたほうがいいと思いますっ……」

「…………」

「おかゆとかでも、無理そうですか……？」

「……お、かゆ……？」

　一体その言葉の何が引っかかったのか、よくわからない食いつきを見せた和泉くん。

「……食べ……ます」

　若干嫌そうにしていた先ほどとは打って変わって、和泉くんはこくりと深く首を縦に振った。

　ひとまず、食事をとってくれる気になったことに安心する。

「すぐに作ってきますね……！　待っててください……！」

　私は急いで立ち上がって、そう伝えた。

「あっ……それと、水分補給もしてくださいね……？」

　部屋を出る直前にひと言付け足して、私は逃げるように立ち去った。

「ふぅ……」

　はぁ……っ、緊張、したぁ……。

　大きく息を吐いて、胸を撫でおろす。

　熱くて溶けてしまいそうな頬を、両手で包み込んだ。

　腕……握られた……っ。

　あれは、なんだったんだろう……。私を引き留めたのは、お礼を言う、ため……？

　でも、すぐに不機嫌になっていたし……。和泉くんの行動の意図は読み取れないけれど、少しでも話せたことが、嬉しい。

　こんなことで喜んで、舞い上がってしまう気持ちを制御できない。

　ダメだ……私、ほんとに……。

　全然、忘れられてないっ……。

　心臓の高鳴りが治らなくて、少しの間瞼をぎゅっと瞑った。

　お願いだから、ドキドキしないで……っ。

「しっかり、しなきゃ……」

　そう、私はお手伝いにきたんだから……！

　和泉くんが風邪で辛そうな時に、少し喋ってもらえたくらいで浮かれるなんて不謹慎だよ……。

　カツを入れ直すため、頬をパチっと叩いた。

「……よしっ」

　調理室へ急がなきゃ。

　今の私の使命は、和泉くんにおかゆを作って届けることだ……！

　そう自分に言い聞かせ、私は調理室へと向かった。

　調理室と、食堂の場所は近い。

　おかゆを作り終わった頃、食堂から賑やかな声が聞こえてきて、もう食事の時間だと気づいた。

　健太くんに任せっきりになってしまって、本当に申し訳ない……。

　明日はたくさん働きます……！

　心の中でごめんなさいと謝りながら、できあがったおかゆを和泉くんのいる部屋まで運ぶ。

　食欲がなさそうだったから、ひとまず何も入れていないシンプルなおかゆを作った。

　味付けは塩とダシだけだから、無理なく食べてもらえるといいな……。

　ふぅ……。

　部屋の前に着いて、深呼吸をひとつ。

　この先に和泉くんがいると思うだけでドキドキしてしまうのだから、恋というのは、本当に恐ろしい。

　そして、完全にフラれているのに、まだそんなことを思ってしまう自分にため息がこぼれそうになった。

「失礼、します……」

　3回ドアを叩いて扉を開くと、先ほどと同じ、横になっている和泉くんの姿が目に入る。

　心なしか、先ほどより顔色がよくなっている気がした。

　さっきは呼吸も苦しそうに乱れていたけれど、今は落ち着いているみたい。

「おかゆ、持ってきました……」

　隣に座って、顔色をうかがう。

　うん……青ざめていたさっきと比べれば、随分マシになっている。

「……あり、がとう……ございます……」

「すぐに食べますか……？」

　和泉くんは、こくりと頷いた。

「……はい、どうぞっ……」

　ただ食べるお手伝いをしようと思っただけだったけれど、和泉くんはなぜか、唇の端を曲げた。

「……こんなことして……佐倉先輩に、怒られますよ……」

　不機嫌そうに、発せられたその言葉。

「え？　……佐倉、先輩？」

　……どうして、佐倉先輩が出てくるの……？

　意味がわからなくて首をかしげると、和泉くんはそんな

私を見て、さらに機嫌を損ねたように眉間にシワを寄せる。

「付き合ってるんでしょう……？」

「……え？」

　和泉くんのセリフに、私は目を見開かせた。

そして恋が動きだす

　付き合ってる……？

　ダ、ダメだ、ますます意味がわからないっ……。

「誰とですか？」

「……静香先輩と、佐倉先輩」

　私は和泉くんの発言に、声を荒げずにはいられなかった。

「つ、付き合ってません……！」

　ど、どうして……!?

「え？」

　和泉くんは、そんなありえない誤解をっ……！

　きょとんと拍子抜けしたような表情で、私を見つめる和泉くん。

　その瞳は、相当驚いているように見えて、なんだか気まずい空気が流れた。

　わ、私と佐倉先輩が付き合ってるだなんて、一体どこからそんな誤解が……。

「ど、どうしてそんなこと……」

　首をかしげた私に、和泉くんは戸惑っている様子で、視線を泳がせている。

「だって……説明会で、大事な人って……」

　説明会？　……あ、そういえば、そんなこともあったような……。で、でも、断じてありえない。

　私みたいなのが佐倉先輩と付き合ってるなんて、天地が

ひっくり返ってもありえていいはずがない。

「あれは私がリナちゃんの友達だからだと思います……！」

佐倉先輩の名誉のためにも、速やかに誤解を解かなきゃいけない……！

そう思い、まっすぐに和泉くんを見つめながら伝えた。

「……じゃあ、佐倉先輩とは……付き合ってないんですか？」

「は、はいっ……」

何度も首を縦に振って、肯定の意を示す。

すると、和泉くんは力が抜けたように表情を緩め、なぜか安心した様子で息を吐いた。

「……そう、ですか」

心底安心しているような和泉くんの姿に、誤解が解けたのだと、私も安堵の息を吐く。

和泉くん……こんなにほっとしてるなんて、よっぽど佐倉先輩のこと尊敬してるのかな……。

だからきっと、憧れの佐倉先輩が私みたいなのと付き合ってないってわかって、安心したんだろう。

とにかく、誤解が解けてよかった。

私は手持ち無沙汰になっていた手で再びおかゆの入ったお皿を持ち、和泉くんの顔を覗く。

「た、食べますか？」

「はい……」

さっきより、心なしか声色も柔らかくなった和泉くんは、こくりと頷いた。

　さっき話していた間に、ちょうど食べやすい温度まで冷めただろうおかゆをスプーンで少しすくう。

「どうぞ」

　和泉くんの前に差し出すと、一瞬ためらったあと、ぱくりと口に入れてくれた。

　もぐもぐと口を動かす姿がなんだか可愛くて、見つめてしまう。

「……美味しい」

　ぼそりと呟かれた言葉に、私は万歳してしまいたいほど嬉しくなった。

　よかった……。

「おかゆなんて、初めて食べました……」

　……え?

「……風邪を引いた時とか、食べませんでした……?」

「……誰も家にいなかったんで……」

　そんな……。

　病気で弱っている時に、そばにいてくれる人がいないなんて、きっとすごく辛い。

　私はいつも、看病してくれる人がいたから体感したことはないけれど……和泉くんの気持ちを考えると、胸が苦しくなった。

　そういえば……さっき佐倉先輩が、和泉くんの両親は迎えにこないと言っていた。

　和泉くんは、ご両親と仲がよくないの、かな……?

　かける言葉が思いつかず、言葉に詰まる。

　だって……家族に恵まれている私が何を言ったって、なんの説得力もない。

　説得する資格もなければ、和泉くんだって、同情されるのは嫌なはずだ。

　ただ、悲しかった。

　和泉くんが寂しそうに見えて、胸が痛かった。

「……なんであなたが、そんな顔、するんですか……」

「ご、ごめんなさいっ……」

　どんな顔をしていたかはわからないけど、きっと情けない顔をしていたに違いない。

　私は誤魔化すように髪を触って、和泉くんの顔色をうかがった。

　私、また機嫌を損ねさせちゃったかな……っ。

　そう思って焦ったけれど、どうやらそんなことはないらしい。

　むしろ、和泉くんは照れくさそうにしていて、薄っすら笑っているように見えた。

　──ドキッと、大きく高鳴る心臓。

　理由のわからないその笑顔は、私を魅了するには十分なものだった。

　和泉くんが……笑ってる。

　私、に……？

　なんだか今、世界中の幸せを独占しているような気分になった。

「もうちょっと……食べたい、です」

「は、はい……！」

　私は急いでおかゆをすくって、さっきのように和泉くんの口に運ぶ。

　何度か繰り返して、和泉くんは完食してしまった。

　まさか、こんなに食べてくれるとは……。この調子で、風邪も早くよくなると、いいなぁ……。

「あの……」

　恐る恐る何か伝えようとする和泉くん。

「さっき、佐倉先輩と、付き合ってないって……言ってましたけど……」

　和泉くんは、真剣な眼差しで私のほうを見てきた。

　……？

「今、付き合ってる人は──」

「和泉、体調どうー？」

　あれ？

　和泉くんの声をかき消すように、扉が開く音と聞きなれた声が聞こえた。

「……あれ。静香ちゃん、どうしているの？」

　私を見てそう言った訪問者の正体は、佐倉先輩だった。

　もう、ご飯食べ終わったのかなっ……？

　……それに、しても……。

「えっと……」

　きょとんとしながら、私のほうを見ている佐倉先輩。

　……なんて、言おうっ……。

　本来、和泉くんの看病を任されていたのは私じゃない。

　それなのに、看病しにきましたなんて言ったら……。

「お、おかゆを届けにきただけです……！　私、戻りますね……！」

　空になった鍋とお皿をプレートに乗せて、急いで立ち上がった。

「……そうなんだ。おつかれさま」

「いえ……」

「静香ちゃん、まだ晩御飯食べてないでしょ？　早く食べちゃいなね？」

「は、はい……！」

　どうやらそれ以上聞かれる心配はなさそうで、安心した。

「それじゃあ……ゆっくり休んでくださいねっ……」

　和泉くんにそう言って、足を一歩踏み出そうとした時。

「……待って」

　私を引き留めた、焦りを含んだ声。

「……また、おかゆ……持ってきてください」

　一瞬幻聴かと思った、その言葉。

　……それはいったい、どういう……また、来てもいいってこと……？

　……いや。

　そんなわけ、ないか……。

「はいっ……明日も作りますね……！　おやすみなさい……」

　精一杯の笑みを浮かべて返事をし、私は振り返らずに部屋を出た。

　パタリ、と、音を立てて閉まった扉。

　……きっと、おかゆの味を気に入ってくれたんだろう。

　食べたことがないって言ってたし、珍しかったのかもしれない……。

　明日からは……私が作って、他のマネージャーさんに持っていってもらおう。

　これ以上頼まれてもいない私が関わるのは、和泉くんも不快だろうし、マネージャーさんたちも、起きている時なら看病してもいいって言ってた。

　明日には今日よりも、きっと体調はよくなっているはずだから……和泉くんが好きなマネージャーさんにでも、お願いしよう。

　少しでも話せて……すごく、楽しかった。

　だから、もう近づかない。

　合宿が始まる前から……決めていたもの。

　和泉くんの、迷惑にならないようにするって……。

　立ち止まっていた足を踏み出して、食堂に向かう。

　佐倉先輩が来たってことは、そろそろ皆さんの食事が終わっている頃。

　洗い物をして、朝食の下準備をして……しなきゃいけない仕事はたくさんある。

　私はリナちゃんの代わりで来たんだから、役に立てるように頑張らなきゃ。

　私は体操服の袖をまくって、無心で仕事を進めた。

違和感 【side 健太】

　静香さんが用事があると言っていて、夕食の仕度を引き受けることになった。

　と言っても、静香さんがほとんど用意してくれていたおかげで、俺たちがすることはご飯をよそうくらい。

　腹を空かせた部員たちが、ぞろぞろと食堂へ入ってくる。

「すっげーいい匂いするんだけど」

「わかる。でも合宿の飯、いつも可もなく不可もなくだから期待しないほうがいいだろ」

「おいお前、でっかい声でそんなこと言うなよ～」

　ほんとだよ、全く。

　ここにリナ先輩がいたら、お前たちまちがいなく絞め殺されてるぞっ……。

　でも、ほんとにうまそうなんだよなぁ……。これ全部、ほんとに静香さんが作ったのかな……？

　そう疑うほど、食欲をそそる匂いが漂っている。

　そんなことを考えながら、部員の皿にご飯をよそっていく。

　順番に皿に小分けして、全員が自分の分の食事を取った。

　俺も、おかずをお盆に乗せ、席に着く。

　隣には、キャプテンが座っていた。

「なぁ柴原、静香ちゃん知らない？」

　辺りをキョロキョロと見渡しながら、そう聞いてきた

キャプテン。

「あ……静香さん、用事があるみたいで。あとでひとりで
食べるって、言ってました……！」

「……そっか」

　少し残念そうな顔をして、食べ始めたキャプテン。

　俺も早く食べよ……！

　手を合わせて、料理をほおばった。

　……うまい。

　え？

　ほんとにうまい……昼飯を作ってくれたおばちゃんたち
のご飯もうまかったけど、これは格別だ……。

　自然と箸を持つ手が進んで、バクバクと食べ進めていく。

　他の部員も一緒だったようで、みんな口を揃えて同じこ
とを言っていた。

「この飯、すっげーうまいんだけど……！」

「わかる、俺おかわりしよっと！」

「俺も食うから残しといて!!」

　食堂は騒がしく、みんなうまそうにご飯を食べている。

「なあ、これ誰が作ったの？　お昼のおばちゃんたち？」

　ひとりの部員……２年の先輩が、マネージャーたちにそ
う聞いた。

「違うよーっ！　マネージャーたちで作ったの〜」

　……は？

「マジで？　この前の合宿の時、リナ先輩が飯担当だった
よな？」

「あの時は微妙だったけど、今日のはマジうまい」

「他に料理できる子いたんだな。リナちゃんいなくて、逆に助かったかも」

　……意味、わかんねー。

　誰よりも頑張ってたリナ先輩を悪く言う先輩たちに、腹が立った。

　それと、まるで自分たちが作ったみたいな言い方をするマネージャーたちにも。

　何もしてないくせに……こいつらなんか所詮、キャプテンと和泉の金魚のフンだ。

「ふふっ、喜んでくれてよかった～」

　自分が作りましたオーラ全開のマネージャーに腹が立ちすぎて、俺は立ち上がろうと机に手をついた。

　けれど、横から伸びてきた手に、腕を掴まれる。

「柴原、やめときな」

「……キャプテン……」

　まるで全部わかってる、とでも言うかのような顔をされ、俺は口の端を曲げる。

　ひと言言ってやらないと、気が済まない……っ。

　そんな俺の心情を察してか、キャプテンはにっこり、と効果音がつきそうな笑みを浮かべた。

「あんなのほっとけばいいから。平気で嘘つくバカも、バカに騙されるバカも」

　……ひっ……。

「は、はい……」

　それ以上反論する気にもならず、俺は立ち上がろうとした腰を下げる。

　キャプテンのこの感情のない笑顔、こ、怖いっ……。

　キャプテンは、たまにこういう顔をする。

　普段は優しいけど……きっと裏では、毒吐いてるんだろうなぁ……。

　怒らせたら一番怖いのは、多分この人だ。うん、間違いない。

「ごちそうさま」

　そう言って手を合わせ、立ち上がったキャプテン。

　いそいそと片付け始めた姿に、俺は驚いてむせてしまった。

「ゴホッ、ゴホッ……早くないですか!?」

　さっき食べ始めたばっかりじゃ……。

「うん。静香ちゃん探しにいってくる」

　……え?

　……何か、静香さんに用事でもあるのかな?

　引き留める間もなく行ってしまったキャプテンの背中を見て、再び俺は食べ始める。

　そういえば、キャプテンと静香さんって……どういう関係、なんだろう。

　普段女の子に興味なさそうなキャプテンが気にかけてるから……親しい関係なんだろうか?

　確か説明会の時、『大事な子』って言ってたような……。もしかして、付き合ってる……とか?

　……あ、ありうる。

　ていうか……。お似合い、過ぎる……！

　文句のつけようがないほどの美男美女。

　ふたりとも優しいし、もしふたりが付き合ってるなら、俺も祝福……ん？

　なんだ……胸が、チクッてした。

　ま、気のせいか。

　ていうか俺も、早く食べて仕事しなきゃ……！

　少し急いで、でもしっかりと味わいながら、夕食を食べ進める。

　このうまいご飯が１週間食べられると思うと、思わず頬が緩む。

　静香さんの分の夕食は、先にとって冷蔵庫に保存してあるから、それも伝えにいこう。

　……っと、その前に……。

「ごちそうさまでした」

　手を合わせて、立ち上がる。

　俺は食器を片付けて、食堂を出た。

　和泉……いけるかな……。

　看病を頼んだマネージャー、さっき普通に夕食食ってたけど……ちゃんとケアしてもらってるだろうか。

　一抹の不安が拭えず、自分で確認しにいくことにした。

　熱も高そうだったし、もしあの状態で放置されてたら、悪化してるかも……。

　和泉とは一応同室だし、仲良しし、心配だ。

　和泉の寝ている部屋に着き、俺はノックもせずに扉を開けた。

「和泉ー！　生きてるかー！　……って、あれ？」

　……キャプテン？

　なんで、ここに？

　和泉の部屋の中には、静香さんを探しにいったはずのキャプテンがいた。

「あれ？　柴原？　どうしたの？」

　俺に気づいたキャプテンが、笑顔でそう聞いてくる。

　いや、それは俺のセリフな気が……。

「和泉の様子見にきたんっすけど……キャプテン、何してるんですか？　静香さんは？」

「ん？　あー……さっき出ていっちゃった。俺ももう行くよ」

　……？

　出ていった？

　……ここにいたって、静香さんが？

　どうして……和泉の部屋に。

　なんだかわからないことだらけで、俺の頭上にはてなマークが並ぶ。

　そんな俺をよそに、キャプテンと和泉が言葉を交わしていた。

「じゃーね、安静にしときなよ。……あと、静香ちゃん忙しいから、あんまり頼らないであげて」

「……どうして佐倉先輩に、そんなこと言われなきゃいけないんですか？」

な、なんだこの不穏な空気……。

「……俺の大事な子って言ったでしょ？」

心なしか、キャプテンの声がいつもより低い気がした。

というより……刺々しいというか……優しさが、なかった。

まるで、和泉相手にムカついているような声色。

「なんなんすかその言い方。静香先輩と、付き合ってないんですよね？」

ん？

和泉って……静香先輩と仲良かったっけ……？

和泉の口から女の人の名前が出たことに、正直びっくりする。

「……お前、ほんと生意気」

一体なんの会話かはわからないけど、とにかくひとつだけわかるのは……。

……ふたりとも、超不機嫌っ……！

いつも温厚なキャプテンと、あまり感情を出さない和泉が……なんで？

ふたりを交互に見つめ、この不穏な状況をどうにかしようと頭を回す。

けれど、俺の助けなんて不要だったみたいで。

「まぁいいや。バイバイ、俺静香ちゃんとこ行ってくるから」

キャプテンはそう言って笑顔で手を振ると、颯爽と部屋

から出ていった。

　ふぅ……びびった……。

　キャプテン笑ってたけど、目がマジで怖かったもん……さっきよりキレてた感あった……。

　静香さんの話題だったみたいだけど……なんかあったのかな?

　ていうか……静香さんとキャプテン、付き合ってないんだ……。

　……なんで俺、ほっとしてるんだろ……さっきからなんか変だ、ほんと……。

「い、和泉? なんかあった……?」

　平静を装いながら、横になっている和泉にそう聞いた。

「別に……つーかマスクつけないと移るぞ」

　いつもより割り増しで不機嫌な和泉の返事にハッとする。

　ほんとだ……忘れてた……!

　ま、ちょっと覗くだけだから、大丈夫大丈夫。

　それより、気になったのは……。

「様子見にきたんだけど、熱下がった? なんか元気そうだけど……」

　昼は死にそうな顔してたのに、今は随分とマシになったみたいだ。

　キャプテンに毒を吐けるくらいには、体調がよくなっているように見える。

「うん。静香先輩が診ててくれたらしい……」

　和泉のその発言に、俺は一瞬言葉を失った。

　……え？

　静香、さん？

「は？　なんで？」

　和泉の看病は、他のマネージャーに任せたはずなんだけど……。

　つーか和泉、なんか顔赤くないか……？

「なんでって……知らねーけど……起きたら、いてくれた」

　ポリポリと髪を掻きながら、どこか気恥ずかしそうにそう言った和泉。

　起きたらいてくれたって……。

「……別のやつに任せたんだけどな……」

　マネージャーたちまたサボってたのか……？

「え？　なに？」

「……いや、なんもない。とにかく元気そうで安心した」

　……ほんと、１回ちゃんと言わないと。

　和泉の世話なら喜んですると思ったのに……はぁ、面倒だなぁ……。俺、サッカー部に入ってから女の子苦手になってきた気がする……。

　でも……まさか静香さんが、ここまで仕事をしてくれる人とは思わなかった。

　今回の合宿で、唯一の救いだっ……。

「……なぁ、柴原」

「ん？」

　なぜか言いにくそうに、口の端を曲げた和泉。

　なんだ……？

「静香先輩って……どんな人……？」

　恐る恐る紡がれたその質問。

　俺は、驚きのあまり目を大きく見開いた。

　……和泉、が……。

　自分から女の人の話、するなんて……！

　こいつは、超が付くほどの女嫌い。

　もう嫌いを通り越して、まるで視界に入っていないような扱いをするくらい女子が苦手な奴。

　和泉のファンやマネージャーたちに対しても、目線すら合わせない徹底ぶりは最早周知の事。

　その和泉から女子の話題が飛び出したことに、俺は開いた口が塞がらなくなった。

「……どうしたんだよ急に」

　呆然と見つめる俺に、和泉は若干居心地の悪そうな顔をして、視線を逸らした。

「いや、別に……ちょっと気になっただけ」

　ちょっと……気に、なった？

　え、待て待て待て……それってもしかして……。

「お前まさか……静香さんのこと好きなの!?」

「は……!?　んなわけねーだろ！」

　俺の質問に、全力で否定した和泉。

　熱のせいかもしれないが、あからさまに反応する姿は、いつもの和泉ではない。

　そんな大袈裟に否定するところも変だし……。

「そうじゃないけど……なんか、わかんなくてあの人」

「え？」

「……やっぱいい。もう寝る」

　……和泉？

　寝返りを打ち、俺に背を向けた和泉の姿に、ふぅ……と息を吐いた。

　お前のほうがわかんないって……。

「ほんと気分屋だな〜」

　自分から聞いたくせに……。でも、和泉が突然こんなこと聞いてくるってことは……。

　——気になってる、のかな……静香さんのこと……。

「うるさい。もう行けよ、風邪移んぞ」

「はいはい、おやすみ」

「ん」

　俺は立ち上がって、和泉の部屋を出た。

　……なんだ、ろ……これ。

　さっきから……心臓の辺りが変だ。

　ムズムズするっていうか……いや、モヤモヤ……？

　とにかく、重たくて、しんどい気持ち。

　もしかして、俺、和泉の風邪が移ったのかな……？

　俺まで風邪とか引いたら、静香さんの負担が……。

　ダメだ……今日はしっかり休もう……！

　一応予備で持ってきた風邪薬も飲んで、手洗いとうがいもちゃんとしなきゃなぁ……！

　呑気にそんなことを思っていたこの時の俺は、全く気づ

いていなかった。

　この胸の、違和感の理由に。

　もうこの時から、ひとつの方向へ向かって、いくつもの
矢印が動きだしていることを——……。

　——俺はこのあと、痛感することになる。

《第3章》
不機嫌な和泉くん

初日終了

　朝食の下準備を30分ほどで終わらせ、夕食の食器洗いに取りかかろうと思った時だった。

「静香ちゃん、いる?」

　厨房に、佐倉先輩の声が響いたのは。

「はい……!　います」

「よかった。……おつかれさま」

　私の元へ歩み寄ってくる佐倉先輩は、いつもの笑みを浮かべている。

　私に、何か用かな……?

　さっき和泉くんの部屋で会ったけど……どうしたんだろう。

「何かありましたか?」

「いや、何もないよ。静香ちゃんと話したかっただけ」

　……え?

　私と話しても、楽しくないだろうけど……。

　なんだか申し訳なくなって、肩を狭める。

「マネージャーの仕事、どう?　大変でしょ?」

　心配するように顔を覗き込んできた佐倉先輩に、私は首を振って否定した。

「いえ……!　全然平気です!」

　今日はドッと疲れたけれど、初日から弱音を吐いてなんていられない。

　それに、私よりもみんなのほうが、きっと疲れているだ
ろう。
「健太くんもすごく丁寧に教えてくれるので……私も早く
お役に立てるように、頑張ります！」
「……健太くん？」
　え？
　一体なにが引っかかったのか、佐倉先輩はピクリと反応
して、健太くんの名前を復唱した。
「……」
「佐倉、先輩？　……どうかしましたか？」
「いや……なにもないんだけど……ちょっと妬いちゃうな」
　妬い、ちゃう？
「俺のほうが先に仲良くなったのに……」
「……？」
「名前。俺は佐倉先輩なのに、柴原は健太くんなんだ」
　ど、どういうことっ……？
　名前……佐倉先輩のほうが、よそよそしいってこと、か
な……？
「えっと……特に理由は……」
　気にしたことも、なかった。
　ていうより、逆に佐倉先輩はなにを気にしているんだろ
う……？
　呼び方にこだわりがあるのかな？
　そこまで考えた時、再び厨房の扉が開いた。
　入ってきたのは、さっきまで名前が挙がっていた健太く

ん。

「あっ……ここにいたんですね！　……って、キャプテン？」

　私たちを見ながら、不思議そうに目を見開いている健太くん。

　一方の佐倉先輩はなんともない顔で健太くんのほうを見て、口を開いた。

「柴原、よく会うね」

「そっすね……えっと、俺静香先輩に用事があって……」

「はいはい。じゃあ邪魔者は出ていくよ」

「じゃ、邪魔とか言ってないです……!!」

　冗談めかした顔で笑い、佐倉先輩は私のほうを見た。

「またね、静香ちゃん。今度はふたりでゆっくり話そうね」

　ひらひらと手を振る佐倉先輩に、私もぺこりと頭を下げる。

　健太くんは、苦笑いしながら髪をポリポリと掻いていた。

「ほんとすいませんタイミング悪くて……」

「ふふっ、冗談冗談。じゃ、頑張って」

　佐倉先輩が去って、室内に健太くんとふたりになる。

　私に用事って言ってたけど、なんだろう？

「あの……何かありましたか？」

「あ……！　いえ！　たいした用事じゃないんです！　明日の仕事の確認と、それから静香さんの分の夕飯冷蔵庫にありますよって伝えようと思って……！」

　夕飯……そうだ、忘れてた。

「ありがとうございます。それと、さっきは仕事を押し付けてしまってすみません……」

「いえいえ、気にしないでください。みんな静香さんのご飯、うまいうまいって言って食べてましたよ」

　にっこりと微笑む健太くんの表情に、ほっと胸を撫でおろす。

　よかった……今まで家族とリナちゃん以外の人に料理をふるまったことがないから、ちゃんとお口に合ったみたいで安心した。

　この合宿で、全然役に立てていない気がしていたから、尚更安堵した。

「よかったです……明日からも頑張ります」

「はい！　静香さんのご飯、楽しみにしてます‼」

　そう言って満面の笑みを浮かべる健太くんは、愛でたくなるほど可愛かった。

「静香さん、もう今日は休んでくださいね？　疲れてるだろうし……」

「いえ……全然平気ですよ。洗い物が済んだら、休ませてもらいます」

「あっ……そっか、俺も手伝います！　今日はもうすることないんで！」

　健太くんのお言葉に甘えて、ふたりで何気ない会話をしながら、食器洗いを済ませた。

　怒涛の初日が終わり、私は部屋でつかの間の休息をとった。

私以外

　２日目は、朝の５時に目を覚ました。

　顔を洗って身支度をして、すぐにマネージャーの仕事に取りかかる。

　昨日健太くんに教わった通り、洗濯機を３台使って回して、洗濯物を処理していく。

　あまりに汚れているジャージやタオルは、先に手洗いしてから洗濯機へと入れた。

　ふぅ……大変……。部員さんたちのお母さんは、毎朝こんなことをやってるのかなぁ……。

　そんなことを考えながら、朝食までに洗濯物を干し終えられるよう、テキパキと作業を進めた。

　部員さんたちはみんな、６時半起床らしい。

　その時間になると、遠くから話し声が聞こえ始めたり、起きてきた人の姿を遠目で確認した。

　朝食は7時半から。

　朝のジョギングが終わってから、食堂に集まる予定になっている。

　洗濯をすべて終わらせて、私は急いで厨房へと向かった。

　その最中、背後から大きな声で名前を呼ばれる。

「静香さんっ……！　おはようございます！」

「あ……健太くん、おはようございます」

「今から朝食の準備ですか？」

「はい」

「そうですか！ じゃあ俺は、今日使うスポドリとかタオルの補充行ってきます！」

　元気に走っていった健太くんの背中を見つめる。

　朝から元気いっぱいだなぁ……ふふっ。

　私も、頑張ろう……！

　朝食は、サンドイッチにすることにした。

　そんなに時間もかからず、かつ野菜や栄養のあるものを一度に摂れる。

　昨日の夜に具材の準備はしていたから、あとはソースやバター、マヨネーズを塗って挟むだけだ。

　温かいスープも作って、なんとか7時にすべて完成した。

　それを食堂に運びながら、私は気になっていることがあった。

　和泉くん……大丈夫、かな。

　昨日よりも、体調はマシになっているかな……？

　様子を見にいきたいけれど、できない。

　そんなふうに、気軽に会いにいけるほど、私たちは親しい関係ではないから……。

　……でも……気になる……。

　もし熱が上がっていたら……なにか困っていることとか、あったり……ああ、考えないようにしようとしても、どうしても気になってしまう。

　……そうだ。

　昨日健太くんが看病を頼んだマネージャーさんたち……

頼めない、かな。

　そこまで考えて、私は昨日立ち聞きしてしまった会話を思い出した。

　面倒くさがってたから……あっ、でも、確か……。

『目覚ましてちょっと元気になった頃に行こっかなぁ〜』

　ある程度元気になったら、行ってもいいって言ってたよね……。

　昨日、話せるくらいには元気だったし、今なら頼んでも大丈夫なんじゃないかな……？

　うん、一度私からも、お願いしてみよう。

　朝食の頃には、食堂に集まってくれるだろうし……その時にでも。

『先輩みたいな軽そうな女、俺嫌いなんですよ』

　私が様子を見にいくより……他の女の子に任せたほうが、良いに決まってる。

　胸の奥が、チクッと痛んだ気がしたけれど、気にしないフリをした。

　あれ……？

　マネージャーさんたち、もう集まってる……！

　ひとつ目のサンドイッチの入ったバンジュウを持って食堂に行くと、マネージャーさんがすでに3人、揃っていた。

　私が現れたのに気づいてか、急に静かになる食堂。

　やっぱり私……正式なマネージャーじゃないし、苦手がられてるかもしれない……。なんだか申し訳なくなって、バンジュウを置き、再び厨房へ戻った。

　はぁ……こういう時、自分の性格が嫌になる。

　もっと交友的に関わっていきたいのに、自分から人に話しかけたりすることが大の苦手だった。

　リナちゃんと仲良くなったのも、リナちゃんが話しかけてきてくれたからだし……。さっきの女の子たち、きっと1年生だろうから……本来なら私から話しかけるべきだよね……。

　あ、そうだ。

　あの女の子たちに、和泉くんのことお願いできないかな……。

　私からお願いするのも、なんだか変な話だけど……このままじゃ心配で、他の仕事が手につかない。

　ふたつ目のバンジュウを持って、再び食堂へ行く。

　はぁ……緊張してきたっ……。

　扉の前で、深呼吸をひとつ。

　ちゃんと頼まなきゃっ……。

　そう決意して、扉に手をかけた時だった。

「ねぇ、なんか手伝ったほうがいいんじゃない？」

「確かに……リナ先輩は口うるさかったけど、花染先輩ひとりで頑張ってるし……」

「あたしらなにもしてなさすぎて、そろそろ怒られそう。ちょっとくらいなんかしたほうがいいかもね」

　中から、そんな会話が聞こえてきた。

　……え？

　マネージャーさんたち……もしかして、手伝うつもりで

集まってくれたのかな……？

　なんだか、少し嬉しい気持ちになる。

　全く仕事したくないんだと思っていたから、少しでも協力姿勢を見せてくれたことが、嬉しかった。

　……よ、よし。

　扉を開けて、もう一度食堂に入る。

　さっきと同様に、私が入ってきた途端無言になるマネージャーさんたち。

　私はテーブルにパンを置いてから、マネージャーさんたちのほうを向いた。

「あ、あのっ……」

　私の声に、マネージャーさんたちがびくりと反応したのが見てわかった。

　ごくりと、息を飲む。

　が、頑張るんだ、私っ……。

「よかったら……今体調を崩している部員さんがいるので、看病をお願いできませんか……？」

　なんとかそう口にできて、達成感が湧いた。

　い、言えたっ……！

　けれどすぐに、返ってくる反応に対しての不安が襲ってくる。

　無視されたら、どうしようっ……。

　なに偉そうに指図してんだとか思われてたり……っ。

　悪い方向にばかり考えてしまったけど、そんな心配は杞憂だったらしい。

「は、はい……！」

　３人のうちひとりの女の子がそう返事をしてくれて、他のふたりも続くように頷いてくれた。

　快く受け入れてくれたことに安堵する。

　よ、よかった……。

「部員って、和泉くんですか……？」

　どうやら和泉くんが寝込んでいるということはマネージャーさんたちにも伝わっているのか、ひとりの女の子がそう聞いてきた。

「そ、そうです！　２１０号室で休んでもらっているので、お願いします……！」

　返事をして、頭を下げた。

　私はできない仕事だから、本当にありがたい。

「あの、看病って何すれば……」

　あ……そ、そっか。

「少し待ってくださいね！」

　ポケットの中からメモ用紙とペンを取り出して、仕事内容を書きだしてゆく。

「氷枕と熱を冷ますシートの交換と、タオルを常に清潔なものに替えてください。それと、何か食べれそうなら、厨房におかゆを用意しておくので、出してあげてください。定期的に熱を測ってもらえると助かります。あと……部屋に行く時は、倉庫にあるマスクを使ってください。移ったら大変なので……！」

　和泉くんのことを考えると、あれもこれもしてもらいた

いことが出てきて、ペン先を走らせた。

　……うん、このくらいで大丈夫！

「これ、メモ書きですっ」

　仕事を書いたメモを1枚切り取って、笑顔でマネージャーさんに渡した。

　なぜかまじまじと私の顔を見ている3人に、首をかしげる。

　えっと……ど、どうしたんだろう……？

　私の顔、何か付いてるかな……？

「ありがとうございます！　じゃあ、行ってきます！」

　心配になり始めた時、ひとりの女の子がハッと我に返った反応をし、メモを受け取ってくれた。

　そのまま他のふたりの肩を叩いて、一緒に出ていったマネージャーさんたち。

　出ていく間際に私のほうを見てお辞儀をしてくれて、私もぺこりと頭を下げた。

　ひとり残された食堂で、ぺたりと座り込む。

「はぁ……き、緊張したぁ……」

　話したことがない人に声をかけるのって、こんなに緊張するんだなぁ……。

　でも、一件落着だ……ふふっ。

　優しそうな女の子たちだったから、彼女たちならしっかりと和泉くんの看病をしてくれるはず。

　これで……大丈夫だよね。

　和泉くんの風邪が、早くよくなりますように……。

　祈ることしかできない自分が不甲斐なく思えてしまうけど、私は私にできることを頑張ろうと、再び厨房に戻った。

　和泉くんの部屋へ続く廊下で――。

「ねぇ見た？　花染先輩の顔」

「見た見た！　あたし間近で見たの初めてだけどやばかった……」

「わかる……女優？ってくらい美人だったんだけど……」

「ていうか思ったより優しそうな人でびっくり……！」

「わかるわかる！　しかも喋り方可愛すぎた……」

「極め付けに最後のあの笑顔……あれはモテるわけだよねぇ……」

　――そんな会話が繰り広げられていたなんて、知る由もなかった。

傷ついてほしくない人

「静香さん！　ボトル持ってきました！」

　重たい白のボックスを持って、こっちに来てくれる健太くんにお礼を言う。

「ありがとうございます！　そろそろ休憩入るので、配りましょうっ」

「はい！」

　ふたつある箱をそれぞれ開けて、配る準備をした。

　今日は、合宿３日目。

　雲ひとつない晴天が夏の暑さを一層引き立てている。

　暑い……。

　私たちを溶かす気なんじゃないかと疑いたくなるような太陽の光に目を細めながらも、一生懸命手を動かした。

　こんなことでへばってちゃダメだっ……。

　炎天下でサッカーをしている部員さんのほうが、よっぽど大変なんだから。

　昨日はあれ以来、特に何事もなく乗り切った。

　和泉くんとは、初日の夜から会っていない。

　一度も部屋に行っていないし、もちろん行くつもりもなかった。

　マネージャーさんによると、熱は少し下がったらしく、このまま早く回復できることを祈るだけだ。

　正直、心配なのは変わらないので、早く元気になった姿

を見たかった。

「ふぅ……」

　お昼の休憩に入る部員さんたちに、タオルとボトルを配り終えた。

　グラウンドのライン引きを健太くんに任せ、私は使い終わったタオルの入ったカゴを持ち洗濯場へと移動する。

　今日の半分がようやく終わった……毎日ほんとハードだなぁ……。

　リナちゃん、いっつもこれをしていただけなんて……すごいっ……。

　家に帰ったら、まずはリナちゃんに会いにいこう。

　笑顔で、合宿無事に終わったよって伝えるんだ。

　そのためにも、頑張らなきゃ……！

「……ん、あれ……？」

　ふらりと目眩がして、近くの壁にもたれた。

　貧血、かな……？

　そういえばなんだかちょっと、体がダルい……。

　って、ダメダメ！

　まだ3日目なんだから、こんなところでへばってちゃダメ……！

　気合を入れ直して、カゴをもう一度持ち上げた。

　洗濯機を回して、グラウンドのほうへ移動する。

　朝に洗濯していた分のユニフォームを取り込んで、昼休憩が終わるまでに配らないといけない。

　下履きに履き替え、水道の前を通り過ぎようとした時だっ

た。

「そういやコウ、なんでリナちゃんと別れたの？」

　そんな声が、聞こえてきたのは。

　今、リナちゃんって言った……？

　とっさに、壁際に隠れた。

　って、どうして隠れたんだろうっ……。

「お前知らねーの？　浮気だよなぁコウ」

　さっきとは違う別の人の声に、どきりと心臓が跳ねる。

　……浮気？

　コウというのは、多分コウくんのことだろう。

　リナちゃんの、元カレの愛称。

「え？　お前浮気したの？　うわ、ひっでー」

　ちょっと待って……ふたりが別れた原因って、浮気だったの……？

　リナちゃんが言いたくなさそうだったから聞かなかったけど……そんな……。

　……酷いっ……。

「だってリナうるせーんだもん。部活があるからデートも無理とか、つーか部活中は俺のこと他の部員と同じ扱いなんだぞ？　ちょっとくらいは特別扱いしてくれてもいいじゃん」

　追い討ちをかけるように聞こえてきたその声には、聞き覚えがあった。

　間違いなく、コウくんの声だ。

「最近、彼女じゃなくてオカンっぽかったんだよあいつ。

終いには俺が浮気しても『じゃあ別れよっか』だけだぞ？
ほんと可愛げねーわあいつ」

　コウくんが吐き出す言葉のひとつひとつが、私の胸に突
き刺さる。

　言葉にできない怒りが胸の奥から湧き上がって、自分の
手をぎゅっと握りしめた。

　……こんな人だなんて、思わなかった。

　リナちゃんは、こんな人のために……大変なマネー
ジャーを２年もしてたんだ。

　こんな人のために……私に、『サッカー部のことよろし
くね』って、頭を下げたんだ……。

　……っ。

　身体が言うことを聞かなかった。

「……っ、え？」

　気づけば私は壁から離れて、コウくんたちの前に出てい
た。

「花染、さん？　……えっと……」

　突然出てきた私を、驚いた表情で見る部員さんたち。

　その真ん中にいる、久しぶりに見るコウくんの姿。

「ど、どうしたの静香ちゃん……？」

　苦笑いを浮かべながら、私の名前を呼んだコウくんを
じっと見つめた。

「……めて、ください……」

「え？」

「リナちゃんの悪口を言うのは……やめてください!!」

　そう発した言葉は、情けなく震えていて……。私は自分が泣いていることに、ようやく気づいた。

　普段そこまで感情の波が揺れることはないのに、今はもう、悲しい気持ちと怒りでいっぱいだった。

「どうして笑ってそんなことが言えるんですか……コウくんは、最低です……！」

　リナちゃんは、私の大事な友達。

　いつだって私に元気をくれる、太陽みたいな女の子。

　体操ジャージのズボンを、ぎゅっと握りしめた。

「リナちゃんがどれだけコウくんのことを想ってたのか、どんな気持ちで別れようって言ったのか、どうしてわからないんですか……？」

　泣きながら話す私を、唖然とした様子で見つめるコウくん。

　知らなかった。浮気だったなんて。

　リナちゃんがそれを言わなかったのはきっと、私が聞かなかった以外に……コウくんのことを、考えたからだと思う。

　コウくんのことを思って、何も言わずにサッカー部を辞めて、コウくんの評判が下がらないように……。

　そんなの、あんまりだ。

　ボロボロと、涙が止めどなくこぼれ落ちる。

　悲しい、悔しいっ……。

「リナちゃんはうるさくなんてない……酷くなんかない、誰よりも可愛いです……！　誰よりも、優しいんです！

リナちゃんを傷つけるようなこと言ったら……私が許しません！！」

そう叫ぶように言い放って、私はコウくんに背を向けた。

逃げるように、人影のないところへと走った。

合宿場の裏まで走ってきて、壁に体を預けながらしゃがみ込む。

コウくんの話をする、リナちゃんの姿が脳裏をよぎった。

『ほんとあいつ、あたしがいなきゃ何もできないのよ。仕方ないからマネージャーもやってやったの』

『頼りないけど、優しいやつなのよ。お人好しでさ。まぁそういうとこが……好きなんだけど』

……っ。

リナちゃんの気持ちを知っていたからこそ、悔しい。

コウくんなんか……リナちゃんと別れたこと後悔すればいいんだっ……。

あんないい女の子、いないんだから……っ。

もうコウくんとリナちゃんが、極力鉢合わせしないようにしなきゃ。

リナちゃんには……傷ついてほしくない。

大事な大事な人だから……。

どうしよう……涙が止まらない……仕事をしなきゃいけないのに、こんな状態じゃ戻れない。

早くしなきゃ、健太くんにも迷惑が……。

「静香ちゃん……！！」

――え？

私の名前を呼ぶ声に、反射的に顔を上げる。
視界に入ったのは、息を切らした佐倉先輩の姿だった。

想い人【side佐倉】

　俺は——女の子っていう生き物は、とても醜いと思う。

　裏表があって、可愛らしさをとり繕うその生き物が、はっきり言って苦手だ。

　女兄妹に囲まれて育ったから、尚更そう思うのかもしれない。

「佐倉せんぱーいっ！　おつかれさまです！」

「タオル要りますか？」

「ボトルどうぞ！」

　部活中。休憩に入った途端、待ってましたと言わんばかりに群がってくるマネージャーたち。

　その策略には気づかないフリをして、俺はいつも笑ってみせる。

「ありがとう」

　満足した様子で微笑み、はしゃいでいるマネージャーたちを見て、心の中で呟いた。

　バカだなぁ。

　ほんと、愉快な頭で羨ましい。

　俺のこと、純粋無垢な優しい男と信じて疑わない女の子たち。

　こんなこと思ってるってバレたら、きっと幻滅されるんだろうけど……——同じだ。

　この女の子たちと、なにも変わらない。

俺にだって、裏表があるだけの話。

ていうより、俺は別に幻滅されたってかまわない。

これが楽だからそうしてるだけ。

それに、1年の頃は俺だって反発した側だったんだ。

サッカー部のマネージャーは、いわばファンクラブ。

どの学年にも、なぜかアイドル的な部員が存在し、その追っかけのようなものだ。

1年でレギュラーになった俺も、すぐにそのターゲットになった。

鬱陶しくて部活に集中できないからやめさせてほしいと、当時のキャプテンに相談したところ、返ってきた言葉はこうだった。

『でも、女子がいたほうが男子の士気も上がるんだよ。他の部員のためにも、我慢してくれ』

そう笑顔で言われ、こいつ何言ってんだと思ったのを覚えている。

まさか自分が、キャプテンになって同じ言葉を吐くことになるとは思わなかったけど……。

そんなことをぼうっと考えながら、汗を流したくて手洗い場のほうへと向かった。

なんとかマネージャーを自然にまいて、ひとりで利用者の少ないほうに来た。

はぁ……マネージャーたち、そろそろ注意したほうがいいかな。

やってる仕事といえば、俺や和泉への補給品渡しくらい。

　いつもリナちゃんと、部費泥棒って陰で呼んでいたのを思い出す。

　リナちゃんがいなくて、今回はどうなることかと思ったけど……。

　静香ちゃんが来てくれて、ほんとよかった。

　けど、せわしなく働いている姿を見ると申し訳なくなる。

　静香ちゃんは、異質な子だ。

　初めて話した日、カルチャーショックに近いものを受けた。

　多分俺は一瞬で、静香ちゃんに──。

「……あ？　……って、キャプテンか」

　裏側から、風邪で掠れたような聞こえた。

「……和泉？　お前なにしてるの？」

　頭を傾けて声の聞こえたほうを見ると、そこにいたのはユニフォームを着て顔を洗っている生意気な後輩の姿だった。

「なにって……部活行こうと思って……」

　1年のエース、和泉。

　こいつは俺以上の女嫌いで、愛想のかけらもない男。

　そのルックスと運動神経で、今校内で大人気……って、他のマネージャーが騒いでた。

　部活行こうって……こいつ風邪引いてるんじゃなかったっけ？

「お前まだ万全じゃないでしょ。ちゃんと治るまで安静にしろ」

「……嫌です」

「わがまま言うんじゃない。はぁ……部屋戻るぞ」

「……無理です」

「キャプテン命令。部活に参加したいなら、早く風邪治せ」

「もう治りました」

「手のかかる後輩だなほんと……ほら、お前の行き先はこっち」

　背中を押して、グラウンドとは逆の、和泉隔離部屋へと連れていく。

　ていうか背中熱……これのどこが治ってんの。

「キャプテン……見学だけでもいいから、いさせてください……」

「ダメだ。つーか、他の奴にも風邪移る可能性あるだろ。そういうことも考えろ」

「……ちっ」

　こいつ、今舌打ちした……？

　俺のこと先輩だって思ってないだろ……はぁ……。

　正直、女の子の次に、こいつが苦手だった。

　こいつは常に自由に、誰にも気を使わずに生きてる。

　そういう生き方をできることが、そう生きることを許されてきたこいつが羨ましい。

　……まぁ、男の情けない嫉妬ってやつなのかな。

　こいつもちょっとは、マネージャーに愛想よく接してほしい……和泉目当てで入った子まで俺のほうに来て、もう面倒なんだよ。

　そんなことを思いながら、和泉を見張りつつ部屋へ向かって歩く。

　和泉のことを部屋まで送ったら、静香ちゃんの様子を見にいこ……。

　そう、思った時だった。

「それにしても、花染さん来てくれてよかったなぁ～」

「ほんとほんと、やっぱり可愛い子がいたらモチベーション上がるわ」

「リナちゃんに辞めてもらって逆によかったかもな」

　洗濯場のほうから、そんな会話が聞こえたのは。

　……酷いこと言ってるなぁ……２年か？

　俺に続いて、和泉も足を止めた。

　俺たちふたりにとって貴重な人材だったリナちゃんの陰口は、聞き捨てならない。

「俺も思った。ご飯もうまいし、俺らにも優しいし！」

　……確かに、静香ちゃんは想像の何倍も優秀だった。

　こいつらの意見もわかる。でも、だからってリナちゃんを否定していい理由にはならない。

　サッカー部の母として、１年と少しの間ずっと支えてくれてたんだから。

　リナちゃんは男友達みたいだったし、できれば残っててもらいたかったんだけど。

　理由は知らないけど、彼氏と別れたらしい。

　２年の部員で、確か相手の名前は……。

「一時はどうなることかと思ったけど……よくやったなコ

ウ！」

　そうそう、コウって呼ばれてるやつ。

　キャプテンなのに、あんまり話したことないな。

　つーかなに、元カレが愚痴言ってんの？

　和泉はひと言も話さず、じっと話を聞いていた。

　俺も、悪いとも思わず立ち聞きを続ける。

「そういやコウ、なんでリナちゃんと別れたの？」

「お前知らねーの？　浮気だよなぁコウ」

「うわ、ひっでー」

　……あー、なるほど。

　急に彼氏と別れたから辞めるって言ってたけど、そういうことだったのか。

　そいつのためにマネージャーを始めたから、もう続ける理由がないって話してたけど……多分、リナちゃん的に気を使ったんだろう。

　相変わらず男らしい。

「だってリナうるせーんだもん。部活があるからデートも無理とか、つーか部活中は俺のこと他の部員と同じ扱いなんだぞ？　ちょっとくらいは特別扱いしてくれてもいいじゃん」

　元カレの言い訳に、鼻で笑いそうになった。

　リナちゃん、男見る目なさすぎでしょ。

　まあ、俺が言えたことじゃないけど……今度いい奴紹介してあげよう。

「キャプテン……早く戻りましょ……」

「ああ、うん」

　立ち聞きしていたから何か言うのかと思ったけど、それ
ほど興味もないらしい和泉が再び歩きだした。

「最近、彼女じゃなくてオカンっぽかったんだよよあいつ。
終いには俺が浮気しても『じゃあ別れよっか』だけだぞ？
ほんと可愛げねーわあいつ」

　まだ笑い混じりに話しているそいつに、あとで注意して
おくか……と思いながら俺も歩き始めた。

「……っ、え？」

　そんな俺の耳に、困惑の声が聞こえて再び足を止める。

「花染、さん？」

　……え？

「ど、どうしたの静香ちゃん……？」

　一歩下がって、陰から覗く。

　そこには、逆の方向から２年の前に現れたらしい、静香
ちゃんの姿があった。

　なぜか、スタスタと歩きだしていた和泉も戻ってきて、
驚愕した様子で静香ちゃんのほうを見ている。

　……泣いてる？

　視界の真ん中にいる静香ちゃんの頬に、遠目からでもわ
かるような大粒の涙が流れていた。

「……めて、ください……」

「え？」

「リナちゃんの悪口を言うのは……やめてください！！」

　いつも落ち着いていて、穏やかな静香ちゃんからは想像

がつかないような声色だった。

　悲しい、悔しい……そんな感情が伝わってきて、ごくりと息を飲む。

「どうして笑ってそんなことが言えるんですか……コウくんは、最低です……！」

　まるで、自分のことのように怒っている静香ちゃん。

　その姿が——綺麗だと思った。

「リナちゃんがどれだけコウくんのことを想ってたのか、どんな気持ちで別れようって言ったのか、どうしてわからないんですか……？」

　ほんと……変な子。

　自分が変な噂を立てられていることには、何にも言わないのに。

　何も言わずひとりで傷ついて、ひとりで苦しんで、でもそれを見せないように笑って。

　ひとつも、怒らないくせに……。

　少し前、リナちゃんとした会話を思い出した。

　あれは……５月の合宿が終わった時だ。

　全く仕事をしないマネージャーにリナちゃんが説教をするのが、サッカー部では恒例行事になりつつあった。

『リナちゃん、おつかれ。さっきすごい怒鳴ってたね』

　いつものようにお説教が終わったあと、ひとりで日誌を書いているリナちゃんに声をかけた。

『いや、だってマネージャーたちなんにもしないんですよ？

何のためにお前ら合宿来たんだよ！って感じです』

『あはは、リナちゃんがいてくれて助かるよ。でも、今頃リナちゃんの悪口で盛り上がってるだろうね』

『そういうの、本人の前で言わないでくれません？ まぁ別に誰にどう言われたって気にしませんけど。はー……ほんと、女のコミュニティーって面倒』

　疲れたのか、首を回しながら『あー……』と唸るリナちゃん。

　確かに、リナちゃんって同年代のマネージャーとも極力話さないし、ていうか女の子と仲よさそうに話してるのを見たことがないな。

『リナちゃんって、女友達いないよね』

　いっつも部員とか男と話してるし……まあ、サバサバしてるから合わないのかな。

『失礼な……いますよ!!』

『あ、そうだったんだ。男とばっか運んでるイメージあったから』

　俺の言葉に『デリカシーのかけらもないですね』と言いながら、なにかを思い出すようにふっと笑ったリナちゃん。

『ひとりだけ。超絶可愛い自慢の親友がいます』

　その言い方と声色だけで、大切にしているのが伝わってくるみたいだった。

『へー……、リナちゃんがそこまで言うって、ちょっと気になるかも』

　いっつも一緒にマネの文句言ってるから、同性とか毛嫌

いしそうなのに。

『あたしも、女の友達なんか要らないって思ってたんですよずっと。表裏使い分けて、簡単に裏切って、陰でぐちぐち言って。でも……』

そう言いかけて、リナちゃんは再び微笑んだ。

『静香は、本当に良い子だから。あの子のことは信用できるし、優しすぎて、あたしが守ってあげなきゃって思うくらい』

その時は、ぼんやりとどんな子なんだろうって気になったくらいだった。

あのリナちゃんにここまで言わす相手が、純粋に気になった。

そして、図書館で会ってすぐにわかった。

——この子は、危ういくらい優しい子。

「リナちゃんはうるさくなんてない……ひどくなんかない、誰よりも可愛いです……！　誰よりも、優しいんです……！　リナちゃんを傷つけるようなこと言ったら……私が許しません!!」

そう言い放って、俺たちとは逆側から出て行った静香ちゃん。

残された2年も、俺も……隣の和泉も、誰もが呆然と立ち尽くしていた。

リナちゃん、男は見る目ないけど……女を見る目はあると思うよ。

君が言ってたこと、今痛いほどわかる。

　浮気されたのは可哀想だけど、こんなふうに想われてい
て羨ましい。

　静香ちゃんに……大事にされてるリナちゃんが。

　もうダメだ。

　──欲しい。

　今までぼんやりと、『良いな』と思っていたのが、今はっ
きりとした感情に変わった。

　一目見た時から俺は──惹かれていたんだ。

　この感情は多分『恋』。

　自分には一生縁がないと、見放していたもの。

　俺は……この子が欲しい。

　この……優しくて繊細で、誰よりも心の綺麗な子を、俺
だけのものにしたい。

　こんな人を見つけてしまったら、我慢なんてできるわけ
ない。

「……和泉、悪いけどひとりで部屋戻って」

　監視がてら送り届けてやろうと思ったけど、ちょっと無
理になった。

「……どこ行くんですか」

　低い声でそう聞かれて、一瞬気にかかった。

　和泉が一体何に対して不機嫌になっているかが、わから
なかったから。

「……ちょっとね」

　けど別に、今はそんなことどうでもいい。

「早く戻りなよ」

　肩をそっと叩いて、俺は物陰から出た。

「ねぇ」

　いまだに呆然としている２年たちの前に出る。

「キャ、キャプテン……！」

　驚いて、一斉に俺を見る２年たち。

　別に説教する気もないし、後輩の話に首突っ込む気もないけど……１個だけ。

「お前ら、それ以上ダサいこと言うのやめなね」

　これだけ、言っておかないと気が済まない。

「……次あの子泣かしたらキレるから」

　怒るのは苦手だった。

　苦手っていうか、『優しい』と思われたほうが世の中なにかと便利だ。

　一応キャプテンだし、俺が朗らかにしていた方が部内の空気も良いはずだと、常に笑顔を意識していたつもり。

　けど、そんな今までの努力も自分のイメージも、清々しいほどどうでもよくなった。

　静香ちゃんのためだったら、俺は他の奴からなんて言われようとどうだっていい。

　自分の保守をすべて捨てて、あの子を守ってあげたい。

　早く……探さなきゃ。

　２年に背を向けて、静香ちゃんが走っていった方向へと俺も向かう。

　きっと今頃、ひとりで泣いてるんだろう。

　華奢な身体を震わせて泣いている静香ちゃんを想像する

だけで、胸が酷く痛んだ。

　静香ちゃんの考えを読んで、人気の少ない場所を片っ端から探す。

　部活中でもこんなに、全力で走ることないや……。

　息を切らしながら駆け回っている自分にそう思う。

　静香ちゃんと出会う前の俺が今の俺を見たら、きっと鼻で笑い飛ばすだろう。

　……別に、それでいい。

　誰に笑われたって関係ない。

　走って走って走って、ようやく小さな背中を見つけた。

　グラウンドから一番離れた校舎の裏で、ひとり隅っこで泣く静香ちゃんの姿を。

　ああもう……こんな誰にも見つからないような場所を選んで……。

「静香ちゃん……‼」

　可哀想で、見てられない。

　自分でも驚くほど大きな声で、名前を呼んでいた。

　必死さを隠しもしないその声色に、我ながら笑えてくる。

　びくりと体を震わせた静香ちゃんが、こちらへ振り返った。

「さくら、せんぱい……」

　目にいっぱい涙をためた静香ちゃんに見つめられ、ズキリと痛む心臓。

「ど、どうしてここに……？」

　急いで目の前まで駆け寄ると、静香ちゃんは慌てて目を

ゴシゴシと擦った。

「どうしてって……」

　静香ちゃんがひとりで泣いてるのに、放っておけるわけないでしょ。

　じっと見つめながら、赤くなった目の下を指で撫でた。

　静香ちゃんは驚いた様子で目を見開いたあと、自分の顔を隠すように手で覆う。

「す、すみません……目にゴミが入ってしまって……仕事が残ってるのに、ごめんなさい……！　す、すぐに戻りますね！」

　一体何を勘違いしたのか、無理に笑う笑顔が痛々しい。

　仕事なんてどうでもいい。

　こんな時まで、変な気は使わなくていいから。

　静香ちゃんはもう少し、自分を大事にして。

　静香ちゃんが大事にできないなら、俺が……。

「……っ、え？」

　我慢できずに、目の前の体を抱き寄せる。

　驚いて抵抗もできなかったのか、静香ちゃんはすっぽりと俺の胸に収まった。

　片方の手で引き寄せて、もう片方の手で頭を撫でる。

「泣いていいよ」

　俺の前で、作り笑いなんてしなくていい。

「あ、の……」

「悔しかったね」

「……っ」

「大丈夫。静香ちゃんがああ言ってくれて、リナちゃんも
報われたと思うよ」

　きっと自分を責めているんだろうと思って、そんな言葉
を贈った。

　図星だったのか、わかりやすく反応する静香ちゃん。

　小さな背中が、小刻みに震えている。

「……リナちゃんは……すごく、良い子なんですっ……」

「うん」

「こんな私と仲良くしてくれて、いつも、相談にも乗って
くれて、優しくて……」

　こんな私だなんて、卑下する必要ないのに。

　そう思ったけど、今は言わない。

「どうしてリナちゃんが傷つかなきゃいけないのか、わか
らないっ……」

　俯いているから見えないけど、きっとその瞳から今、い
くつもの雫が流れている。

「何も気づいてあげられなかったことも……悔しい、で
す……っ」

　そう吐き出す声が震えていて、俺は抱きしめる腕に力を
込めた。

「うん、思ってること全部吐き出していいよ。俺しかいな
いから、いっぱい泣いて」

　タガが外れたように、泣き始めた静香ちゃん。

　声を押し殺して泣くその姿に、愛しさが込み上げた。

　きっといつも、いろんな感情を押し殺して、我慢して、

こうやってひとりで泣いてるのかもしれない。

　もうそんなこと、させたくない。

　これからは俺が——この子を守りたいと思った。

　一番近くで見守って、静香ちゃんにとって安らげる場所になりたいと思った。

　少しして、静香ちゃんの震えが収まった。

「涙、止まったね」

　顔を覗き込むと、心なしかすっきりとした表情になっていて安心する。

　でも……目が真っ赤だ。

　頬に残っていた涙を拭えば、潤んだ瞳に見つめられた。

「ご、ごめんなさい、佐倉先輩……」

　そんな言葉、必要ないのに。

「泣けばいいって言ったの俺だよ？　謝る必要なんてないからね」

　優しく頭を撫でれば、困ったような表情をする静香ちゃん。

　きっと、なんて返事をしていいのかわからずに言葉を探しているんだと思う。

　そのいじらしさに、柄にもなくときめいてしまう。

「気持ち落ち着いた？」

「はい……」

　こくりと頷いた静香ちゃんを見て、自然と笑みがこぼれた。

「リナちゃんのことは、別に静香ちゃんが気負う必要ない

よ。さっきも言ったけど、静香ちゃんが思ってくれるだけ
で、きっとリナちゃんは報われてるから」

その言葉は情けなんかじゃなくて、俺の本心だった。

「ありがとうございます……」

静香ちゃんの表情に、ようやく明るさが戻る。

それに、ほっと安堵した。

「……2回目、ですね」

「え？」

「初めて会った時も……こうして慰めてくれました、佐倉
先輩」

一体なんのことだろうと首をかしげた俺に、静香ちゃん
は満面の笑みを浮かべながらそう言った。

控えめに咲く花のようなその笑顔に、心臓が握り潰される
ような衝撃が走る。

「……可愛い……」

「……え？」

思わず漏れてしまった感情に、慌てて平静を繕った。

「ううん、何もない。そういえばそんなこともあったね」

誤魔化した俺に、再び笑ってくれた静香ちゃん。

どうやら、さっきの言葉ははっきりと聞こえてなかった
ようで、バレないように胸を撫でおろした。

2回目、か……。

忘れもしない、初めて会った日。

「あの時は、どうして泣いてたの？」

「あ……」

　気になって特に考えもせずそんな聞き方をしてしまった
俺に、静香ちゃんが困惑した声を漏らす。
「ごめんね、言いたくないならいいんだ」
　今の質問はさすがに、デリカシーなかったな……。
　気になったとはいえ、静香ちゃんだって聞かれたくない
ことはあるだろう。
　そう思ったけれど、静香ちゃんは首を左右に振った。
「い、いえ！　そんな、たいした理由ではないんですけ
ど……」
　俺に気を使ってくれたのか、恐る恐る口を開く。
「失恋、してしまって……」
「……え？」
　……失恋？
「静香ちゃん、好きな奴いたの？」
「……はい」
　あー……そうだったんだ。
　好きなやつ、いたんだ。
「……へぇー……」
　平気なフリをしようと思いながらも、想像以上にダメー
ジを受けている自分がいた。
　ていうか、静香ちゃんを振るってどういうこと？
　その男、見る目なさすぎ……。
　顔もわからないそいつに、酷く腹が立った。
　……ていうか……。
「今もそいつのこと、好きだったりする？」

そうだったら最悪だなと思いながら、聞かずにはいられなかった。

「……っ」

図星を突かれたと言わんばかりに顔を赤く染める静香ちゃんに、頭を強く殴られたような衝撃が走る。

「……そうなんだ……」

計算外、だったな。

静香ちゃんの反応からして、多分相当ほれこんでいる。

「フラれたのに好きだなんて……未練がましいです、よね……」

あーあ……羨まし。

こんなふうに健気に想われて。

でも、だからって関係ない。

欲しいものを手に入れるためなら、手段は選ばない主義だ。

絶対に振り向かせてみせるし、その自信はあった。

「そんなに好きなんだね、その男のこと」

「あ、あの……でも、もうきっぱり嫌いって言われたので、諦めるつもりで……」

俺の言葉に否定は入れず、そう言った静香ちゃん。

　……嫌い？

「何かあったの？　そいつと」

そこまではっきり拒否されるとか……。

「……いえ……ただ、私は悪い噂が多いので……そういうのを聞いて、嫌われてしまったみたいです……」

　悲しそうに、視線を下げた静香ちゃんの表情に怒りが込み上げる。

「なにそれ、だっさい男だね」

　静香ちゃんの噂は、普通に俺も知ってる。

　でも、所詮噂でしかないし、静香ちゃんを知った今、それが嘘だということも断言できた。

　そんな男に、静香ちゃんをとられなくてよかった……。

　ひとり安堵した俺を、困った表情で見つめてきた静香ちゃん。

「い、和泉くんは、ダサくなんてないです……！」

「……は？」

　——今、なんて言った？

　ポーカーフェイスは得意だ。

　それなのに今、自分でも情けないくらい間抜けな顔をしているとわかる。

「あ……あのっ……違っ……」

　自分の失言に気づいたのか、顔を真っ赤に染めた静香ちゃん。

　その姿を見た俺は、確信せざるを得なかった。

愛読者カード

お買い上げいただき、ありがとうございました！
今後の編集の参考にさせていただきますので、
下記の設問にお答えいただければ幸いです。よろしくお願いいたします。

本書のタイトル（ 　　　　　　　　　　　　　　　　　　　　　　　**）**

ご購入の理由は？ 　1. 内容に興味がある　2. タイトルにひかれた　3. カバー（装丁）が好き　4. 帯（表紙に巻いてある言葉）にひかれた　5. 本の巻末広告を見て　6. ケータイ小説サイト「野いちご」を見て　7. 友達からの口コミ　8. 雑誌・紹介記事をみて　9. 本でしか読めない番外編や追加エピソードがある　10. 著者のファンだから　11. あらすじを見て　12. その他（　　　　　　　　　　　　　　　　　　　　　　　　　　）

本書を読んだ感想は？ 　1. とても満足　2. 満足　3. ふつう　4. 不満

本書の作品をケータイ小説サイト「野いちご」で読んだことがありますか？
1. 読んだ　2. 途中まで読んだ　3. 読んだことがない　4.「野いちご」を知らない

上の質問で、1または2と答えた人に質問です。「野いちご」で読んだことのある作品を、**本でもご購入された理由は？** 　1. また読み返したいから　2. いつでも読めるように手元においておきたいから　3. カバー（装丁）が良かったから　4. 著者のファンだから　5. その他（　　　　　　　　　　　　　　　　　　　　　　　　　　）

1ヵ月に何冊くらいケータイ小説を本で買いますか？ 　1. 1〜2冊買う　2. 3冊以上買う
3. 不定期で時々買う　4. 昔はよく買っていたが今はめったに買わない　5. 今回はじめて買った

本を選ぶときに参考にするものは？ 　1. 友達からの口コミ　2. 書店で見て　3. ホームページ　4. 雑誌　5. テレビ　6. その他（　　　　　　　　　　　　　　　　　　　　）

スマホ、ケータイは持ってますか？
1. スマホを持っている　2. ガラケーを持っている　3. 持っていない

学校で朝読書の時間はありますか？ 　1. ある　2. 今年からなくなった　3. 昔はあった　4. ない

ご意見・ご感想をお聞かせください。

文庫化希望の作品があったら教えて下さい。

学校や生活の中で、興味関心のあること、悩みごとなどあれば、教えてください。

いただいたご意見を本の帯または新聞・雑誌・インターネット等の広告に使用させていただいてもよろしいですか？ 　1. よい　2. 匿名ならOK　3. 不可

ご協力、ありがとうございました！

郵 便 は が き

１０４-００３１

東京都中央区京橋1-3-1
八重洲口大栄ビル7階

**スターツ出版（株）　書籍編集部
愛読者アンケート係**

（フリガナ）
氏　名

住　所　〒

TEL　　　　　　　　　　　携帯／PHS

E-Mailアドレス

年齢　　　　　　　　　性別

職業
1. 学生（小・中・高・大学(院)・専門学校）　　2. 会社員・公務員
3. 会社・団体役員　　4. パート・アルバイト　　5. 自営業
6. 自由業（　　　　　　　　　　　　　　　　　）　7. 主婦　　8. 無職
9. その他（　　　　　　　　　　　　　　　　　　　　　　　　　）

**今後、小社から新刊等の各種ご案内やアンケートのお願いをお送りしてもよろし
いですか？**
1. はい　　2. いいえ　　3. すでに届いている

※お手数ですが裏面もご記入ください。

秘密の契約

「い、和泉くんは、ダサくなんてないです……！」

　自分の失言に気づいたのは、目をまん丸と見開いた佐倉先輩と視線が交わったあとだった。

　……っ。

　私今……和泉くんって……言った……？

　サーっと、血の気が引くのを感じる。

「あ……あのっ……違っ……」

　早く言い訳しなきゃと思いながらも、嘘が思いつかなくて、言葉が出てこない。

　えっと、えっと……っ。

「い、和泉くんっていうのは、その……お、同じクラスの人で……！」

「……静香ちゃんのクラス、和泉なんて名前のやついないよね？」

「……っ」

「あれ、カマかけたんだけど当たっちゃった？　……ふふっ、嘘下手だなぁ静香ちゃんは」

　にっこりと、不自然なくらいの笑みを浮かべる佐倉先輩に、私はお手上げだった。

　ダメだ……佐倉先輩を、誤魔化せる気がしない……。

「まさか和泉だとは思わなかったけど、確かに静香ちゃん、和泉の前だと少し変だったよね」

「……」

「そっか、そうだったんだ……驚いた」

　何も言い返せなくて、手をぎゅっと握った。

　口が滑っただなんて、酷い言い訳だ……。

「さ、佐倉……せんぱい……」

　私、何やって……。

「……え？　し、静香ちゃん!?　どうして泣くの……!?」

　再び泣きだした私を見て、佐倉先輩が慌てた様子で顔を覗き込んできた。

　すがる勢いで佐倉先輩を見つめて、震える唇を開く。

「い、言わないでっ……あの……、私、好きって……ダメで……っ」

　和泉くんに、この気持ちがバレたら困るっ……。

　私の気持ちは迷惑にしかならないから、気づかれないように必死に押し殺してきたのに……。

　こんなところで自分で言っちゃうなんて……。

「待って待って、泣かないで……！　大丈夫だから……！」

　佐倉先輩が、私の肩を撫でた。

　自分のバカさに涙が止まらなくって、こぼれる涙をゴシゴシと擦る。

「静香ちゃん、本当に大丈夫だから……って、え？」

　頭上から聞こえた佐倉先輩の声に、顔を上げた。

　目を見開いて、私の後ろを見つめている佐倉先輩。

　その先に何があるのか気になって、振り返った。

　途端、涙がすっと止まる。

　な、んで……。

「……い、ずみ……く……」

　ここに……和泉くんがいるの？

　開いた口が塞がらない私は、今すごく間抜けな顔をして
いるに違いない。

　走ってきたのか、息を切らしている和泉くん。

　この前見た時よりも顔色はよくなっていたものの、まだ
体調が万全ではなさそうな気怠さが見えた。

「……どうしたの？　部屋戻れって言ったでしょ俺」

　言葉が出ない私に変わって、佐倉先輩が和泉くんと向き
合う。

　下唇をきゅっと噛んでから、言いにくそうに口を開いた
和泉くん。

「……静香先輩……泣いてたんで……」

　──え？

　私が、泣いてたからって……？

　どうして和泉くんが、それを知ってるの……？

　もう頭の中がこんがらがってしまって、立ち尽くすだけ
の存在になる。

　突然、グイッと腕を引かれた。

　気づいた時には、佐倉先輩の腕の中。

　……っ！

　ますます意味がわからなくて、もう頭がパンクしそう。

　反射的に押し返そうとした私の耳元で、佐倉先輩が
「しっ」と和泉くんには聞こえないくらい小さな声で言っ

た。

　おとなしくしててと言われたような気がして、言われるがままじっとする。

「……俺が慰めてるから、心配しなくても平気だよ」

　頭を佐倉先輩の胸に押し付けている体勢のため、どんな構図になっているのかわからない。

　ただ、佐倉先輩が和泉くんのほうを見ながらそう言ったらしいことはわかった。

　しん……と、少しの間静寂が流れる。

「……そうですか。……邪魔してすみません」

　それを破ったのは、和泉くんの苦しそうな声。

　風邪のせいか、声が掠れていた。

　和泉くんが去っていく、足音だけが聞こえる。

　佐倉先輩の腕の中で、私はそれを聞いていることしかできなかった。

「和泉、行ったよ」

　どうやら、私のために和泉くんを遠ざけてくれたらしい佐倉先輩。

　抱きしめたのはきっと、慰めている演技のためかなと、佐倉先輩の対応力に頭を下げた。

「ありがとう、ございます」

　結局、どうして和泉くんがいたのかはわからなかったけど……会わないようにしていたから、佐倉先輩に助けられた。

「……お礼言う場面じゃないでしょ」

「え?」

　なぜか少し困った顔をしている佐倉先輩に首を傾げると、くすっと笑われた。

「ううん、なにもない。……で、どうして和泉には内緒なの? 告白してフラれたってことは、もうバレてるんでしょ?」

　……あ……そ、そっか。

　確かに、それだけ聞いたら変な話かな……。

「いえ……告白したわけではなくて……」

「告白してないのに嫌いって言われたの?」

「はい……。私すごく嫌われてるみたいなので、和泉くんには気づかれたくなくて……」

　本当は佐倉先輩にも……リナちゃん以外の誰にも言うつもりはなかったし、気づかれたらダメだった。

　ただでさえ合宿中は、邪魔にだけはなりたくなかったのに……。

「嫌われてるって……あれのどこが……」

　……え?

　ぼそりと独り言のように呟いた佐倉先輩。

　聞き取れなくて、じっと佐倉先輩を見つめると、はぐらかすように微笑まれる。

「……ま、一応事情はわかったよ。静香ちゃんは和泉が大好きで、でも気持ちは隠したいんだね」

「はい……」

　こくりと、深く頷いた。

「それじゃあ秘密にしててあげる」

　あっさりとそう言ってくれた佐倉先輩に、心がストンと軽くなる。

「ほ、ほんとですか……！　ありがとうございます……！」

　よかった……！

　佐倉先輩がそんなことを言いふらす人じゃないってわかってたけど……安心した……。

　ほっと、胸を撫でおろす。

「その代わり、俺のお願いも聞いてほしい」

　安堵したのもつかの間、佐倉先輩のセリフに首をかしげる。

　お願い……？

「わ、私にできることがあれば……！」

　秘密にしてくれるって言ってくれたんだ……なにか力になれるなら、なんでもしたい……！

「うん、静香ちゃんにしか頼めない」

　じっと私を見つめる佐倉先輩に、少しだけ心臓がどきりと音を立てた。

　私にしか頼めないって、なんだか意味深……。もしかして、すごい重労働とか……？

　な、なんでもするつもりだけど……。

　ごくりと息を飲んで、佐倉先輩の次の言葉を待つ。

「俺の……彼女になって」

「……へ？」

　待ち構えた私に届いたその"お願い"に、変な声が漏れた。

　俺の……彼女？

　私の聞き間違い？

「あの、今なんて……」

　再度聞き直すと、返ってきた言葉はさっきと同じものだった。

「俺の彼女になって、静香ちゃん」

　……か、彼女……？

　恋人って、こと？

　一体、どういう意味で言ってるのっ……？

「そ、それは……」

「ふふっ、そんな困った顔しないで。フリだよフリ」

　え？

「フリ……？」

　私の顔を見て、くすくすと笑う佐倉先輩。

　全く佐倉先輩の行動が読めず、頭上にはてなマークを浮かべるしかなかった。

　笑いが治ったのか、「はぁー……」と息を吐いた佐倉先輩は、再び私のほうを見る。

「俺ね、結構モテるの」

　いつもの穏やかな表情でそう言われ、一瞬固まってしまった。

「は、はい……！」

　もちろん、佐倉先輩の人気具合は重々承知している。

　合宿が始まってから、尚更目の当たりにした。

　でも、それとなんの関係が……？

「ふふっ、またナルシストみたいなこと言ってるね俺」

　くすりと笑う表情は相変わらず爽やかで、嫌味ったらしさは少しも感じない。

　ナルシストなんかじゃなく、佐倉先輩は賢いから、自分が他人からどう見られているのかを熟知しているんだきっと。

「人に好かれるのはもちろん嬉しいけど……でも、正直女の子に言い寄られるの辛くって。告白とか断るのも心苦しいんだ」

　あ……。

　少しだけ、共感する部分があった。

　たまにだけど、こんな私を好きだと言ってくれる人がいる。

　きっと噂でいろいろ言われているから、私なら軽く遊んでくれそうって思っているだけかもしれないけど……。告白を断るのは、本当に心苦しい。

　どんな理由であれ、自分を好きになってくれる人に応えられないことに、いつも凄く申し訳なさを感じていた。

　佐倉先輩も、あれだけの好意を寄せられていたら……必然的に全員は受け入れられないよね。

　その気持ちを考えると、胸がチクリと痛んだ。

「だから……静香ちゃんが彼女のフリしてくれない？　そうしたら言い寄ってくる子も減ると思うんだ」

　一瞬忘れていた彼女のフリという魂胆を理解し、頭の中の電球にピコンッと明かりが灯された。

「な、なるほど……」

　そういう意味だったんだ……！

　もちろん、佐倉先輩のような素敵な人が、私に告白するだなんてありえないから、何か理由があるとは思ったけど……佐倉先輩は策士だっ……。

　確かに恋人がいる人ってわかったら、告白してくる人もいなくなるはずっ……！

　フリでも、私が恋人だなんておこがましいけど……けどそれで佐倉先輩が楽になるなら、力になりたい。

「私でよければ——」

「でも、やるからには本物の恋人に見えるように、ふるまってもらいたい」

　……え？

「学校が始まったら、放課後の部活がない日は一緒に帰ったり、たまにお昼も過ごしたり、恋人のフリのために、ふたりで歩く時は手を繋いだり」

　具体的な内容に、少しだけ後ずさりしそうになった。

　そこまで、演じる必要あるのかな……？

　一緒に帰ったり、お昼休みとかはいいけど……手を繋ぐのは……少しだけ、抵抗がある。

　お互い恋愛感情がないとはいえ、佐倉先輩は男の人だから……好きな人以外とそういうことはししないほうがいいんじゃないかな……。

「さっきみたいに……抱きしめることもあるかもしれない」

　そのひと言が、私の心に待ったをかけた。

「あの……す、すみません、少しだけ考えさせてもらえま

せんかっ……？」

　さっき抱きしめられたのは、不可抗力というか、佐倉先輩が気を使って守ってくれたもの。

　なんの理由もなく抱きしめ合う必要はないと思うし、しちゃいけないと思った。

　そういうのは好きな人とじゃないと、ダメだと思う……。

「うん、わかった。ゆっくり考えてほしい」

「は、はい……すみません」

「静香ちゃんが謝る必要ないよ。それに、別に断ったからって、和泉のことは言ったりしないから」

　優しく微笑みかけてくれる佐倉先輩に、涙が出そうになった。

　即答できない薄情な私に、こんなふうに優しくしてくれるなんて……どこまでもいい人……。

　ちゃんと、前向きに考えよう。

　きっと今返事ができないのは、和泉くんへの気持ちが残っているからだ。

　早くこの気持ちを払拭できさえすれば、佐倉先輩に協力できるはず。

　こんなにもよくしてもらっているんだから、少しでも恩を返したい。

「もう１回聞くけど、気持ちは落ち着いた？　もう涙は出ない？」

「はいっ」

「よかった。それじゃあ、そろそろ戻ろっか？」

　私の頭をポンっと撫でてくれた佐倉先輩の言葉で、思い出した。

「私、洗濯の途中だったの忘れてました……！」

　仕事中だったのに……！

　今何時だろうと思い時計を見ると、結構な時間が過ぎていてサーっと血の気が引いていく。

「大丈夫大丈夫。柴原には俺の手伝いしてもらってたって言っとくから。あんまり無理しないでね」

　佐倉先輩の優しさに、もう頭が上がらない。

　紳士って言葉がここまで似合う人に、初めて出会った気がする……。

「ありがとうございます……」

　もう足を向けて寝られないなと思いながら、サボってしまった分頑張ろうと気を引き締めた。

「あーあ。静香ちゃんが鈍感でよかった。遠慮なく邪魔できるよ」

　並んで歩きだしたなか、佐倉先輩が呟いた言葉に首をかしげた。

「え？　どう言う意味ですか？」

「ううん、こっちの話」

　……？

　邪魔って……私助けられてしかないのに……。

　そう思ったけど、あまり深くは聞かないことにして、ふたり並んで宿舎に戻った。

☆
☆
☆
☆

《第4章》
不器用な恋人たち

消えない想い

「静香さん、俺がしますよ!!」

　ひとりじゃ持てない朝ごはんをワゴンに乗せたくて、どうしようかと悩んでいると、背後から来た健太くんが持ち上げてくれた。

　軽々とワゴンに移していく健太くんに、男の子はすごいなぁと感心する。

「ありがとう健太くん!　重たかったからすごく助かります……!」

　笑顔でお礼を言うと、いつものように健太くんは顔を真っ赤にした。

　健太くんは、人にじっと見つめられると、恥ずかしくなる子なのかもしれない。

　毎回りんごみたいに赤くなっているから、最近そう思い始めた。

「い、いえ……力仕事は任せてください!」

　私のほうを見ないでそう言う姿を見て、照れているのかなと微笑ましくなる。

　4日目の朝食メニューは、和食にした。

　いつもパンばかりだと部員さんたちも飽きるだろうし、今日は早起きして頑張ったんだ。

　早起きっていうより……昨日は寝付けなかったっていうほうが、正しいんだけど……。

　佐倉先輩から言われたことをずっと考えていたら、なんだか眠れなかった。

　私も、こんな悩まずに『はいわかりました』って返事ができたらいいんだけど……。

　フリくらい別にいいじゃない派の私と、フリでも好きな人と以外付き合っちゃいけない派の私が両側から交互に囁いてくる。

　ぐるぐる悩んでいると、いつの間にか朝になっていた。

　昨日も少し体がダルかったけど……今日は昨日にも増して酷いな。

　しっかりしなきゃと言い聞かせて、喝を入れるため頬をペチッと叩いた。

　朝食の支度を済ませ、そのまま洗濯場のほうへと向かおうとした時だった。

「静香ちゃん……！」

　名前を呼ばれて振り返ると、そこにいたのは……。

「……コウ、くん」

　気まずそうな顔をした、コウくんと昨日話していた部員さんたち。

「ちょっと、いいかな……？」

　一体なんだろう……？と思いながらも、とりあえず頷いて、コウくんたちのほうを向いた。

「昨日は、ごめんなさい……！」

　……え？

　深々と、頭を下げたコウくん。

「俺……ほんと、最低なこと言ったよね……。すごい情け
ないんだけど、ちょっとヤケになってたんだ」

　ゆっくりと頭を上げたコウくんの顔は、苦しそうに歪ん
でいた。

「リナのこと……うるさいとか可愛げないとか、思ってな
いこと言って、静香ちゃんにまで嫌な思いさせてごめん。
本当はさ、かまってもらえないのが寂しくて、八つ当たりっ
ていうか……とにかく、本当にごめんなさい！」

　もう一度頭を下げたコウくん。その言葉は、ちゃんと本
音に聞こえた。

「そう……だったんですか……」

　ふたりにしかわからないなにかが、きっとあったのかも
しれない。

　私はそこに首を突っ込んだだけだから、私に謝る必要は
ないのに、わざわざ謝ってくれた誠意には向き合いたいと
思った。

「安心してください。私も、リナちゃんに言うつもりはな
いです」

　リナちゃんが傷つくってわかってるようなこと、伝える
つもりはない。

「俺、本当はリナとやり直したいんだ。でも連絡も取れな
くて、どうしようもなくて……」

　困った様子で、後ろ髪をかくコウくん。

　コウくんはコウくんなりに、謝りたいのかもしれない。

「私はリナちゃんの親友で、リナちゃんの味方なので、な

んのアドバイスもできません……。でも……」

　ひとつだけ……。

「リナちゃんのことを泣かせたら、次はもっと怒ります！
それだけは、覚えていてください」

　まっすぐコウくんを見てそう言えば、コウくんは一瞬目
を見開いたあと、真剣な表情を浮かべた。

「うん。約束する」

　その瞳が嘘をついているようには見えなかったから、大
丈夫。きっと。

「昨日は、あの佐倉先輩にも怒られたし、年下の和泉にま
で説教されたよ……」

「……え？」

　一瞬、聞き間違いかと思った。

　今、和泉くんって言った……？

「……あ、でもふたりに言われたから謝りにきたんじゃな
いよ!?」

　コウくんが話を続けているけど、前のセリフが気になっ
て内容が入ってこない。

「あの……和泉くんって……？」

　きっと聞き間違いだ。そうに違いないと思いながらも、
それを肯定してもらいたくて聞き返した。

　何言ってるの？　そんなこと言ってないよ？って言葉が
返ってくると思ったのに……。

「……あれ？　聞いてない？」

「何を、ですか……？」

「いや、あの場に和泉と佐倉先輩がいたみたいで……佐倉先輩はすぐに静香ちゃんを追いかけていっちゃったんだけど……」

コウくんの言葉に、今度こそ確信した。

「和泉が、すっげー怖い顔で俺らのところに来て、『理由があったとしても浮気するやつは最低だ』『あの人に謝れ』って……後輩のくせに、威圧感がすごくて……ちょっと怖かったよ」

昨日のことを思い出した。

『……静香先輩……泣いてたんで……』

あれは……偶然居合わせたんじゃなくて……。

私を、心配して来てくれたってこと……？

疑問はたくさんあった。

どうして和泉くんがあの場所にいたのかとか……どうして……嫌いな私の心配をしてくれたのかとか……。

でも、そんなことを考えるより、とにかくただ嬉しかった。

どんな理由であれ、和泉くんが私なんかのために、動いてくれたことが。

じわりと、視界が滲む。

きっと私だから、心配してくれたんじゃないってわかってる。

和泉くんは優しい人だから、泣いている人をほっとけなかっただけだと思う。

でも……好きという気持ちが溢れてどうしようもなかっ

た。

　泣いていたら不審に思われると思い、視線を下げる。

「そう、だったんですか……」

　絞り出した声は、不自然なほど震えていた。

　涙を堪えるので、今は精一杯だった。

「でも、俺が全部悪いんだけどね……リナには、本当に最低なことした……」

　申し訳ないけれど、コウくんの言葉がこの時にはもう入ってこなくて、ただ顔を上げられずに俯く。

「それじゃあ、仕事中に引き留めてごめんね」

　コウくんとその友人さんたちは、そう言って足早に去っていった。

　コウくんたちが行ってしまって、再びひとりきりになる。

　私はその場に、崩れるようにしゃがみ込んだ。

　ダメだ……私、ほんと……。

「……っ、やだ……」

　もう、考えたくないのに。

　考えちゃダメなのに。

　頭の中が和泉くんでいっぱいになって、それと同時に、好きって気持ちが止まらなくて、もう苦しい。

　どうしてこんなに未練がましいんだろう。

　そうして私は、こんなに和泉くんのこと……好きで、どうしようもないんだろう……。

　自分の感情が制御できないことなんて、和泉くんに出会うまではなかったのに。

　ダメだと思うことには手を出さなかったし、願っても手に入らないとわかっているものを、欲しがることもなかった。

　でも、この気持ちだけは自制がきかない。

　ねえ和泉くん、どうして……私のこと、追いかけてきてくれたの……？

　もしかして少しでも……心配をしてくれた……？

　そんな、本人には聞けないような質問が、いくつも頭の中に浮かんだ。

　私のことは、そんなに、嫌い……？

　どうしても、どれだけ頑張ったとしても……。

　──好きになって、もらえませんか……っ……？

　ただ静かに、涙が溢れていた。

　蓋をしても押し返して溢れ出ようとする、私の恋と一緒に。

　……やめよう。

　結局、こんなことを考えていたって一緒なんだ。

　不毛な恋だって、もう十分わかっているし、泣いていてもなんにもならない。

『和泉が、すっげー怖い顔で俺らのところに来て、「理由があったとしても浮気する奴は最低だ」「あの人に謝れ」って……後輩のくせに、威圧感がすごくて……ちょっと怖かったよ』

　きっと、和泉くんは真面目な人だろうから、浮気とかが許せなかったんだろうなぁ……。

　和泉くん、いつから練習参加できるんだろう……。

　昨日も少し辛そうだったけど、今日は無理かな？

　コウくんたちに言ってくれたことと……追いかけてきて
くれたこと……。お礼だけでも、言いたかった……。

　そう思うけど、やっぱり『迷惑になる』という感情が私
を踏みとどまらさせた。

　とにかく今は、悩んでる暇はない。

　私の目的はリナちゃんの代理……それだけは、忘れちゃ
ダメだ。

　洗濯、しなきゃ。

　そう思って、ゆっくりと立ち上がった。ジャージの袖で、
涙を拭う。

　心の中でだけ、そっと呟いた。

　和泉くん、ありがとうございます……。

　それと——直接言えなくて、ごめんなさい。

　このお礼は、いつかちゃんと伝えたいなと思いながら、
洗濯場へと急いだ。

ずるい人【side 和泉】

『……また、おかゆ……持ってきてください』

　人に頼みごとをしたのなんて、久しぶりだった。

　誰かに何かを求めることが、どれだけ無意味なことかわかってから……望むことすら諦めていた。

　それを、久しぶりにこの人に……静香先輩に願った。

『はいっ、明日も作りますね……！　おやすみなさい……』

　そう、言ったのに……。

　合宿２日目。

　昨日よりはマシになったと思うけど、高熱のまま下がらず、立ち上がるのでさえ難しかった。

　体、ダルい……ていうか痛い。

　こんな高熱が出るなんて本当に久しぶりだ……。

　でも昨日、あの人が来てくれて……看病をしてくれて……久しぶりに、人の温もりに触れた気がした。

　おかゆ……初めて食べたけど、うまかったな……。

　今日はいつ、来てくれるんだろう。

　あれだけ毛嫌いしていた人を、待ち望んでいる自分がいた。

　静香先輩はそれ以来一度も、俺の部屋に来てくれなかった。

　朝の８時になった頃、部屋の扉が開いた。

　静香先輩……？

　そう思って、重たい体で寝返りを打つ。

　俺の視界に映ったのは、待ち望んでいた人ではなかった。

「し、失礼しまーす……」

　少し浮かれたような声でそう言って、部屋に入ってきたマネージャー３人。

　俺は残り少ない体力を、もう一度寝返りをすることに使った。

　こいつらの顔なんか、見たくない。

　よりにもよって、俺につきまとってくる奴らだし……。

「い、和泉くん、体調平気……？」

「少しはマシになった？」

「みんな心配してたよ……！」

　口々にそう聞いてくるマネージャーたちに、返事を返すのも面倒。

　そう無視を決め込んだ俺の鼻腔を、良い匂いが掠めた。

　昨日も嗅（か）いだ、その匂い。

「あのね、これ持ってきたから食べて……！」

　ひとりのその言葉に、俺はゆっくりと身体を起こした。

　……どういうことだ？

　女が差し出してきたお盆に乗っているのは、昨日と同じような鍋に入ったおかゆ。

　嫌な予感がして、俺はすぐにひとすくいして口に運んだ。

　昨日と同じ味がして、ごくりと飲み込む。

「……お前が作ったのか？」

　多分、こいつらに言葉を発したのは初めてだと思う。

　嬉しそうに表情を明るくさせたマネージャーたち。

「う、うん！　みんなで作った、かな……！」

「ちょっ、なに嘘ついてんのよ……！」

　意見が割れているマネージャーを睨みつけると、途端に口を閉ざしたふたり。

　もうひとりのマネージャーが、俺の顔色をうかがうように口を開いた。

「えっと……静香先輩に、頼まれて……」

　……やっぱり。

　自分で作ったとか嘘をついたことはもうこの際どうでもいい。こいつらがそういう人間なことはわかってる。

　それより……。

「なんであんたらに頼んだ？　静香先輩は？」

　俺が気になるのは、どうして静香先輩がここに来ないのか。

　昨日、来るって約束したのに……。

「理由はわからないけど……和泉くんが治るまでつきっきりでお願いって頼まれて、メモ渡されて……」

　そう言いながら、女が持っていた１枚のメモ……というより、手紙用紙くらいの大きさ。

　びっしりと文字が書いてあるのが見えて、俺はますます、あの人が何を考えているのかわからなくなった。

　……せっかく、待ってたのに。

　来てくれると思ったのに……。

　きっと心配してくれてはいるんだろう。その手紙を見れ
ばひと目でわかる。

　それなのに……俺に、会いたくないのか？

「……出ていって」

「え？」

「今すぐ出ていけ」

　低い声でそう言えば、女たちは部屋を出ていった。

　ひとりになって、こぼれたため息。

　頭の中は、わからないことだらけで渋滞していた。

　俺が今まであんな態度をとったから、内心嫌われてたと
か……？

　自分の過去の行いを思い返すと、十分納得できる。

　酷い言葉ばかりを投げた。そんな俺の顔なんて、本当は
見たくなかったのか？

　だったら、なんで来てくれるって、約束なんかしたんだ
よ……。

　心待ちにしていた数分前の自分が、恥ずかしくなった。

　翌日。

　体調……まだしんどいけど、熱は下がったから動けそう。

　なんとか部活に参加できるかどうかくらいまで回復し
て、昼過ぎに布団を出た。

　久しぶりに風邪引いたから、回復するのに時間がかかり
すぎた。

　何日布団の上生活をしてるんだ……と、情けなくなる。

　せっかくの合宿なのに、これ以上休み続けるわけにはいかない。

　ジャージに着替え、廊下に出た。

　グラウンドに行こうと歩いていると対向側から誰かが歩いてくる。

　よく見ると、その誰かは佐倉先輩だった。

「……和泉？　お前何やってんの？」

「何って……部活行こうと思って……」

　俺の言葉に、驚いた表情をする佐倉先輩。

「お前まだ万全じゃないでしょ。ちゃんと治るまで安静にしろ」

「……嫌です」

「わがまま言うんじゃない。はぁ……部屋戻るぞ」

「……無理です」

　その後も抵抗したが、結局部活参加の許可はおりず、部屋に連れ戻されることになった。

　佐倉先輩も見張りのためとついてくるから、逃げられない。

　くそ……もう大丈夫だっつってんのに。

　俺は早く、部活に出たいんだよ。

　それに……。

　──静香先輩に、直接聞きたい。

　どうしても、昨日来てくれなかった理由を聞きたかった。

　嫌われているのだとしても、本人の口から聞くまでは納

得できなかったから。

　どうしてこの人にここまで執着しているんだと思いなが
らも、静香先輩のことが頭から離れなかった。

「それにしても、花染さん来てくれてよかったなぁ～」

　部屋に戻る途中、そんな声が聞こえた。

　そのすぐ後に、リナ先輩の文句が聞こえてきて、俺も佐
倉先輩も足を止める。

　どうやら愚痴を言っているのは１個上の先輩らしい。レ
ギュラーじゃないからあんま覚えてないけど、その人はク
ソみたいなことを自慢げに語っていた。

　浮気したって堂々と言えるなんて、どんな神経してるん
だか。

　俺にはわからない。わかりたくもないけど。

「キャプテン……早く戻りましょ……」

　こんな奴らと関わりたくない。

　そう思い、足を踏み出そうとした時。

「……っ、え？」

「花染、さん？」

　その名前が耳に入って、俺は再び足を止めた。

　静香先輩……？

　覗くように声がしたほうを見ると、そこには、初めて見
る表情をした静香先輩の姿があった。

　この顔……怒ってるのか？

　少しだけ驚いた。

　怒ることなんてあるのかと思うほど、穏やかな人だから。

「リナちゃんの悪口を言うのは……やめてください!!」

　聞いたことのないような、静香先輩の声。

　そして、涙を流している先輩の姿に、俺は目を見開いた。

　この人……どうしてこんなに怒ってるんだ?

　感情的になっている静香先輩に、そう思う。

　だって、こいつらは静香先輩を褒めてた。

　貶されたのはリナ先輩で……それなのに、どうしてこの人が怒る必要があるんだろう。

「リナちゃんを傷つけるようなこと言ったら……私が許しません!!」

　──どうして、人のためにこんなふうに感情を剥き出しにできるんだろう。

　俺の中の……というより、周りからの話で形成されていた静香先輩の像が崩れていく。

　この人は男タラシで、軽くて、平気な顔で男を騙すような人で……。

　違う。そんな人じゃない。

　そんな人が、こんなふうに人をかばって怒れるか。

　本当の静香先輩は、どんな人なんだ。

　俺は……本当のあんたが知りたい。

　どうしようもなく──あんたに惹かれてることは、もう認めるから。

　静香先輩に見惚れていて、行動が遅れた。

　佐倉先輩が静香先輩を追いかけていくのを、ただぼーっと見つめていた。

　ハッと、我に返る。

　俺も……行かないと。

「おい」

　一応先輩らしいそいつらの前に立つと、視線が俺へと集まった。

「あんたら気持ち悪すぎ。どんな理由があっても、浮気なんかカスがすることだからな。つーか、静香先輩に謝れよ」

　……最後の言葉は、正直どの口が言ってんだって思った。

　きっと一番あの人を傷つけた俺が言っていいセリフじゃない。

　わかっていても、言わずにはいられなかった。

　静香先輩が誰かに傷つけられるのを、見ているだけなんて嫌だったんだ。

　気持ち悪……。

　走るたび、頭がガンガンして、吐き気さえする。やっぱりまだ自分は病人だと、認めざるを得ない。

　けど、今はそんなことどうでもいい。

　泣きながら走っていった静香先輩を、必死で探した。

　……でも、遅かった。

　宿舎の裏で、人影を見つけた。

　ひとつではなく、ふたり分の。

「……い、ずみ……く……」

　俺を見た静香先輩が、大きく目を見開いた。

　その目は赤くなっていて、きっと今も泣いていたんだと思う。

「……どうしたの？　部屋戻れって言ったでしょ俺」

　佐倉先輩の言葉に、少しだけ苛立つ。

　俺はあんたの子供じゃないし、ふたつしか変わらないくせにガキ扱いすんな。

　何より、先に静香先輩を見つけられなかったことにムカついた。

「……静香先輩……泣いてたんで……」

　静香先輩が、俺の言葉に再び目を見開かせた。

「俺が慰めてるから、心配しなくても平気だよ」

　──佐倉先輩が、静香先輩を抱き寄せた。

　離せと言いたかった。

　静香先輩は佐倉先輩と付き合ってないと言っていたんだから、抱きしめる理由なんてないはずだ。

　でも、何も言えなかった。

　静香先輩が、拒む様子を見せなかったから。

「……そうですか。……邪魔してすみません」

　俺の口から出たのは、なぜかそんな謝罪の言葉。

　ふたりから目を逸らし、来た道を戻る。

　頭、いった……。

　結局、あのふたりはなんなんだよ

　付き合ってないだけで、両想いってやつ……？

　もう、意味わかんねーし……。

　あの人は一体……どこまで俺のことを振り回せば気が済むんだ……。

　さっきのふたりの光景が、頭から離れない。

　このどす黒い感情は……多分、嫉妬。

　わかってる、でも……。頭の中がぐちゃぐちゃで、もう何も考えたくなかった。

　部屋に戻って、その日はこれ以上風邪を長引かせないようにひたすら眠った。

　5日目。

「お、和泉‼　お前治ったのか！」

　グラウンドに来た俺を見て、柴原が笑顔でそう言った。

　今日はもう、身体のダルさも残っていない。

　眠すぎて体が鈍っている気がするけど、体調は万全だ。

「もう大丈夫なのか？」

「うん」

「よかったなぁ！　残り3日だけど、楽しめよ〜」

　イタズラ小僧のように笑う柴原を、横目で睨んだ。

　遠回しに休みすぎだって言いたいのか……俺だってわかってる。

　つーか、今はそんなことどうでもいいんだよ。

　キョロキョロと、辺りを見渡した。

　静香先輩は……グラウンドにはいないのか……。

　姿が見当たらず、肩を落とす。

　昨日頭を冷やしたから、今度こそ今日は聞こうと思ったのに。

　来てくれなかった、理由を。

「柴原」

「ん？」

「静香先輩は？」

「あー、朝ご飯の用意してると思う。午前中は洗濯とかもしてもらってるし……って、なんで？」

「いや、別に」

　忙しそうだから……あとでにしよう。

　そう思って、軽くストレッチを始める。

「お前……ほんとどうした？」

「は？　何が？」

「お前が女の人の話するとかなかったのにさ。……やっぱり、静香先輩のこと——」

「おーい！　柴原‼」

　タイミングよく、離れた場所から柴原の名前が呼ばれた。

「おう！　どうしたー？」

　走っていった柴原を見て、ほっと胸を撫でおろす。

　よかった、聞かれなくて。

　今あの質問をされたら困る。

　"違う"って、答えられないだろうから。

「うわ！　今日和食だ！」

「今日もうまそー‼」

　朝練を終えて食堂に行くと、朝食のいい匂いが充満していた。

　静香先輩……いない。

　ご飯をよそうマネージャーの中に、俺が探している人の姿が見つからない。

　昼休みまで待つか……。

　とっとと食べて、練習に戻ろう。

　卵焼きを、ひとつ口に放り込む。

　……うまい。

「今日の飯もうまいわマネージャー」

「ほんとに？　よかったぁ」

　部員の言葉に嬉しそうに返事をするマネージャーに、疑問が生まれる。

　これ……マネージャーが作ったのか……？

　一緒に買い出し行った時、メニュー全部静香先輩が考えてたみたいだったけど……。

　よくわからない違和感を残したまま、食堂をあとにした。

　朝食休憩が終わり、すぐに午前練が始まる。

　休んでいた分を取り返すため、練習中はサッカーのことだけを考え集中した。

「ほら、バテないで足動かせー！」

　ランニングメニューをこなす部員に、喝を入れる佐倉先輩の声がグラウンドに響く。

　先に終えた俺は、端に移動して水を飲んでいた。

　他の奴が終わるまで暇だなと思った時、俺の目に留まったひとりの人。

「……あ」

　静香先輩……。

　校舎のほうから、タオルを運んでくる静香先輩が見えた。

　やっと見つけたことに安心したのもつかの間、俺はすぐ

に目を細める。

　……なんか、足元ふらついてないか？

　ていうか……。

　顔色、真っ青じゃ……。

　そう思った時、華奢な体が大きく傾いて、地面に倒れた。

　——は？

「……っ、静香先輩！！！！」

　考えるよりも先に、体が動く。

　静香先輩の名前を叫んで、急いで駆け寄った。

　倒れたまま、動かない静香先輩。

「先輩！！　大丈夫ですか……!?」

　ゆっくりと肩に手を添えてそう聞いた俺の声に、返事は
なかった。

　苦しそうに眉をひそめ、息苦しそうに呼吸をしている静
香先輩の姿に焦りを隠せない。

　遠目から見てもわかった顔色の悪さは、近くで見ると尚
更酷かった。

「静香ちゃん！！」

　異変に気づいたのか、周りにいた奴らが集まってくる。

　その中に、血相を変えて走ってくる佐倉先輩の姿も。

「大丈夫!?　……すぐに保健室に連れてくから」

「俺が行きますッ……」

　伸びてきた佐倉先輩の手を振り払って、静香先輩を抱き
かかえる。

　少しでも負担が少ないように、横抱きにそっと抱え上げ

た。

「和泉、俺が——」

「佐倉先輩がグラウンド離れてどうするんですか」

「……っ」

「俺に任せてもらって大丈夫なんで」

　そう言って、急いで保健室に向かった。

　腕の中で苦しそうにしている静香先輩の姿に、心配でどうにかなってしまいそうだった。

「疲労による貧血ってところかしらねぇ……」

　昼の間、臨時で来てもらっている保健医は、ベッドに横になる静香先輩を見ながらそう言った。

「病院に行かなくて大丈夫なんですか……？」

「うん、平気よ。でも、ゆっくり休んだほうがいいわ。彼女……相当疲れがたまっていたみたい」

　保健医の言葉に、下唇を噛みしめる。

　全然、気づかなかった……。

　この人は、俺がしんどかった時、唯一気づいてくれたのに……。

　相当疲れてたって……この人、そんなに働いてたのか……？

「私は点滴薬とか取ってくるから、そばにいてあげて」

　保健医は、そう言い残して部屋を出ていった。

　さっきよりも、落ち着いた様子で眠っている静香先輩をじっと見つめる。

　本当に、びっくりした……。

　急に倒れるから、心臓、止まるかと思った……。

　ひとまずよかったと、胸を撫でおろす。

「ん……」

　え？

　静香先輩が、小さく声を漏らした。

　そしてすぐに、閉じられていた瞼が開く。

「……いずみ、く……ん？」

　ゆっくりと俺の名前を呼んだ静香先輩に、どくりと心臓が大きく脈打った。

　綺麗な瞳に、俺だけが映っている。

「……体、平気ですか？」

「あ……は、はい……」

　まだ顔色は悪く、話すのも辛そうに見える。

「静香先輩、さっき倒れたんですよ。疲労による貧血ですって」

　そう言えば、静香先輩の目が大きく見開かれた。

「あ……どうしよう……私、洗濯物がまだ……」

　……何言ってんだ、この人。

「今はそんなことどうでもいいですから。保健医も言ってましたけど、ゆっくり休んでください」

「でも……」

「仕事なんて他の奴に任せたらいいですって」

　余計なくらい、マネージャーも多いんだから。

　静香先輩が、悲しそうに眉の端を下げた。

「……ごめん、なさい……」

　……え？

　なんで謝るんだ……？

「私……迷惑、ばっかりかけちゃって……何の役にも……」

　……なんだよ、それ。

「たくさん働いてくれたから、こうして倒れる羽目になったんでしょ？　何の役にも立ってないわけないです」

　少なくとも、俺は……。

　静香先輩がいてくれて、気づいてくれて……よかったって思ってる。

　初日しかまともに参加してないからわからないけど、静香先輩がちゃんと手伝ってくれているところも見た。

　こんな時くらい、他の奴らのことなんか考えなくていいのに……。

　この人はやっぱり……優しい人なのかもしれないと、思わずにはいられなかった。

「今日は１日、寝ててください」

「えっ……でも、夜ご飯の支度が……」

「だから、他の奴にまかせたらいいですって」

「……は、はい……」

　怒られた子供のように、目を伏せる静香先輩。

「何も心配しなくていいですから、寝ててください」

　できるだけ優しくそう言えば、静香先輩がなぜか頬を赤く染めた気がした。

　というより、顔色がよくなったように見えた。

「あの……和泉くんが、運んでくれたんですか……？」

「……一応」

俺の言葉に、静香先輩がにっこりと微笑む。

「ありがとう、ございますっ……」

少し弱々しい声で紡がれた感謝の言葉。

その笑顔に、息を飲んだ。

やっぱり、綺麗だ。

この人はどこまでも、美しいって言葉が似合う。

「……あの」

ゆっくりと、口を開く。

「どうして、来てくれなかったんですか？」

「え……？」

「俺の部屋。おかゆ持ってきてくれるって言ったのに……」

こんな時に聞くことじゃないってわかってるのに、聞かずにいられなかった。

俺は……ずっと待っていたのに……静香先輩はあれから、一度も部屋には来てくれなかったから。

「あ……」

静香先輩が、気まずそうに俺から視線を逸らす。

やっぱり、嫌われているのか……と、諦めにも似た感情が生まれた時。

「約束……破って、すみません……」

申し訳なさそうな声が、耳に届く。

違う。謝ってほしいわけじゃない。

「俺は理由が聞きたいんです。……俺と、会うのが嫌でし

たか？」

　すごく女々しいことを聞いているような気になったが、ようやく聞けたとほっとしている自分もいた。

　どんな答えが返ってくるのか、覚悟はしていた。

　けど――。

「違います……！」

　少し大きな声でそう否定して、俺をじっと見つめてきた静香先輩。

　その瞳が嘘をついているようには見えなくて、心の底から安堵した。

　嫌われてはなかったらしい。

　というか、そんな全力で否定するって……俺に誤解されないように、してるみたいに見えてしまう。

　って、自意識過剰かもしれないけど……。

「あ、あの……私が会いにいったら……迷惑かと、思って……」

　恐る恐るそう言った静香先輩に、今度は俺が否定をする番だった。

「迷惑じゃないです」

　きっと俺の今までの行いが、この人に誤解をさせてしまったんだろう。

　だから……今度は正直に言う。

「……ずっと待ってました」

「え？」

　俺の言葉に、驚いた表情をした静香先輩。

　この人のこの顔を見たのは、もう何度目だろうか。

「静香先輩が、来てくれるの……待ってました」

　そう言えば、なぜか静香先輩は、一瞬泣きそうに下唇を噛みしめた。……ように見えた。

　ふいっと俺から目を逸らして、下を向いた静香先輩。

「……約束破って、ごめんなさい……」

「謝らないでください。謝るのは……俺のほう、なんで」

　本当に、あなたの口から謝罪なんて聞きたくない。

　むしろ、もっと俺を責めたらいいのに。

　自分でも、発言が二転三転している自覚はある。

　それなのに……この人はどうしてこんなに、優しいんだろう。

　聞きたいことは山ほどあった。

　佐倉先輩とは本当に何もないのか。昨日どうして、抱きしめられて拒まなかったのか。

　愛人という噂はただの噂なのか。あの高級車の男は誰なのか。

　静香先輩が俺を好きになってくれる可能性は……少しでもあるのか。

　……ダメだ。

「……俺、もう行きますね」

　今はそんなことを聞いてる場合じゃない。

　この人は病人なんだから、ゆっくり休んでもらわないと。

　このままここにいたら……何かとんでもないことを、口走ってしまいそうだった。

「……あっ」

　……え？

　椅子から立ち上がろうとした俺の手を、静香先輩が掴んだ。

　驚いて、その場でぴたりと固まる。

「静香先輩？」

　何……してんの？

「あ、あの」

　俺の手をちょこんとつまんだまま、何か言いたげに口を開いた静香先輩。

　自然と上目遣いになっていて、心臓が大きく高鳴った。

　どうしようもなく可愛く見えて、仕方なかった。

「コウくんに……謝れって、言ってくれたって……」

　どうやら、一昨日のことを言っているらしい。

「……ああ、それは……。余計なこと言ってすみません」

　静香先輩は、大きく首を左右に振った。

「ありがとうございます……嬉し、かったです……」

　この表情が俺だけに向けられたのは、初めてかもしれない。

　満面の笑みに、心臓が止まるかと思った。

「……っ」

　静香先輩に握られた手を、握り返す。そのまま、自分のほうへ引き寄せようとした。

　……けど、すぐにハッと我に返る。

　手を離し、静香先輩から顔を背けた。

俺……今、何しようとした？

　自分自身の行動に動揺していると、扉が開く音がした。

　保健医が戻ってきたのかと思ったけど、室内に響いたのは男の声。

「静香ちゃん！」

　取り乱した様子で走ってきた佐倉先輩に、下唇を噛んだ。

　この人は、いつも静香先輩との時間を邪魔してくる。

「大丈夫？　来るの遅くなってごめんね」

　静香先輩にそう聞いている佐倉先輩に、心の中で来なくてよかったのに……と呟いた。

　ていうか、キャプテンのくせに私情で抜けてるな。

　あーダメだ。文句しか出てこない。

「佐倉先輩……こちらこそ、ご迷惑をおかけしてすみません……」

「気にしないで。ていうか謝るのは俺のほうだよ。静香ちゃんにばっかり任せてごめんね……」

　完全にふたりの世界を作り、静香先輩と話している佐倉先輩。

　話しているだけなのに、俺なんて入る隙がないと言われているように感じるほど、お似合いのふたりに見えた。

　……くそ。

　手をぎゅっと握りしめて、ふたりから目を逸らした。

「……和泉くん？」

　……え？

「大丈夫ですか……？　なんだかしんどそうですけど……」

　俺を見て、そう言った静香先輩。

　佐倉先輩と話している最中に、自分のことも気にしてくれたことが嬉しかった。

　……って、ガキか俺。

「大丈夫です」

「そうですか……和泉くんも病み上がりなので、無理しないでくださいね……？」

　心配そうに見つめられて、なんだかむず痒い気持ちになる。

　この人の言葉は、どうしていつもまっすぐに届いてくるんだろう。

　他の奴らから言われたら、きっと放っておけって思うだろうけど、今は純粋に、心配してもらえていることが嬉しいなんて。

　返事をしようと口を開いた俺より先に、佐倉先輩が「和泉」と俺の名前を呼んだ。

「そろそろ戻ったら？　お前ただでさえ遅れて参加でしょ？　他のやつと差開いちゃうよ」

　その言葉は、俺を心配しているものではないとすぐにわかった。

　静香先輩とふたりになるための口実。

　でも……その手にはもう乗ってやらない。

　昨日はおとなしく引き下がったけど、この人と静香先輩を、みすみすふたりきりになんてさせてたまるか。

「佐倉先輩も、キャプテンならグラウンドから離れないほ

うがいいんじゃないですか？」

　俺の言葉に、一瞬佐倉先輩は眉をひそめた。

「……そうだね」

　けど、すぐにいつもの笑顔に戻る。

「俺も行くよ。静香ちゃん、今日はゆっくり休んでね？
また来るから」

「はい、ありがとうございます」

「バイバイ。……和泉、行くよ」

「いや、俺は……」

　保健医に頼まれてるんで、と言おうと思った時、タイミング悪く保健医が戻ってきた。

　まだ話したいことはあったが、俺が居座る理由もなくなり、おとなしく退出する。

　まあ、佐倉先輩を道連れにできたからいいか……。

　静香先輩にぺこりと頭を下げ、部屋を出た。

「お前はもう平気なの？」

　グラウンドに戻る途中。

　佐倉先輩の質問に、嫌味を混ぜて答える。

「はい、おかげさまで」

　言ってすぐ、こういうところが、俺はまだ子供なんだろうなと思った。

　年齢の差はでかい。

　静香先輩にとって、俺は年下で佐倉先輩は年上。

　その時点で、すでに負けている気がするほど、この差はとてつもなくでかいものに感じた。

「ねぇ」

　俺が返事をするよりも先に、佐倉先輩は言葉を続けた。

「静香ちゃんに、あんまり近づかないでほしいんだよね」

　……は？

「前も言いましたけど……佐倉先輩にそんなこと言われる筋合い、ないですよね」

　この人が静香先輩を好きなのはもう十二分にわかっているけど、だからと言って関係はただの先輩と後輩。

　佐倉先輩がそんなふうに、牽制（けんせい）する権利なんて──。

「あるよ」

　俺は、ぴたりと足を止めた。

　というよりも、佐倉先輩の返事が想定外すぎて、止めざるを得なかった。

　佐倉先輩も、足を止めて俺のほうを振り返る。

「俺と静香ちゃん、きっともうすぐ付き合うことになるだろうから」

「……は？」

　何言ってんの……この人。

「ってことだから、俺のものに手出さないでね」

　言っている意味が理解できない。

　もうすぐ付き合うことになる……？

　驚く俺を見ながら、佐倉先輩がふっと笑った。

　そして、スタスタとひとりで先を歩いていく。

　あの自信に満ちた顔はなんだ。

　あんな顔で牽制してくるってことは……なにか理由があ

るってことだ。

　あそこまで勝ち誇った態度を取れる、自信が。

「……っ、くそ……」

　またた。

　もう、なにもかも意味がわからない……。

　ひとつ謎が解けたと思ったら、また増えていく。

　少し静香先輩のことがわかったと思ったら、またわから

ないことが増える。

　静香先輩は何もないって言ったのに、佐倉先輩はあんな

意味深なことを言うし……。

　俺に一体、誰の言葉を信じろっていうんだよ……。

　その場にしゃがみ込んで、頭を抱えた。

　佐倉先輩が言うように、ふたりが付き合う未来を考える

と、頭が痛くなる。

　やっぱり、静香先輩は佐倉先輩のことが……。

　俺の頭の中はまた、わからないことだらけでパンクしそ

うになった。

　ひとつだけ確かなものがあるとすれば──俺の中で確か

になった、あの人への気持ちだけ。

その笑顔ひとつで

　和泉くんと佐倉先輩がいなくなった部屋で、私はさっきのことを思い出した。

　和泉くん……何しようとしたんだろう……？

　さっき、私に向かって手を伸ばした和泉くんを思い出す。

　何か言いたそうな表情をしていたのが、頭に焼きついていた。

　もしかして……私、何かついてるっ……？

　そう思って、自分の服を見る。

　特に何も見当たらず、自分の予想が見当違いだったという結論に落ち着いた。

「花染さん？　どうしたの？」

　戻ってきた保健医が、不思議そうに私を見ている。

「あ……い、いえ」

　すぐに、笑って誤魔化した。

「それより、寝てなさい。今日は何もせずに休むのよ」

「は、はい」

　健太くんに、申し訳ないことをしてしまったなぁ……。

　今頃、ひとりで走り回っているかもしれない……。

　心配で、私だけ休ませてもらっていることに罪悪感があった。

　今日は朝から体調が悪かったけど、まさか倒れるだなんて……。

　代理で来たのに、また迷惑かけちゃった……。

　佐倉先輩もああ言ってくれたけど、健太くんにもみんなにも、あとでちゃんと謝らなきゃ。

　それにしても……。和泉くんが運んでくれたって、言ってたな……。

　病み上がりの和泉くんになんてことをさせてしまったんだろうと自責の念に駆られるも、嬉しいと思ってしまった自分がいた。

　また……助けてもらってしまった。

　また……好きになってしまった。

　どうしようもないって、わかってるのに……ここまでくると、呪いみたい。

　そんなことを思って、自然と笑みがこぼれた。

　倒れたことで、頭もおかしくなったのかもしれない。

　今はなんだか……ふわふわして、夢見心地な気分。

『迷惑じゃないです』

『静香先輩が、来てくれるの……待ってました』

　和泉くんのセリフが、私の脳裏でこだましている。

　深い意味はないんだろうな……でも。

　和泉くんに少しでも必要とされたみたいで、嬉しかった。

　嬉しくて嬉しくて……思い出すだけで、頬が熱くなる。

「花染さん、顔が赤いけど大丈夫？　暑い？」

「あっ……へ、平気です」

　保健医の先生にすぐ返事をして、誤魔化した。

　この暑さはきっと……体調のせいじゃないからっ……。

「あ、あの」

「ん？　どうしたの？」

「少し休んだら……戻ってもいいですか？」

「何言ってるの？　1日休みなさいって言ったでしょ」

　もうっと怒っている先生に、眉の端が下がる。

「でも……人手不足で……」

「大丈夫。いざとなれば自分たちでやらせればいいのよ。私、18時頃に帰るけど、私が帰ったあともちゃんと休んどくのよ？」

　先生の言葉に、ハッとする。

　先生が18時には帰るってことは、18時からは手伝えるかな……。

　心配してくれる先生には申し訳ないけど、これ以上迷惑をかけたくなかった。

「は、はい。わかりました」

「……ちゃんと他の子に監視しててもらうわよ。これ以上無理するなら、お家の人に電話して迎えにきてもらわなきゃ」

　私の考えがお見通しだったのか、先生はそう言ってにやりと不敵な笑みを浮かべた。

　そ、それは困る……！

　私は慌てて「安静にします！」と返事をして、先生に忠誠を誓った。

　18時まで、保健室がわりの教室で眠らせてもらった。

　先生が帰るのと一緒に、私も自分の部屋へと戻る。

　その途中、食堂のほうから騒がしい声がして、首を傾げる。

　何かあったのかな……？

　つま先を食堂のほうに向けて、進行方向を変える。

　近づくにつれ、騒がしい声がはっきりと聞こえてきた。

「今日の晩飯はさすがに食えねーだろ」

　……え？

　部員さんたちのものと思われるその声。

　晩御飯の話……？

「俺超腹減ってるけど、さすがにあれは無理」

「俺も……一気に食欲失せた……気持ち悪い……」

　こっちに向かって歩いているのか、聞こえてくる声はどんどん大きくなっていく。

　そして、角の奥から、３人の部員さんが現れた。

「し、静香さん……！」

　私を見て、驚いている３人さん。

　ど、どうしてそんなに驚いているんだろう……？

　私はひとまず、ぺこりと頭を下げた。

「あの、倒れたって聞いたんすけど、大丈夫ですか……？」

　その言葉に、そういうことかと納得する。

　私がこんなところでフラフラ歩いているから、驚かせてしまったんだろう。

「はい、大丈夫ですっ……」

　そう言って、今度は深く頭を下げる。

「みんな心配してましたよ……」

　……え？

「何かすみません……マネージャーってやっぱ大変っすよね」

「臨時でって聞いてたのに、静香さんバリバリ働いてくれてるから……みんな倒れて当然だって話してました」

　申し訳なさそうにそう話す部員さんたちに、驚いて目を見開く。

　そんな……謝られるようなこと、なんにもしてないのにっ……。

　でも、皆さんが心配してくれている気持ちが伝わってきて、嬉しかった。

　正式なマネージャーでもないのに、サッカー部の人たちに少しでも受け入れてもらえた気がして、5日間頑張ってよかったなと改めて思う。

「いえ……心配してくださって、ありがとうございます」

　自然とこぼれた笑顔を、3人さんに向ける。

「……っ」

　なぜか彼らの顔が一斉に赤く染まった……気がしたけど、気のせいだと思い言葉を続ける。

　倒れたことで多大な迷惑をかけたことは本当に申し訳ないけれど、挽回（ばんかい）できるように頑張ろう。

　最初はリナちゃんの代わりに頑張ろうという気持ちだけだったけど、今は少しでも頑張っているみなさんの力になりたいと思う。

「体調はすぐに戻すので、また皆さんのサポートをさせて

くださいっ……」

　どれだけきつい練習を一生懸命こなしているのか、この5日間で見に染みたから。

　私には到底できない。すごいことだなぁと尊敬している。

　再び微笑むと、彼らは目をギョッと見開きながら、揃って首を縦に振った。

「も、もちろんです……！　俺らも早く静香さんに復帰してもらいたいなぁって思ってて……！」

「ていうか、できるならずっとマネージャーでいてほしいなって……あはは」

「し、静香さんがいないと、華がないというか……」

　口々にそんなことを言う部員さんたち。

　彼らの冗談に、思わず笑ってしまう。

「ふふっ」

　もしかして、笑わせようとしてくれているのかな……？

　みんな、いい人だなぁ……。

「……っ!!」

　驚いた表情でこちらを見ている3人にも気づかず、私はそんなことを思っていた。

　じーんと、胸の奥が温かくなる。

　その時、食堂のほうから大きな声が聞こえ、ハッと我に返った。

　そうだ、食堂のほうが騒がしかったから……向かってる最中だった。

「あ……私、行きますね。みなさん夜の練習も頑張ってく

ださい……！」

「は、はい！」

　３人さんに挨拶をして、少し急ぎ足で食堂へ向かった。

「やベー……笑顔の破壊力……」

「俺、めちゃくちゃ腹減ってるけどこのあとの練習死ぬ気で頑張れる……」

「俺も……」

　食堂に来るまでの間、たくさんの部員さんたちとすれ違った。

「ここらへんコンビニあったっけ？」

「柴原に頼んで夜食にパンでも買ってきてもらおうぜ」

「空腹からの夜練はきつすぎるわ」

　一体、何があったんだろう……？

　やっと食堂について、中を見る。

　すると、食堂の中から異臭がした。

　ご飯が焦げたような臭いと、混ぜちゃいけないものを混ぜたような臭いに、もしかしたら……と、さっき部員さんたちが言っていた言葉を思い出す。

　夕ご飯……うまくできなかったのかな……？

　私が倒れて、ほかの人たちに任せたばかりに……すごく悪いことをしてしまった……。

　一体、誰が作ったんだろう……？

　あとでごめんなさいと、代わりにしてくれたお礼を言っておかなきゃ。

　そんなことを考えながら覗いた室内に、数人の人影が。

　じっと見つめて確認すると、いたのは健太くん、佐倉先輩、マネージャーさんたち、そして……。

　──和泉くんの姿があった。

優しい人【side健太】

「静香さんが倒れた……!?」

　佐倉先輩からそう聞いた時、驚きのあまり心臓が止まった気がした。

「静香ちゃんがいなくても、仕事回せる?」

「さすがに、俺ひとりだと間に合わないので……せめて他のマネージャーに、夕食作るように頼んでもらってもいいですか?」

「わかった」

　今日のこれからの仕事よりも、静香さんが心配で仕方なかった。

　きっとしんどかったのに、心配かけないようにって元気にふるまってたのかも……。

　そう考えると、静香さんのいじらしさに胸が痛む。

　俺が忘れていた仕事がすでに終わっていたことが、この合宿中何度もあった。

　どこまでも気を回して、部員たちが合宿に専念できるように誰よりも貢献してくれた。

　引き受けてもらえるか不安な仕事も、笑顔でやりますって答えてくれて、冗談抜きに静香さんのことは女神だと思ってる。

　ストレスなく5日間やってこれたのは静香さんのおかげ。

　俺はこんなにも助けられたのに……。静香さんを助けられなかった。気づけなかったことが、本当に悔しい。

　悔しくて悔しくて……そして、気づいた。

　どうしてこんなに……悔しいんだ？　優しい人だから？

　……違う。

　きっと他の人が同じ状況になっても、悪いことをしてしまったなぁとしか思わない。

　じゃあ……どうしてこんなにも静香さんのこと……。

　結局何もわからないまま、不甲斐のない自分を憎んだ。

　粗方の仕事を終わらせ、食堂に向かう。

　ほとんどの部員はもう食べ終わった頃だと思い向かったが、俺は異変に気づいた。

「おい柴原！！」

　食堂に向かっている最中に、食堂から出てきただろう部員に声をかけられる。

「今日の晩飯まずすぎ！！　あんなん食えないって！！」

　……え？

「どういうこと？」

「いや、こっちが聞きてーよ！　あんなのカレーじゃねーって！　先輩たちも怒ってんぞ！！」

　まさか……。

　嫌な予感がして、食堂へ急ぐ。

　中に入ると、不機嫌そうなマネージャーと、すごい形相で食事をしている部員の姿があった。

　ていうか、なんだこの臭いっ……。

　よく見ると、マネージャーたちがよそっているのはカ
レー……に見えるもの。

　けれど、その香りは食欲をそそるどころか焦げ臭い匂い
を漂わせていて、食べて大丈夫なのかと思うようなできば
えだった。

　思わず、「うっ……」と口元を押さえる。

　まだ食べている最中だった部員たちも、同じようにして
いた。

「おい、こんなの食えないって……」

「どうなってんの？　今日の朝飯まではあんなうまかった
のに……」

　……ああ、やっぱり任せるんじゃなかった……。

　部員たちへの申し訳なさから、俺はその場にしゃがみ込
んで頭を抱えた。

　マネージャーは部員を支えることが仕事なのに、何を
やっているんだろう。

　臨時で来てくれた静香さん頼りになっている時点で、
サッカー部のマネージャーはちゃんと機能していなかった
んだ。

　情けない……心底、自分が。

「つーか静香先輩が寝込んだらしいぞ」

「それって、今まで全部静香先輩が作ってたってこと？」

「え？　あの量をひとりで？　さすがに無理だろ〜」

「じゃあ今日の晩飯なんでこんなまずいんだよ」

　こそこそと、マネージャーに聞こえない声量で話してい

る部員たちの会話が聞こえる。

　部員たちは、トレーを持って恐る恐る立ち上がり、残飯のところへ持っていった。

　苦笑いを浮かべながら、マネージャーの前を通り過ぎていく。

「ごめん……俺あんま腹減ってないや……」

「お、俺も……」

　残飯……すごい量だ……。

　とりあえず、俺もご飯くらいなら炊けるから、何合か炊いておにぎりでも作ろう。

　絶対にみんなお腹空いてるだろうし……。そう思った時、視界の端に、うつ伏せになっている部員が残ってることに気づいた。

　……和泉？

「和泉、大丈夫か!?」

　駆け寄って肩を揺すると、和泉がゆっくりと顔を上げる。

　その顔が真っ青になっていたので、風邪がぶり返したのかと心配した。

　額に手を当てると、熱はなさそう。

「……気持ち悪い」

　どうやら、カレーを食べてこうなったらしい。

　失礼だけど、よくこれを食べてみようと思ったな……。

　なんか油の塊が浮いてるし……なにを入れたんだろ……。

「これだったら、リナ先輩のほうが100倍マシ……」

「ごめんな。残していいから……。夜におにぎりかなんか
持っていくな」

　和泉にそう伝えて、俺はマネージャーのほうへと歩み
寄った。

「なんなんですかこれ」

　カレーを指してそう言えば、マネージャーのボス格のひ
とりが俺を睨みつけてくる。

「カレーだけど？」

　何開き直ってるんだよこの人……。

　呆れすぎて、ため息も出てこない。

「部員たちはみんな、部活やって腹空かせてるんですよ？
栄養のあるものを出さないと……」

　任せっきりにした俺も悪いと思ったから、控えめに注意
したつもりだった。

「いや、作ってやっただけでも感謝してよ」

　それなのに、随分偉そうに返してくるマネージャーたち。

　多分、俺がなめられているということも原因のうちだ。

　１年だし、陰で『なんで男がマネージャーしてるんだ』っ
て言われてるのも知ってる。

　別にただサッカーを見るのが好きで、それを知っている
サッカー部のやつに頼まれたことがきっかけだけど……そ
んなこといちいち言うのも面倒だし。

　とにかく、この人たちの脳内は今、『なんでこいつに言
われなきゃいけないの』だろう。

「あたしたち、料理なんてできないし」

　不機嫌まるだしなこの態度が証拠だ。
「でも、ご飯はマネージャーの仕事で……」
「そんなの知らないし」
　俺の声を遮り一蹴してくるマネージャーたちに、呆れて言葉も出なかった。
　……埒が明かない。
　ていうか、この人たちにはもう何を言っても仕方ないんだろう。
　どうして今まで、この人たちが野放しにされていたのかすら不思議だ。
　これからもずっとこれが続くのかと思うと、先を想像するだけでドッと疲れてしまう。
　元はといえば、静香さんだって……。
「お前たちが何もしないから、静香さんは……」
　こいつらのせいで、疲労してしまったのに……。
「何それ、あの人が勝手にしただけじゃん」
　マネージャーの返事に、俺の中の何かが切れた。
「あたしたちだってマネージャーの仕事ちゃんとしてるし。してくれなんて頼んでないけど～」
　自分でも温厚なほうだと自負していたけど、これだけは聞き捨てならない。
「……は？」
　静香さんの善意を踏み潰すようなセリフに、今まで感じたことのないような怒りが湧き上がった。
「マネージャーの仕事って、主に応援でしょ？」

「そうそう、全力でしてる〜。主に佐倉先輩と和泉くん！」

「あたしも〜」

「……帰れ」

　自分でも驚くほど低い声が、口からこぼれた。

「は？」

　マネージャーたちは、間抜けな顔で俺を見ている。

「お前ら今すぐ帰れ。サッカー部辞めろ」

　俺にこんなことを言う権限はないけど……許せなかった。

　あの人の優しさを、踏みにじられることだけは。

「はぁ？　何で1年にそんなこと言われなきゃいけないの？」

「つーか何様？」

　案の定というか、キレているマネージャーたち。

　でも、自分の言葉を取り消すつもりはない。

「おい」

　……え？

　背後から聞こえた声に振り返ると、出ていったはずの和泉がいた。

「……っ、和泉、くん？」

　和泉がいたとは思わなかったのか、途端に声を変えるマネージャーたち。

　俺たちのほうに歩み寄ってきた和泉が、怖い顔でマネージャーたちを見た。

「あの人が倒れたのはお前らのせいだって言ってんだよ」

　俺が言った時は血相を変えて反論してきたのに、和泉の言葉となると別らしい。

　しゅんと肩を落とすマネージャーたちに、いっそ笑えてきそう。

　和泉も、反論しないマネージャーたちを鬱陶しそうに見て、舌打ちをした。

「ちっ、お前らの応援なんかいらない」

「和泉、ストップ」

　今度は誰だと思いきや、裏口のほうからキャプテンが現れた。

　この人も……いつからいたんだろう。

　マネージャーをかばって止めたのかと思いきや、前に立ったキャプテンは思いの外低い声で話しだした。

「君たち、この前夕飯はマネージャーみんなで作ってるって言ってたよね？」

「えっ……」

「あれは嘘ってことでいいの？」

　キャプテン……？

「いや、嘘ってわけじゃ……」

「合宿に来て、自分たちが何したかひとりずつ言ってごらん」

　口ごもるマネージャーたちを追い詰めるように、キャプテンは言葉を続けた。

「えっと……応援と……」

「応援？　応援ってなに？　一番の応援は俺たちのために

働いてくれることなんだけど」

　……あれ？

　怒ってる……？

　キャプテンが怒るなんて、珍しい……。

　リナ先輩がマネージャーと大げんかしてた時も、笑って
なだめていたのに。

　真顔でマネージャーたちに詰め寄るキャプテンの姿に、
俺は首を傾げたくなった。

「やらなきゃいけないこと放置して、挙句の果てに逆ギレ？
やばいね」

　ははっと、乾いた笑みをこぼすキャプテンの目は全然
笑ってない。

　それが、純粋に怖かった。

　この人は敵に回したくないと、心底思った。

　顔を真っ青にしてキャプテンを見るマネージャーたち。

「明日、バスで帰って。交通費は出すから。それと、サッカー
部にももう金輪際来なくていい」

　キャプテンは、容赦なく言い放った。

「え……そんな……」

「……ごめんね、迷惑なんだ。今まで目をつむってたけど、
これからはもう仕事してくれない子はいらない。試合だけ
見にきてよ」

　話はこれで終わりと言わんばかりに、食堂の片付けを始
めるキャプテン。

　マネージャーたちは、すがるようにキャプテンを見つめ

ている。

「私はただ、佐倉先輩が……」

　言い訳をしようとしたひとりに、キャプテンは見たこともないような鋭い瞳を向けた。

「もう1回言うよ。迷惑。君たちの尻拭いさせられてる静香ちゃんを、これ以上見てられない」

　シーンと、食堂内が一瞬にして静まる。

　怖い……。

　マネージャーたちも、今にも泣きそうな表情になっていた。

　ていうか……キャプテンって、怒るんだ……。

　当たり前のことだけど、いつも優しいキャプテンからこんな怖い声が出るなんて、想像できなかった。

　まあでも、マネージャーたちには自業自得としか言いようがないか。

　ちょっとすっきりしたし、別にこの人たちがいなくなったところで作業量は変わらないから、帰ってもらってかまわない。

　静香さんも、邪魔なやつらがいなくなって喜んでくれるはず……。

「ま、待ってください……！」

　静まっていた食堂に、辛そうな声が響いた。

　それは、ただただ体調不良から来ているものではなく、悲しんでいるような声だった。

　……静香さん？

その場にいた人の視線が、一斉に静香さんに向けられる。

どこから話を聞いていたのか、入り口から入ってきた静香さんが少しおぼつかない足取りで近づいてきた。

キャプテンも和泉も、静香さんを見て目を見開いている。

マネージャーたちをかばうように、前に立った静香さん。

その表情は、悲しそうな、申し訳なさそうな顔だった。

「マネージャーさんたち、怒らないで、ほしい……です」

……え？

「……わ、私がマネージャーさんたちとちゃんと連携がとれなくて、頼めなかっただけで……手伝おうとしてくださったんです！」

何言ってるんだ。

きっと、この場にいた全員が同じことを思っただろう。

マネージャーたちさえも。

まるで静香さんに責任があるみたいな言い方。

何も悪くないのに。一番の被害者なのに。

どうしてこの人は、こんな奴らをかばっているんだろう。

こんな奴らのために……そんな悲しそうな顔をしてるんだろう。

「作業量の違いはあったかもしれません。でも、応援したいって気持ちは一緒なはずです……！」

必死にそう訴えてくる静香さんに、俺はなんて人なんだろうと思った。

悲劇のヒロインぶっているわけでもなく、偽善者ぶっているわけでもない。自分をよく見せるために、そんなこと

を言っているわけではないということは痛いほどわかる。

　ただ本当に、静香さんはそう思っているんだろう。

　この人は……どこまでお人好しなのか。

「明日からはちゃんと、私も指示を出せるように頑張ります！　だから……そんなに、怒らないでください……」

　さっきまで怒っていたキャプテンの顔を見ると、その表情から怒りはすっかり消えているように見えた。

　それもそのはずだ。

　この人を前にしたら、なんだかどうでもよくなってしまう。

　優しすぎて……危うい人だと思った。

　和泉も、目を見開いて立ち尽くしている。

「花染先輩……」

　後ろにいるマネージャーたちも、呆然と静香さんを見ていた。

「静香ちゃん、休むようにって言われなかった？」

　沈黙を破るように、キャプテンが静香さんにそう言った。

「あ……す、すみません、たまたま通りすがって……」

　通りすがってって……多分、心配で見にきてくれたんだろう。

　キャプテンが、まるで毒気を抜かれたようにため息を吐いた。

「……静香ちゃんは明日も休んでて。柴原、お前が指示出してあげてね」

　その言葉に、マネージャーたちが目を輝かせた。

　でも、一番嬉しそうなのは紛れもない静香さんだった。

　……俺が静香さんなら、かばうなんてことしないで、陰であざ笑ってやるけどな。

　どうやったらこんなにお人好しな人が育つんだろう……。

「今度サボったら、退員してもらうからね」

　キャプテンは、呆れた表情でマネージャーたちにそう言った。

　まだ許す気はないみたいだけど、これ以上何か言う気もないんだろう。

「はい……！」

　嬉しそうに頷いたマネージャーたちが静香さんを囲んだ。

「あ、ありがとうございます……」

　口々に感謝の言葉を口にして、頭を下げている。

　きっと、静香さんの優しさが伝わったんだと思う。

「い、いえ……むしろ私が倒れたせいで、皆さんが怒られる形になってしまって申し訳ないです……」

　本当に申し訳なさそうにしている静香さんに、俺はなぜかため息がこぼれた。

　……まさか、こんな人だと思わなかった。

　優しい人だとは十分わかっていたつもりだけど……想像を超えていたというか……。

　綺麗な人だなぁ……。

　見た目はもちろんだけど、それ以上に心が。

　こんな綺麗な人は、いないだろう。

　どうやったら……。──この人を好きにならずに、いられるんだ。

　そんな方法があるなら、教えてほしい。

　自分の気持ちを、案外あっさりと認めることができた。

　というよりもきっと、静香さんのことを知った日から気づいてた。

　俺なんか相手にしてもらえるわけないし、伝えるつもりなんてないけど、ただ好きでいたいと思った。

　この人を、少しでも守れたらいいなって。

　きっと、キャプテンも好きなんだろうなぁ……。

　女の子に肩入れしてる姿なんて、初めて見るし……はぁ、お似合いだ……。

　そんなことを思いながら、マネージャーたちと話している静香さんを見る。

「あ、謝らないでください……！　あたしたちが全部悪かったんだし……花染先輩が倒れたのも……」

「こ、これは完全に、私の自己管理不足です。情けないですけど……すぐに元気になって、また戻れるようにします……！」

　笑顔でガッツポーズをした静香さんに、マネージャーたちは顔を赤くした。

　……うん、とてもわかる。静香さんの笑顔は、きっと同性であっても見惚れてしまうだろうから。

「今から、マネージャーの仕事頑張ります！」

「あたしも！」

　俺が言った時には全く聞かなかったくせに、すっかりやる気になっているマネージャーたちに苦笑いがこぼれる。

「ふふっ、皆さんが良い人でよかったです」

　いい人はあなたですよと、心の中で呟いた。

　……よし、俺も片付けよ。

　残飯の入った鍋を持とうとした時、ふと和泉が目に入る。

　静香さんを見て、立ち尽くしていた。

　……ん？

「和泉ー、そろそろ戻らないと夕練始まるぞ！」

「……っ、ああ」

「どうした？　ぼーっとして……」

「何もない……」

　そう言い残して、食堂を出ていった和泉。

　なんか様子変だったな……。

　そういえば言い損ねたけど、あとでちゃんと和泉にもお礼言わないと。かばってくれたし……。

　そういえば……。

　……和泉はどうして、あんなに怒ってたんだろう？

　マネージャーたちにきつい言葉を吐いた和泉の姿を思い出し、疑問符が浮かんだ。

　その答えが、案外早くにわかることになるけど、この時の俺はまだ知らない。

　今わかっているのは……自分が心底、静香さんに惚れてしまったことだけだった。

最後の夜

　合宿6日目。

　昨日の夜は……いろいろあったけど、なんとか円満に終わってよかった……。

　昨日、食堂に行くと、佐倉先輩がマネージャーさんたちを怒っていた。

　私が倒れて、穴を開けてしまった故の事態だ。

　きちんと話して、謝って、佐倉先輩たちも許してくれた。

　一件のあと、マネージャーさんたちみんなで片付けをしてくれたそう。

　就寝前、お見舞いにきてくれた健太くんが教えてくれた。

　おかげさまでゆっくり休ませてもらって、体調は随分マシになった。

　今日は、しっかり働こう……！

　まだ身体は重いけど、心はとっても軽い。

　マネージャーさんたちと打ち解けられたことが、すごく嬉しかったから。

　起き上がろうとした時、扉がノックされた。

　コンコンコン、という音に「はい」と返事を返すと、扉の向こうから健太くんの声が。

「あの、入ってもいいですか……？」

「どうぞ」

「し、失礼します……！」

　ゆっくりと入ってきた健太くんは、私の前に座った。

「静香さん、体調大丈夫ですか？」

「はい、もうすっかり元気です」

　笑顔でそう答えたのに、健太くんは私を見て心配そうに眉の端を下げた。

「いや、まだ顔色よくないですよ。静香さんただでさえ白いのに……今にも消えちゃいそうです」

「ふふっ、なんですかそれ」

　健太くんの冗談が面白くて、笑ってしまった。

　顔色は悪いのかもしれないけど、体調は昨日より随分とマシ。

「仕事のほうは大丈夫ですか？」

「はい。静香さんのおかげで、マネージャーたちすっかりやる気になりました」

「よかった」

　笑顔の健太くんに、私も同じものを返す。

　すると、健太くんがぼっと顔を赤く染めた。

「み、みみ、みんな心配してるので……早く元気になってくださいね……！」

　心配をかけて申し訳ないなと思いながら、嬉しくもあった。

「ありがとうございます」

「い、いえっ……」

　和やかな空気が流れていたところに、新しい訪問者が。

　ノックのあと、ガチャリと扉が開き、マネージャーさん

たちが数人入ってきた。

「失礼します……！」

「静香先輩、大丈夫ですか？」

　みんな昨日食堂にいたマネージャーさんたちで、決して広くはない部屋が人でいっぱいになる。

　心配してくれている様子のマネージャーさんたちに、私は笑顔を向けた。

「はいっ。もう大丈夫です。心配してくださってありがとうございます」

　みなさん、ほっとしたように表情が柔らかくなって、伝わってきた優しさに嬉しくなった。

「これ、あの、ゼリーを……」

　マネージャーさんのひとりが、コンビニの袋を手渡してくれる。

　袋の中には、ゼリーやスポーツドリンクなど、風邪の時の必需品が入っていた。

　わざわざ買ってきてくれたのかなっ……。

「ありがとうございますっ……！」

　笑顔でお礼を言うと、なぜか彼女は顔を赤らめた。

「あの、おかゆとかうどん作ってみたんですけど、失敗しちゃって……」

　隣の子の言葉に、頬が緩む。

　みんな、私なんかのためにいろいろしてくれて……本当に嬉しい。

「料理なんてしたことなかったんで、何も作れなくて……」

「私も……今日の夕飯どうしよう……」

「また佐倉先輩に怒られる……」

　みんな、昨日の佐倉先輩を思い出したのか、顔を真っ青にした。

「大丈夫です！　私、夕飯までには戻りますね……！」

　本当は今からでもマネージャーの仕事に戻りたいけど、健太くんの許可がおりそうにない。

　せめて、夕飯くらいはっ……。

「え、でも、静香先輩は安静に……」

「そうですよ！　休んでください！」

「もう十分休ませてもらってるので、平気です！　それに、夕飯は今日までなので、作らせてください！　最終日の献立、考えてあるんです！」

　言葉通り、実は最後の夕ご飯はすでに決まっていた。

　せっかくの最終日。

　たくさん頑張った部員さんたちに少しでも美味しいものをふるまいたいと、予算内でできるちょっぴり豪華なメニューを考えたんだ。

　健太くんは、「無理はしないでくださいね……」と、しぶしぶと言った様子で了承してくれる。

「じゃあ、あたしたちも手伝います……！」

「あたしも……！」

　マネージャーさんたちが、次々とそう挙手してくれた。

「ふふっ、ありがとうございます」

「……っ」

　……あれ？

　私のほうを見ながら、なぜか固まるマネージャーさんたち。

　笑顔を返したつもりだったんだけど……私、何か気にさわることを言ってしまったかなっ……。

　不安になって皆さんを見つめると、その顔が赤く染まっていることに気づいた。

　……ん？

　あ、もしかしてっ……。

「大丈夫ですか？　まさか、風邪を……！」

　もしかしたら風邪が流行っているのかもしれない……。

　そんな私の考えは杞憂だったようで、マネージャーさんたちは揃って首を横に振った。

「い、いや、平気です！」

「ちょっとくらっときただけで……」

　くらっと……？

「……？」

　よくわからないけど、大丈夫なら……。

　そのあと、マネージャーさんたちは仕事に取り掛かると言って部屋を出ていき、私は夕飯を作る時間まで休ませてもらうことになった。

　寝すぎたくらい、休ませてもらったなぁ……。

　すっかり体調は回復し、もう目眩や立ちくらみ、頭痛もない。

　今回のことを教訓に、これからはもう少し体力をつけな

いと……と反省しつつ、15時に調理室のほうに向かった。

　そろそろ、夕ご飯を作り始めないと。

「静香さん！」

　向かっている途中、前のほうから健太くんが走ってきた。

　ちょうど挨拶にいかないとと思っていたから、会えてよかった。

「もう平気なんですか？」

「はい。たくさん休ませてもらって、ありがとうございました……！」

「いやいや、静香さん全然休んでなかったんで、このくらい当然ですよ……！」

　健太くんのほうが私の何倍も働いていたはずなのに、全く疲れた様子がないから、体力があるんだなぁと感心する。

「今から夕食作りに取りかかろうと思って」

「よろしくお願いします……！　マネージャーたちにもそっち行くように言っておきますね」

「ありがとうございます」

「俺、洗濯とかしてるんで、何かあったらいつでも呼んでください！」

「はいっ」と、大きく頷いた。健太くんは満足げに微笑んで、洗濯場のほうに走っていく。

　私も、調理室へと急いだ。

　健太くんが声をかけてくれたおかげで、調理室にマネージャーさんたちが集まってくれた。

　今日の夕食はいつも以上にたくさん作るつもりだから、

人手があってとても助かる。

「よし、作りましょうか……！」

　笑顔でそう言うと、マネージャーさんたちも同じように返してくれた。

「最終日は、バイキング形式にしようって決めていたんです……！　最後までおつかれさまですっていう気持ちを込めて」

　最後の夕食だし、みんなに楽しく、お腹いっぱい食べてほしい。

「いいですね！」

「うんうん、みんな喜びそう！」

「昨日はあんなご飯しか出せなかったし……あはは」

「きょ、今日はがんばろ！」

　気合を入れているマネージャーさんたちに、私もぐっと手を握った。

「お肉をたくさん買ってきてもらったので、唐揚げと、ローストチキンと……節約時短ちらし寿司も……」

　ぶつぶつと呟きながら作る順番を整理していると、マネージャーさんたちが不安な顔つきになった。

「あたしたちにできるかな……」

「簡単なので安心してください！　きっとできます！」

「は、はい！　頑張ります！」

　ふふっ、今までひとりで作っていたから少し寂しかったけど、今日はとっても楽しくなりそうっ……。

「うわ～！　めっちゃ豪華！」

「これ絶対みんな喜びますね！」

　できあがった料理を前に、マネージャーさんたちが目を輝かせた。

「ふふっ、持っていきましょうか？」

　料理を、みんなで食堂まで運んだ。

　夕食の時間になり、ぞろぞろと部員さんたちがやってくる。

　みんな、並んだ料理に目を輝かせ、嬉しそうな反応を見せてくれる。

「夕飯すっげー！」

「これ好きなだけ食べていいの!?」

「超うまい……！　いくらでも食べれる！」

　喜んでもらえてよかった……と、胸を撫でおろす。

　マネージャーさんたちも美味しそうに食べていて、その光景にほっこりと心が温まった。

「静香先輩、めちゃくちゃうまいっす！」

　ひとりの部員さんが声をかけてくれて、笑顔を返した。

「みんなで作ったんです！　ね？」

　マネージャーさんたちに微笑みかければ、みんな笑顔で頷いてくれた。

「マネージャーたちもありがと！」

「いや、ほとんど盛り付けだけだけど」

「あたしたちは静香先輩の補佐だから！」

「なんだそれ」

あははと、食堂に笑い声が溢れていた。

ふふっ、楽しいなぁ……。

合宿、来てよかった……。

とっても素敵な思い出になって、みなさんに感謝の気持ちでいっぱいになった。

部員さんたちの食べる量は想像を上回り、追加で厨房に作りにいったりと、なかなかに忙しい時間だった。

結構な量を作ったのに、ひとつのおかずも残らずに夕食はなくなった。

みんなやっぱり、連日の運動で疲れていたんだろう。

部員さんたちにとっても、最後の夕食が良い思い出になってくれていたらいいな……。

部員さんたちがいなくなった食堂で、後片付けをしようと鍋などを運んでいく。

あっ……！

下にあったコードに気づかず、躓いてしまった。

１日眠っていたせいで、身体も鈍っていたのかもしれない。

幸い転ばずに済んで、ほっと安堵の息を吐く。

けれど、周りにいたマネージャーさんたちが、心配そうに私を見ていることに気づいた。

「静香先輩大丈夫ですか!?」

「ご、ごめんなさい、躓いただけで……」

慌てて駆け寄ってきてくれたマネージャーさんにそう返事をするも、みんな顔を青くしてこっちを見ている。

「もしかして、まだ万全じゃないんじゃ……!?」

「もう休んでてください……!　片付けはあたしたちでするんで……!」

　ど、どうしようっ……誤解を生んでしまったかもしれない……。

「え、あ、あの、もう平気なんです……!」

「ダメですよ無理したら……ほら、休んでください!」

　ほらほらと出口のほうに背中を押され、苦笑いを浮かべた。

　どうしよう……言い訳しても、聞いてもらえそうにない雰囲気……。

　仕方ない……お言葉に甘えて、先に休ませてもらおうかな……。

「あははっ……ありがとうございます」

　背中を押されるがまま、出口のほうへ向かう。

　明日は早く起きて、先に働こうっ……。

　食堂から出て、ふぅ……と息を吐く。

　体調はもう本当に平気だけれど、今日はいつも以上に体力の消耗が激しく感じた。

　部屋に戻ろうと、歩きだした時。

「静香ちゃん」

　背後から声をかけられ振り返る。

「佐倉先輩……」

「すごいね、マネージャーたちすっかり手懐けて。さすが」

　一体どこから見ていたのか、笑顔の佐倉先輩が歩み寄っ

てくる。

「い、いえ……！ みんなほんとにいい人たちばかりで、助かります」

「リナちゃんでも猛獣使いにはなれないって嘆いてたのに、さすがだよ」

　も、猛獣使い？

「部屋戻る？ 送るよ」

　首をかしげた私へ、そう言ってくれた佐倉先輩。

「大丈夫です」と言ったけど、「ついでだから」と言われ、お言葉に甘えることにした。

「もう体調は平気？ ……って、まだ万全じゃなさそうだね」

　え？ そ、そんなふうに見えてるのかな……？

「いえ、もう大丈夫です」

　心配をかけないよう、背筋を伸ばし大丈夫ですとアピール。

　きっと佐倉先輩が一番疲れているだろうから、私なんかが疲れなんて見せちゃダメだ。

「嘘だ。静香ちゃんは大丈夫が口癖だから、信じない」

「ええっ……う、嘘じゃないです！」

「ふふっ」

　か、からかわれてる……？

　恥ずかしくて視線を下げると、佐倉先輩はそんな私の顔を覗き込んでくる。

「……この前のこと、考えてくれた？」

　その言葉に、どきりと心臓が跳ね上がった。

「あ……はい……」

　忘れていたわけではない。

　でも……まだ答えを出せていなかったから。

　佐倉先輩のことは好き。人として、尊敬するところばかりだ。

　けど、この気持ちは恋愛感情ではないし、やっぱり考えれば考えるほど、好きでもない人と付き合うなんて違うんじゃないかと思ってしまう。

　フ、フリだということはわかっているし、佐倉先輩が私を好きじゃないことなんて重々承知してる。

　それに、佐倉先輩にはたくさんお世話になっているから、私にできることがあれば協力したいけど……。

「あの、もう少しだけ、待っていただけませんか……？」

　どうしてもすぐに答えを出せなくて、そう告げた。

　本当に、優柔不断な自分が嫌になる。

　それなのに、佐倉先輩は嫌な顔ひとつせず微笑みかけてくれた。

「もちろん。急かすみたいなこと言ったけど、ゆっくりでいいから」

　この優しさに、何度も何度も救われた。

　できるだけ早く、答えを出そう……。

　うう……リナちゃんに相談したいけど、こんなこと言うべきじゃないよね……。

　これは……私がひとりで決めなきゃいけないことだ。

「ありがとうございます」

　私の泊まっている部屋が前に見えてきて、佐倉先輩が頭をポンッと叩いてきた。

「それじゃあ、おやすみ」

「はい、おやすみなさいっ……」

　手を振って行ってしまう佐倉先輩の背中を、じっと見つめる。

　私じゃなくても……佐倉先輩の彼女役をしたいって言う子は、たくさんいると思うけどな……。

　あっ、でもそれじゃダメなのかっ……自分に興味がない子を彼女役にしなきゃいけないってことだよね……。

　って、それじゃあ私が佐倉先輩に興味がないみたい。

　もちろん素敵な人だと思うし、ひとりの男の人としても、魅力的な人だとは思ってる。

　ただ……。

　結局、詰まる所はそれなんだ。

　私をここまで頑なにするのは、和泉くんの存在。

　好きな人がいなければ……すんなり受け入れることができたのかな……。

　そう考えて、無意識のうちにため息が出た。

　ただの片想いで、失恋済みで……望んだってどうしようもないことくらい、頭ではわかってるのに。

　ダメだ。これ以上考えても今は、答えなんて出ない気がする。

　今は……合宿を無事に終わらせて……帰ってからひとり

になったら、ゆっくりちゃんと考えよう。

　そう結論を出して、私は部屋に戻った。

合宿最終日

1週間の合宿も、ついに今日が最終日。

昨日早く休ませてもらったから、4時にはすっきりと目覚めることができた。

ちょっと早すぎる気もするけど、休んだ分先に働こう！

部屋を出て、外に出る。

まだ外は真っ暗だけど、雲はないみたいで、天気予報通りの晴天になる予感がした。

合宿中、一度も雨が降らなくてよかったなぁ……。

先に洗濯場に行き、たまっているものを洗濯機にかける。

そのあと食堂に行って、朝食の支度を始めた。

冷蔵庫にあるものはすべて使いきろうと思って、サンドイッチとおにぎりにすることに。

サンドイッチを作り終わりご飯が炊けるのを待っている間に、洗濯が終わったものを干しにいく。

また食堂に戻りおにぎりを握って、お味噌汁とスープも作って……と、暇な時間を作らないように働いた。

……よし。

6時半には料理がすべてできあがって、残りの洗濯をしにまた洗濯場へ戻った。

部員さんたちの起床時刻なので、宿舎から声が聞こえ始める。

私も急ごうと、手を休めることなく洗濯物を片していっ

た。

「静香さん！　おはようございます！」

　遠くから声が聞こえそちらを見ると、健太くんの姿が。

「あ、おはようございます」

「すみません俺……今起きて……」

　顔を真っ青にしている健太くんに思わず笑みがこぼれた。

　そんなに申し訳なさそうにしなくてかまわないのに。

「大丈夫ですよ。それより、昨日は早くに休ませてもらって、ありがとうございました……！」

「い、いえ、静香さんには休んでもらわないといけなかったので……！　というか、もう洗濯ほぼほぼ終わってますか……!?」

「はい、これで終わりです」

「すみません……あ、それじゃあ、朝食の支度を……」

「それも終わったので、このあとはボトルの補給をしにいこうかと……」

　健太くんは、さらに顔を青くした。

「静香さん……働きすぎです……す、すみません俺寝坊して……」

　頭を抱えている健太くんに、なんだかこっちのほうが申し訳なくなった。

「い、いえ……！本当に気にしないでください……！」

　むしろ休んだ分もっと働かせてほしいくらいなのに……。

「ボトルの補給は俺がするので！　休んでてください

ね‼」

「絶対ですよ……‼」と念を押してくる健太くんが面白くて、また笑ってしまう。

こくりと頷くと、健太くんは「そ、それじゃあ行ってきます！」と言い去っていった。

私も、食堂に行こうかな。

そろそろ朝食の時間になるだろうし、用意しないと。

食堂に戻ると、マネージャーさんたちが集まっていた。

「おはようございます……！」

元気よく挨拶をしてくれるみんなに、私も笑顔を返す。

「おはようございます！」

「静香さん、何時から起きてたんですか……！」

「少し前ですよ」

「あたしたち、食事の準備手伝おうと思って来たんですけど、もう朝ごはんできてたからびっくりして……」

作り終えた料理を見て、申し訳なさそうにしているマネージャーさんたち。

健太くんもだけれど、みんなに気を使わせてしまったみたいで悪いことしちゃったな……。

「あたしたち、何か手伝えることはないですか？」

「それじゃあ料理を運ぶのを手伝っていただけると助かります！」

そう言うと、みんな「はーい！」と気持ちよく返事をしてくれた。

みんなで料理を運び、朝食の準備はバッチリ。

やっぱり人手が多いと、仕事がすぐに終わるなぁ……。

それに、賑やかで楽しいっ……。

「よーし、静香さん運び終わりました！」

「ありがとうございます。えっと……部員さんたちが戻るまで、今する仕事はもうないですね……休憩させてもらいましょうか？」

そう言って、にっこりと微笑む。

すると、なぜかマネージャーさんたちは私の顔をじっと見つめてきた。

あまりに凝視され、戸惑ってしまう。

「……ど、どうしたんですか？」

ま、まるで獲物を捕らえたような目っ……。

「え、あ……いえ……」

気まずそうに目を逸らしたあと、何やらマネージャーさん同士でこそこそ話が始まった。

そして、再び一斉に私のほうに視線が集まる。

「あ、あの……ちょっとだけ、顔を見せてもらってもいいですか……!?」

ひとりのマネージャーさんが、代表するようにそう言ってきた。

か、顔……？

「え……は、はい、どうぞ？」

そんなの、いくらでもかまわないけれど……もしかして私の顔に、何かついてるのかな……？

じっと立ち尽くす私に、マネージャーさんたちが一気に

集まってくる。

　みんな、まじまじと眺めるように私の顔を見ていた。

　こ、これ、どういう状況なんだろうっ……。

「あ、あの……メイク、なにしてますか？」

　……え？　メイク……？

「してませんよ……？」

　普段からもしていないし、合宿中は化粧水と乳液しかしていない。

　メイクをしたら、さらに印象がきつくなっちゃうだろうし……。

「う、嘘……」

「これ、すっぴん……？」

「毛穴ひとつもない……嘘でしょ……」

「すっぴんでこの色気はおかしい……」

　口々に何かを言っているマネージャーさんたちに、私の頭上にははてなマークが並んだ。

「ス、スキンケアって何してますか？」

「どこの商品使ってます？」

「えっと……母が買ってきてくれるものを……」

　次々に飛んでくる質問に、困惑しながらも答える。

「やっぱりデパコスですか!?」

「いえ、多分薬局で売ってるものだと……あ、あとで確認してきます……！」

「どうしてこんなにお肌つるつるなんですか……羨ましいっ……」

　お、お肌？　つるつる……？

　そんなこと思ったことなかった……。

　不思議に思い、自分の頬を触ってみた。

　いたって普通だと思うし、なんなら今年40歳のお母さんのお肌のほうが綺麗だと思う。

「すっぴんでこれだけキレイなら、メイクする必要ないですよね……」

「わ、私、キレイじゃないですよっ……」

　どうしてそんなふうに褒めてくれるのかわからないけれど、私にふさわしくない言葉が飛んできて慌てて否定した。

　すると、マネージャーさんたちが顔を真っ青にする。

「な、何言ってるんですか……‼」

「この美貌でそんなこと言ったら全国の女全員敵に回しますよ……‼」

「で、でも、昔から顔が濃いとか言われるだけで……」

　綺麗なんて、言われたことは……。

「それ褒め言葉ですって……！」

　力強くそう言ってくれたマネージャーさんに、首を傾げた。

「そ、そうなんですか……？」

「静香さん、女のファンもいるんですよ！　セクシーで大人の女性って感じで、みんな憧れてるんです……！」

　……う、嘘……。

　初めて聞く話に、驚愕する。

　でもそういえば、リナちゃんがそんなことを言っていた

気が……い、いやでも、冗談だと思っていたし、信じられないっ……。

「わ、私、嫌われているとばっかり……」

　憧れとか、ファンとか……ありえない言葉ばかりだけど、マネージャーさんたちが嘘をついているようには見えない。

　自分が思っているよりも、全員から嫌われているわけでは、なかったのかな……。

　そう思うと、心がすっと軽くなった。

「高嶺の花すぎて近づけないってやつですよ！　実際、声かけられる子なんていなかったし……！」

「でもあたしたち、直接話してみてイメージがらっと変わりました……！」

「もっと高飛車できつい人だと思ってたんで……こんな聖母みたいな人だとは全く……」

　せ、聖母……？

「男の子にも媚売ったりしないし、噂とは全く……っ、あ」

　まるでしまったと言わんばかりに、口を押さえたマネージャーさん。

「ご、ごめんなさい……！」

「い、いえ……！　気にしないでください……！　いろんな噂があるのは知っているので」

　きっと、私が男遊びが激しいとか、軽いとかいう類の噂のことだろう。

　申し訳なさそうな表情をするマネージャーさんに、微笑

み返す。

「い、いえ！　あたしたちが嘘だってみんなにちゃんと広めます‼」

　首を激しく左右に振って任せてください！と言ってくれるマネージャーさんたち。

「ふふっ、その気持ちだけで十分です。ありがとうございます」

　みなさんの優しさに、心がぽかぽかと温かくなる。

　満面の笑みを向けると、マネージャーさんたちはなぜか揃ってため息をついた。

「はぁ……」

　あ、あれ……？　私、失礼なこと言ってしまった……？

「静香さんの恋人って、超幸せ者だと思います……」

「あたしも男だったら立候補したかった……」

　こ、恋人……？

　突然の話題に驚いて、再び首をかしげる。

　それに、まるで私に恋人がいる前提のように話しているのも不思議だった。

「恋人はいませんよ……？」

　どうして恋人がいると思っているんだろう？

「「「……え？」」」

　口を揃えて、そのひと言をこぼしたマネージャーさんたち。

「そ、そうなんですか……？」

「ひ、ひとりも……？」

え、えっと、恋人は本来ひとりのはずじゃ……。

「い、いません」

　はっきりとそう告げると、マネージャーさんたちはまたこそこそと内緒話を始めた。

「すみません……失礼なことを聞くんですけど……」

「愛人とかの噂も、嘘ですよね……？」

　や、やっぱりその噂も、知られてたんだ……。

「は、はい、嘘です。一体どこからそんな噂が出てきたのか、私もわからなくて……生まれてこのかた、男の人とお付き合いしたこともないので、根も葉もない噂なんです……」

「「「……え？」」」

　またしても口を揃えた彼女たちに、苦笑いがこぼれる。

　さっきから、驚かれてばかり……。

「付き合ったこと、ないんですか？」

「い、1回も？」

　ありえないとでも言いたそうな顔で再確認され、深く頷く。

「……は、はい」

「うっそ……」

「静香さんが……恋愛初心者だって……」

　そ、そんなに驚くことなのかな……？

「そ、それ、やばいですよ……！」

「なんでですか!?　モテまくったでしょう!?」

「い、いえ……好奇な目で見られていただけで、モテたことなんて一度も……」

「静香さんがこんな無自覚な純粋美女だなんて、誰も思わないですよ……」

　無自覚……純粋？

　どれも私には不釣り合いな言葉で、戸惑うことしかできない。

　それにしても、やっぱり私って、軽そうに見えるみたいだ……。

　改めてそう気づいて、内心ショックを受けた。

「どうしよう……愛しい……」

「守りたい……」

「え、えっと、ありがとうございます」

　なぜかうっとりしているマネージャーさんたちに、とりあえずお礼を言う。

「静香先輩に告白されたら、どんな男も一発KOですよ！」

「そ、そんなことないですよ。好きな人には、フラれてしまったので……」

　苦笑いした私の返事に、マネージャーさんたちは今日一番の驚いた表情を見せた。

「「「……え？」」」

　ま、また……。

「静香先輩をふった……？」

　なぜか、わなわなと震えているマネージャーさんが心配になる。

「て、ていうか、静香先輩好きな人いるんですか……！」

　あっ……。

　自分が口を滑らせてしまったことに気づき、慌てて口を手で押さえた。

　けど、時すでに遅し。

「あ、あの、どうかこのことは秘密にっ……」

　万が一にも、私が和泉くんを好きだとバレたら和泉くんに迷惑がかかってしまうっ……。

「ど、どんな人なんですか……!?」

「どこかの人気俳優とかですか!?」

「い、一般の方です……!　年下の……」

　ど……どうして、そんなにスケールが大きくなるんだろうっ……。

「「と、年下……!?」」

　そ、そんなに意外だったかな……。

　またしても声を揃えるマネージャーさんたち。もう私は、苦笑を返すことしかできない。

「なんなんですかそいつ……静香先輩振るとか頭おかしいですよ……!!」

　どうしてか、怒りを露わにしたマネージャーさんたちに、瞬きを繰り返す。

　私のために怒ってくれていることはわかったので、微笑んで言った。

「とても素敵な人ですよ。私にとっては雲の上のような存在なので、フラれて当然だったんです」

　ほんとに……素敵な素敵な人。

　マネージャーさんたちは、「静香さん……」と悲しそう

な表情をした。

あれ……？　どうしてそんな顔……。

「……まだ好きなんですか？」

図星を突かれ、途端に顔が熱を持ったのがわかる。

きっと、面白いほど顔に出ているだろう。

「あ……えっと、あの……」

誤魔化そうと思えば思うほど、何も言葉が出てこなかった。

「わかりやすすぎますよ静香先輩……！　もう、愛しい‼」

えっ……わ、わっ……！

ひとりのマネージャーさんが、ぎゅっと抱きついてきた。

それを合図に、他のマネージャーさんたちも次々と抱きついてくる。

「静香先輩にそんなに想われてるとか、その男幸せ者ですよ……！」

「静香先輩……あたしは応援します……！」

「というか、静香先輩にはもっといい男いますよ……！年下とか頼りないじゃないですか……！」

「俳優クラス、いけますよ……！」

半泣き状態の子もいれば怒っている子、なぜか瞳に炎を燃やしている子もいて、もう私の思考は追いつかなかった。

と、とりあえず……励まそうとしてくれてるのは伝わった……！

「あ、ありがとうございます」と戸惑いながら苦笑いを返す。

　マネージャーさんたちは一向に離れる気はないらしく、私に抱きついたまま動かない。

　よくわからない状況だけど、年下の女の子たちにこうして抱きつかれることなんて今までなかったから、微笑ましく思えた。

　けれど、そうも言ってられない状態になった。

「み、みなさん、部員さんたちが来ました……！」

　あっという間に朝食の時間になっていたらしく、ひとり、またひとりと食堂に入ってくる。

「えー……もうですか……」

「しかたない……」

「また恋バナしましょうね」

　しがみついているマネージャーさんたちは渋々といった様子で離れ、それぞれの仕事を始めた。

　ふふっ、マネージャーさんたちと話して、元気をもらった気がする。

　最終日、夕方まで……頑張るぞっ！

「みんな、１週間おつかれさま」

　帰る仕度を終え、合宿所の運動場に集まる。

　前で話している佐倉先輩が、夕日で眩しい。

　１週間、あっという間だったな……。

　初めはどうなることかと思ったけど……無事に終わって、よかった……。

　リナちゃんの代わり、微力でもできたかな……。

「今後のことと詳しい挨拶は学校に戻ってからにするね。
それじゃあ、バスに乗って戻ろうか」

　その言葉を合図に、一斉に立ち上がる部員さんたち。

　私も荷物を持って、バスの方に向かった。

「静香さん！」

　後ろから、健太くんが駆け寄ってきてくれる。

「ほんとにほんとにほんとーにおつかれさまです……！！
来てくれて、ほんとにほんとにほんとにありがとうござい
ました……！」

　同じ言葉を連呼する健太くんに、くすっと笑みがこぼれ
た。

「こちらこそ、健太くんにはたくさんお世話になりました。
ありがとうございます」

「いえ、俺なんて何も……！」

　顔を赤くして謙遜（けんそん）する姿に、もう一度「ありがとうござ
います」と伝えた。

「もう、静香さんには頭が上がらないというか……で、で
きれば、このまま正式にマネージャーになってほしいくら
い、です……」

「ふふっ、嬉しいです」

　お世辞だとわかっているけど、そこまで言ってもらえて
よかった。

「おい、誰あのイケメン……？」

「誰かの知り合い？　やばい、かっこよすぎ……！」

　……ん？

　前のほうで、騒がしい声が聞こえて視線を向けた。

　一点を見ながら、部員さんたちやマネージャーさんたちが集まっている。

　誰かいるのかな……？

　うんっと伸びをして注目されている場所を見ると、そこには見知った人の姿が。

　……え？

　もしかして、あれ……。

　驚いて固まっていると、その人がこっちを見た。

　ぱあっと笑顔になったその人が、駆け寄ってくる。

「静香……！！」

「お、お兄ちゃんっ……」

　ど、どうしてここに……？

「静香先輩のお兄さん……!?」

「美形兄妹すぎる……」

「ちょっと待って、ほんとにタイプ……！」

　周りは一層騒がしくなり、マネージャーさんたちはお兄ちゃんを見ながら目をハートにしている。

「倒れたって聞いたぞ……！　大丈夫なのか!?」

　私の肩を掴んで、心配そうに顔を覗き込んでくるお兄ちゃん。

　そういえば佐倉先輩が、家に電話してくれたって言ってた……。

「う、うん。もう平気だよ」

「念のため迎えにきたんだ……ほら、一緒に帰ろう！」

「え、えっと……」

　どうしよう、バスで帰る予定だから、勝手に行動したらダメなはず……。

　困っていると、離れたところから佐倉先輩が駆け寄ってきてくれた。

「静香ちゃん、お兄さんと一緒に帰る？」

　話が聞こえていたのか、笑顔でそう聞いてくれる佐倉先輩。

　お兄ちゃんが誰だとでも言わんばかりに鋭い視線を向け、それに気づいた佐倉先輩は視線をお兄ちゃんのほうに向けた。

「初めまして、主将の佐倉といいます。今回の合宿で、静香さんに無理をさせてしまって……すみませんでした」

　頭を下げた佐倉先輩に、私は慌てて口を開いた。

「ち、違うのお兄ちゃん！　私がひとりで空回りしっちゃって……」

　佐倉先輩が謝る必要、ひとつもないのにっ……。

「ああ、わかってる。静香は頑張り屋さんだからな、想像はつくよ。君、大丈夫だから。連絡をくれてありがとう」

　お兄ちゃん……。

「このまま連れて帰ってもいいかな？」

「はい。もちろんです」

　佐倉先輩はそう言ってから、部員さんたちのほうに振り返った。

「本当は学校でちゃんと言おうと思っていたんだけど、み

んな……花染さんにお礼を言おうか」

　……え？

「「「ありがとうございました‼」」」

　一斉にそう言われ、頭を下げられる。

　突然のことに戸惑いと恐縮な気持ちで、私も急いで頭を下げた。

「こ、こちらこそありがとうございましたっ……！」

　むしろ、部外者にこんな貴重な経験をさせてもらえて、こちらのほうが感謝しなきゃいけないのに。

　佐倉先輩は、アタフタしている私を見てふふっと笑った。

「１週間本当にありがとう。また学校でね」

「はい、ありがとうございました……！　お先に失礼します……！」

　もう一度頭を下げてから、キャリーバッグのバーを握る。

「静香、お兄ちゃんが持つよ」

「ありがとう」

　お兄ちゃんが代わりに車まで運んでくれて、私も追いかけるように振り返る。

　車に乗る直前、ふと部員さんたちのほうを見た時だった。

「あっ……」

　和泉くん……。

　なぜかこっちを見ていた和泉くんと、バチリと目が合った。

　けれど、すぐに逸らされてしまう。

　……最後に、挨拶したかった気もするけど……しないほ

うが、いいよね。

　この合宿が終わったら……和泉くんとはもう、接点がなくなってしまうんだろうな。

　それでいいと思いながら、私はぬぐいきれない寂しさを抱えたまま、車に乗った。

　ゆっくりと、発進する車。

「家に着くまで寝ていいからな。疲れただろう」

　運転席に座るお兄ちゃんが、優しくそう言ってくれた。

「ううん。たくさん休ませてもらったから平気。それに、楽しかったよ」

　笑顔を向けると、そんな私を見てお兄ちゃんも安心したように笑ってくれた。

「そうか。……変な男はいなかったか？」

「ふふっ、いないよそんな人」

　お兄ちゃんは心配性だなぁ……。

「ほんとに、楽しかったな……」

　帰ったら、リナちゃんに電話しよう。

　無事に終わったよって言って、安心させてあげなくちゃ。

　私は窓の外から見える夕日を見つめながら、思い出に浸るように目をつむった。

　いろいろあった合宿は、穏やかに幕を下ろした。

《第5章》
無自覚な誘惑

わからないこと【side 和泉】

「お、お兄ちゃんっ……」

　……は？

　お兄、ちゃん……？

　俺の視界に映っているのは、静香先輩と……高級車で静香先輩を送っていた男。

　俺はわけがわからず、ふたりの姿をただぼうっと見つめる。

「倒れたって聞いたぞ……！　大丈夫なのか!?」

「う、うん。もう平気だよ」

　待って……兄妹？

　よく見ると、確かに目や鼻が似ていて、兄妹と言われても納得できた。

　むしろ、そう言われればもう兄妹にしか見えない。

　仲睦まじそうな姿に、頭を押さえた。

　愛人じゃ……なかったのか……。

　兄って……兄妹で、頬にキスとかすんなよ、紛らわしいな……。

　でも、それじゃあ……これでいいよ、静香先輩の悪い噂に、証拠のあるものはなくなった。

　ていうか……俺は勝手に勘違いして、愛人の噂を信じてしまったっていうことになる。

　……最低だ。

　勝手に惹かれて勝手に裏切られた気になって、失望した
なんて。
　自分が情けなくて、静香先輩のほうを見れない。
　結局、本当のこの人はどんな人なんだろう。
　噂だって……この人が嘘だって言ってくれるなら、今な
ら俺は――。
「1週間本当にありがとう。また学校でね」
「はい、ありがとうございました……！　お先に失礼しま
す……！」
　視線を上げて、少しだけ静香先輩のほうを見る。
　瞬間、バチリと視線が合った。
　……え？
　慌てて、視線を逸らす。
　途端、感じが悪かったかと後悔した。
　もう一度視線を戻した時には、静香先輩はもう車に乗り
込んでいて、ゆっくりと車が発進する。
　走り去る車を見送りながら、俺はどうすることもできな
かった。
　知りたい。
　静香先輩のことが……。

　バスに乗っている間、考えるのは静香先輩のことばかり
だった。
　自分の気持ちを認めた以上、このまま何もしないなんて
嫌だ。

　俺はあの人のことを知りたい。

　でも……どうやって接点を作ればいい？

　友達になるのもなんか変だし、何よりも今更どの面をさげて言えばいい。

　俺の態度は自分で振り返っても酷いものだったし、俺が静香先輩なら今更何言ってるんだよって思う。

　過去の自分の態度を思い返して、ため息がこぼれた。

「静香先輩、めっちゃいい人だったね……」

　後ろの席から、マネージャーたちの声が聞こえた。

「あたし、ファンクラブ入ろうかな……」

「噂と違いすぎたし、なんかめちゃくちゃ可愛かった……」

　昨日から思ってたけど、このマネージャーたちを手懐けられる人がいるなんて思っていなかった。

　さすがというか、俺以外もみんな驚いていたし……。

　リナ先輩が何を言っても聞き耳すら立てなかったのに、たった数日でファンにまでさせるなんて。

　やっぱり静香先輩は、それだけ魅力的な人ってことなのか……。

　この合宿が円満に終わったのも、あの人のおかげだろうから。

「もうほんとにマネージャーになってほしい……今度お願いしようかな……」

　……静香先輩が、マネージャーに……？

　そうなったら、正直……嬉しい。

「というか、年下の男って誰だと思う？　学校の人かな？」

「そんなわけないでしょー。静香先輩に釣り合う男なんて
いないじゃん」

「でもまさか、静香先輩クラスの人が片想いしてるなんて
ね……しかも年下」

　——え？

　静香先輩が片想い……？

　年下……？

　マネージャーたちの口ぶりからするに、本人から聞いた
情報なんだろう。

　大人っぽい人だから、年上が好きなんだろうなんて勝手
に思ってたけど……。

　少しだけ、希望がもてた気がした。

　って、なんの希望だ……。

　しかも、片想いしてるってことは今は好きな人がいるっ
てこと。

　でも、年下ってことは……キャプテンではないのか。

『俺と静香ちゃん、きっともうすぐ付き合うことになるだ
ろうから』

　あの言葉は、どういう意味だったんだ？

　佐倉先輩が静香先輩を好きなのは確定だろうから、先輩
のただの片想い……？

　なら、俺と立場は変わらない。

　それより、静香先輩の好きな相手って？

　俺の知ってる人？

　もしかして、柴原とか……？

「あんなに可愛く想われたら、あたしなら即オッケーするわ。というかこっちが頼みますって感じ」

　マネージャーたちが、はしゃぎながら話を続けている。

　静香先輩、そんなにその相手のこと、好きなのか……。

　顔も知らないその相手が、羨ましくなった。

　マネージャーたちが言っているように、きっとあの人に想われて断る相手なんていないだろう。

　俺の失恋は、ほぼ決定だ。

　でも……。何もせずに諦めるとか、どうなんだ。

　少しでも、好きになってもらえる可能性があるなら、頑張るのに。

　俺は初めての感情をもてあましながら、窓から見える夕日を見つめる。

　学校に帰るまでの間、静香先輩の笑顔が頭から離れなかった。

奪われたファーストキス

　家に帰ると、お父さんとお母さんに笑顔で迎えられた。

　ふたりともすごく心配してくれていたみたいで、私の顔を見るとほっと胸を撫でおろしていた。

　家族と１週間も離れたことがなかった私も、気を張っていたのか安心して少しだけ涙が滲んだ。

　やっぱり、家は落ち着くなぁ……。

　ご飯を食べる前に、電話の子機をとってリナちゃんに連絡をとった。

　きっと心配してくれているだろうし、早く終わったことを伝えたい

「もしもしリナちゃん」

『静香、もう家？』

「うん。今帰ってきたよ」

　合宿の間にも一度電話で話したけど、なんだか久しぶりに聞くように感じるリナちゃんの声。

『合宿どうだった？　変なやつに絡まれたりしなかった？』

　心配している声色に、笑みがこぼれる。

「ふふっ、うん！　みんないい人だった」

『そう……本当にありがとう、あたしの代わりに……』

　申し訳なさそうな声に、反射的に首を横に振る。

『それに……』

　リナちゃんは、ゆっくりと聞いてきた。

『コウと話した？』

　え……。

「あっ……う、うん、ちょっとだけ」

　突然のことに、声が少し裏返る。

　どうして知っているんだろう……。

　コウくんは電話にも出てもらえないって言っていたのに。

『ありがとね。あたしのこと、泣きながらかばってくれたんだって？』

　一体どこまで知っているのだろうかと、顔が赤くなる。

　自分でもあんなに泣きじゃくってしまって恥ずかしいと思っていたのに、リナちゃんにも本人バレていたなんて……。

「コ、コウくんから聞いたの？」

『うん。友達のスマホから電話かけてきてさ。ごめんって謝られた。ま、復縁はしないけどね〜』

　あっさりとそう言ったリナちゃんに、少しだけ安心した。

　前に会った時はまだ、コウくんのことが吹っ切れていないみたいで、浮かない顔をしていたから。

　コウくんには申し訳ないけれど、私はリナちゃんが元気になってくれることが一番だから。

　リナちゃんがそう決めて納得しているなら、それが一番だと思う。

　反省していたけど、コウくんがリナちゃんのことを悪く言っていたのは事実だもの……。

「そっか」

『静香のおかげで、すごいすっきりしてる。ほんと、ありがとう』

　そんな……何もしていないから、お礼を言われる理由がないよ。

　でも、少しでも何かできたなら、それはとても嬉しいことだと思う。

　リナちゃんには、素敵な人と結ばれてほしいな……。

　大好きな友達だから、心の底からそう思った。

「早くリナちゃんに会いたいなぁ……」

『何彼女みたいなこと言ってんのよ可愛いわね』

　か、彼女？　可愛いって……。

　唐突に不思議なことを言うリナちゃんに、頭上にはてなマークが浮かんだ。

『あ、そうだ！　佐倉先輩とは進展あった？』

「へっ……」

　またしても唐突に、そんなことを聞いてくるリナちゃんに変な声が出る。

『何よその反応は』

「え……あ、あの……」

『何かあったのね……!?　ちょっと、明後日の始業式の時詳しく聞かせなさいよ！』

「あ……う、うん」

　気圧され、とっさにそう返事をする。

『それじゃあ、疲れただろうからもう寝なさい。また明後日、

学校でね』

　そう言って、『バイバイ』と電話を切ったリナちゃん。

　ふふっもう寝なさいって、まだ７時なのに。

　きっと気を使ってくれたんだと思う。

　佐倉先輩とのこと、勝手に話していいのかな……。

　リナちゃんは誰かに言ったりするような子じゃないけど、佐倉先輩と仲がいいみたいだし、少しだけ言うことに躊躇があった。

　別に彼女のフリをしてって頼まれたなんて、やましいことでもないだろうけど……。

　近くにあった椅子に座って、私はふぅ……と息を吐いた。

　実は、返事はもう決まっていた。

　私なりに考えて考えて……出した答え。

　夏休みが明けたら、すぐに伝えよう。

　私は、佐倉先輩と――。

　夏休み、あっという間だったなぁ……。

　宿題が全部入った重いカバンを持ちながら、学校に向かう。

　今日も早くに教室について、いつものように花壇に水やりにいく。

　夏休みの間も、３日に一度は水やりに来ていた。

　夏はたくさん水が必要だから、自動給水機にも限界があるし、放置すればすぐ枯れてしまう。

　家からそれほど遠いわけでもないし、散歩がてら来てい

たからそれほど久しぶりという気はしない。

　そろそろ花を植え替えたりしなきゃ。それに、秋の花が
咲き始める頃。

　大きく育ってねと思いを込め、綺麗な花たちに水をやる。

　教室に戻ると、私の席に座るリナちゃんの姿があった。

「リナちゃん……！」

　久しぶりに会えて嬉しくて、笑顔でリナちゃんの元に駆
け寄る。

　けれどなぜかリナちゃんは私を見るなり勢いよく立ち上
がり、真顔でこっちへ歩いてきた。

「行くわよ!!」

「えっ、ど、どこに……？」

　リナちゃんに手を掴まれ、教室から連れ出される。

　私は訳がわからないまま、リナちゃんについていった。

　連れてこられたのは、非常階段だった。

　人影もなく、きっと校内で一番静かな場所。

「……で？」

　興味津々といった表情で聞いてくるリナちゃんに、首を
かしげる。

「でって？」

　なんだろう……？

「合宿で！　佐倉先輩と何があったのよ！」

　ぽかんとしていた私に、リナちゃんは大きな声をあげた。

　そういえば話すと約束していたことを思い出し、ハッと

する。

「あ……え、えっと……」

　何から話せばいいんだろう……。

　というか、どこまで話していいんだろう。

　でもリナちゃんになら、いいかな……？

　と、とりあえず、助けてくれたことと……。

　私は、合宿で佐倉先輩にどれだけお世話になったのかということ、佐倉先輩がモテて困っているから彼女のフリをしてほしいと頼まれたことを話した。

「ちょっ……とんでもないことになってるじゃない……!?」

　私の話を聞き終えたリナちゃんが、驚愕している。

　佐倉先輩はただ彼女のフリをしてほしいってだけだろうし、とんでもないことではないと思うけど、何やらリナちゃんは興奮気味。

「で？　どうするのよその彼女のフリってやつ」

　食い気味に聞いてきたリナちゃんに、私は首を横に振った。

「……ちゃんと、断るつもり」

　考えて考えて、出した私の結論。

　恩知らずだってわかっているけど……それでも、やっぱりフリでも付き合うなんてできなかった。

　佐倉先輩のお願いとはいえ、それだけは……どうしても……。

「えっ、断るの？」

「うん……やっぱり、ダメだと思って」

　私は、ほんとに嫌になるくらい諦めが悪くて……。

　叶うことのない恋でも、この気持ちが消えるまでは……和泉くんのことを想ったままでいたい。

　この気持ちを抱えたまま恋人のフリをするなんて、佐倉先輩にもやっぱり不誠実な気がした。

「佐倉先輩には本当にお世話になったから、その恩はちゃんと別の機会で返すつもり」

　他の頼みごとなら、なんだって協力させてほしい。

　そのくらい、恩を感じているから。

「和泉は？」

「えっ……？」

　和泉くんの名前に、驚いてあからさまに反応してしまった。

　合宿で和泉くんと話したことはまだ言っていないのに、リナちゃんは鋭い。

「どうするの、告白するの？」

　私が和泉くんを忘れられていないことを、当然のことのように見破っている。

　そんなに顔に出てたのかな……と、恥ずかしくなった。

　それに、告白なんて……。

「し、しないよっ……私もうとっくにフラれてるから……」

　嫌いってはっきり言われてしまっているのにこれ以上しつこくしたら、もっと嫌われてしまう。

　ただ……想うだけは、許してほしい。

「あのね、合宿の期間中にわかったことがあるの。忘れよ

うとして、忘れられるものじゃないんだって」

「……」

「だから、少しずつこの気持ちが消えていくのを待とうと思って」

「……そう」

　リナちゃんは、腑に落ちないような表情をしながらも、私の言葉を否定しなかった。

　それが嬉しくて、にこっと微笑む。

「今日の放課後、佐倉先輩と話す約束をしてるの。その時にちゃんと伝える」

　昨日の夜、教えてもらっていた佐倉先輩のスマートフォンの番号に電話をかけた。

　時間を取ってもらったから、放課後にきちんと話すつもりだ。

「そっか。……あー、でもやっぱりあたしは佐倉先輩応援派だわ〜」

「え？」

　悔しそうに言ったリナちゃんに、首を傾げた。

　そんな私に、はぁ……という盛大なため息が贈られる。

「そんなわっかりやすいアピールに気づかないなんて、ほんと天然っていうかなんていうか……ま、静香が幸せになってくれれば何でもいいわ」

　苦笑いしながらも、私の幸せを願ってくれているリナちゃんの言葉に胸の奥が温かくなった。

「じゃあ、行ってくるね」

「うん、あたしは教室で待ってるわ！ 終わったらカフェ行きましょ！」

「うんっ」

　はぁ……なんだか緊張してきた……。

　放課後になり、佐倉先輩と待ち合わせしているサッカー部の部室前に向かう。

　今日は練習はないらしく、誰も使っていないから話をするならそこでということになった。

　断るのが申し訳なくて、今から罪悪感に押し潰されそうだ。

　誰もいない部室の前で、佐倉先輩を待つ。

　今日は新学期初日だから、どこの部もお休みなのかな。人がいない……。

　サッカー部の隣のバスケ部と陸上部にも誰も現れないということは、きっとお休みなんだろう。

「お待たせ」

　少し経って、佐倉先輩が現れた。

「遅れてごめん」と言いながら、走ってきてくれる佐倉先輩。

「ごめんね、HR長引いちゃって」

「いえ……私のほうこそ呼び出してすみません」

　２日ぶりなのに、なんだかとても久しぶりのように感じた。

「それで……話って、多分あのことだよね？」

　私が呼び出した理由はもうバレているらしく、こくりと

頷く。

「はい」

「中入って、座って話そっか？」

　笑顔の佐倉先輩に促されるまま、部室の中に入った。

　一度だけ、説明の時に入ったことのある部室。

　夏休みの間忙しかったのか、以前入った時よりも散らかっていた。

　こういうのを見ると、片付けたくてうずうずしてしまうっ……。

　ぐっと堪え、「失礼します」と言って佐倉先輩と向き合うように椅子に座る。

「呼び出してくれたってことは、答えが決まったってことだよね？」

　また図星を突かれて、びくりとあからさまに反応してしまった。

「……は、はい」

　本当に、申し訳ないな……。

　罪悪感に引っ張られるように下を向いたけど、ちゃんと言わなきゃと思い顔を上げる。

　すぅっと小さく息を吐いてから、佐倉先輩に向き合い口を開いた。

「……すみません佐倉先輩。私は先輩の彼女のフリはできません」

　振り絞った私の言葉に、佐倉先輩はまるでわかっていたかのように微笑んだ。

「……やっぱりそっか。うん、なんとなく断られる気はしてた」

その笑顔に、罪悪感が膨らみ視線を逸らしてしまう。

「静香ちゃんには、直球じゃないとダメだってわかったから」

「え？」

直球じゃないとって……どういう、意味？

気になって佐倉先輩をじっと見つめると、先輩は表情を変えないまま、とんでもないことを口にした。

「俺、静香ちゃんが好きなんだ」

一瞬理解することができなくて、時が止まったように固まってしまった。

好き……？

もちろん、私も佐倉先輩のことは尊敬しているし、好意的に思って……。

そこまで考えて、私はある可能性を見つけてしまった。

もしかして、好きっていうのは……そういうことでは、なくて……？

「……あ……え、っと……」

そんなわけ、ないと思う、けど……。

だって、佐倉先輩みたいな素敵な人が、私を好きになる理由がない。

そう思ったけど……。

「意味、わかるよね？」

佐倉先輩のその言葉とさっきとは違う真剣な表情に──

　私は、気づいてしまった。

　佐倉先輩が私に向けている、好意の意味に。

「ど、どうして……私なんて……」

　一体、いつから……？

　彼女のフリっていうのは、口実だったってこと、なのかな……？

　いや、でもそれなら本当に、いつから私のことを……？

「そうやって、私なんてって思ってるところも好きになったのかな」

　佐倉先輩はなぜか私に聞いてくるようにそう言って、くすっと笑う。

「最初はほっとけないなって思ってたんだけど、いつの間にか守ってあげたいって思い始めてたんだ」

　……っ。

　真剣な眼差しに見つめられ、息が止まった。

「……俺じゃ、ダメ？」

　佐倉、先輩……。

　息詰まっているような切ない先輩の表情。

「初めてなんだ、こんなに誰かを好きになれたのは」

　その言葉と、切なさの滲む声に、佐倉先輩の気持ちがそのまま流れてくるように私の心に伝わった。

　自分も片想いしているからこそ、その気持ちが痛いほどわかる。

　私みたいなのが、佐倉先輩のような素敵な人に告白されることなんて、きっと人生で最初のうちで最後だと思う。

こんなふうに想われて、嫌だなんて思うわけない。

でも。

で、も……。

「ごめん、なさい……」

　私は、どうしても……。

「やっぱり、和泉がいい？」

　心の中を見透かしたように、そう聞いてくる佐倉先輩。

　その通りですと返すのも苦しくて、胸をぎゅっと押さえた。

「でも、和泉は静香ちゃんを好きになってくれないでしょ？」

　はっきりと、否定しようのない事実を突きつけられて、一瞬怖気づくように肩が跳ね上がった。

「それは、わかってるんです……一方通行でも、いいんです……」

　好きになってほしいなんて思うことは、もう諦めた。

　それに、私は和泉くんと両想いになりたくて和泉くんを好きになったわけではない。

　ただ好きでいたい。

　今は本当に……それだけで幸せ。

　同じ学校に通っている。たまに会えるかもしれない。

　そんな些細な接点だけで、いいんだ。

　偽善だって思われるかもしれないけど、それくらいどうしようもないほど、和泉くんに焦がれてる。

「そういう健気なところ見せられたら、ますます諦められ

なくなる」

　頭上から苦しそうな声が聞こえ、顔を上げる。

　途端、佐倉先輩が近づいてきて、壁に押し付けられた。

　どうすることもできず、ただ佐倉先輩を見つめ返す。

「お試しでも……。俺が絶対に、和泉のこと忘れさせてあげる」

　佐倉先輩はそう言って、顔を近づけてきた。

「だから……俺にしなよ」

　何をされるかわからず、ぼうっとしてしまった私の唇に、柔らかい感触が降ってくる。

　……え？

　佐倉先輩に、キス、されてる……？

　自分の状況を理解したのとほぼ同時くらいに、ガチャッと扉が開く音が聞こえた。

　佐倉先輩が私から退き、開いた扉のほうを見る。

　私も思考がぼんやりとしているなかで、同じ方向に視線を向けた。

　……え？

　扉の先にあったのは、呆然とこちらを見ている和泉くんの姿。

「……すみません」

　もしかして、今の、見られてっ……。

　すぐに背を向けて去っていこうとする和泉くんに、私は言い訳の言葉も出なかった。

「……待って和泉」

　佐倉先輩が、和泉くんを呼び止める。

　ぴたりと足を止めた和泉くんの背中に、先輩は問いかけた。

「俺と静香ちゃん、付き合おうと思ってるんだけど……和泉はどう思う？」

　佐倉先輩、何言って……。

「なんで俺に聞くんですか？　別に……いいんじゃないですか」

　……っ。

　室内に残ったのは、あっけなく閉まった扉の音。

　私は扉のほうを見たまま、下唇をきゅっと噛みしめた。

「……だって。酷い男だね」

　……ち、がう……。

　和泉くんは、酷くなんてない……。

　誤解、されちゃった……。

　私の、ファーストキス……佐倉先輩に……。

　ようやく理解して、じわりと涙が滲む。

　糸が切れたように、涙は止まらなくなって、ポロポロと溢れ出した。

「……ごめん、勝手にキスした俺も酷いよね。泣かないで」

　佐倉先輩の声は、いつも以上に優しい。

　だけど……。

「ねえ、俺じゃダメ？」

　今は和泉くんに誤解されたことが悲しくて、涙が止まらなかった。

「俺は絶対、あんな態度は取らないし……静香ちゃんのこと大切にするよ」

　涙を拭ってくれようとしたのか、ふいに触れられてビクッと身体が震えてしまう。

　どうして、こうなっちゃったんだろう……っ。

「どんな時も笑わせてあげる。俺のこと好きにさせる自信もある。だから……俺と、付き合ってほしい」

　佐倉先輩は、そっと私の頬に自分の手を重ねて、改めて告白の言葉を口にした。

　私の頭の中は、さっきの幻滅したような和泉くんの顔でいっぱいだった。

譲れない【side和泉】

　夏休みが明けた。

　1ヶ月と少しぶりの登校日だけど、夏休み中も部活に来ていたし、久しぶりな気はしない。

　校内を歩いている時、気づけば辺りを見てあの人の姿を探してしまう。

　会いたいなら、話がしたいなら教室に会いにいけばいいのに、そんな度胸はなかった。

　静香先輩だって、俺が急に来ても困るだろ……。

　親しかったわけでもないし、ましてや嫌われてるかもしれないのに。

　いや……。

『俺は理由が聞きたいんです。……俺と、会うのが嫌でしたか？』

『違います……！』

　それは、ないのか……。

　静香先輩に、聞きたいことが山ほどある。

　どうしてあんな噂が流れたのか、本当はどんな人なのか。

　佐倉先輩との関係と、好きな男のことと、あとは……。

　……とりあえず、連絡先が知りたい……。

　女相手にこんなことを思うのは、生まれて初めてだ。

　……まずは自分から、話しかけないといけないか。

　早速ハードルが高すぎる……と、頭を抱えた。

　１年と２年にたいした接点はなく、普段何気なく過ごしている途中に会えるはずもない。

　教室に行こうか迷っている間に、放課後になってしまった。

　今日は後期初日だし、一旦行くのは諦めよう。

　そう思って、カバンに荷物を詰め込む。

　部活、ないんだよな……。

　このまま帰ってもすることないし、勝手に自主練して帰ろ……。

　そう思って立ち上がった時、教室内が騒がしくなっていることに気づいた。

　……ん？

「え……あれ３年の佐倉先輩じゃない……!?」

「どうして１年の教室にいるの……!?」

「誰か知り合い……!?」

　……キャプテン？

　騒ぎのほうを見ると、そこには佐倉先輩の姿が。

　キョロキョロと教室を見渡した先輩は、俺を視界に入れるなりこっちへ歩み寄ってきた。

　俺に用事……？

　わざわざなんだと、身構えてしまう。

　合宿中のこともあり、この人への警戒心はマックスだ。

「２日ぶり、和泉」

　胡散臭い笑顔を向けられ、俺もキャプテンに向き合う。

「どーも……で、なんですか？」

「そんな睨まないでよ。どうせ自主練でもするつもりかなと思って」

「……」

　……一体何を言いにきたんだこの人は。

　全部見透かされているようで、居心地が悪い。

「悪いけど、今日部室使うから自主練禁止だよって言いにきたんだ」

　……は？

「何に使うんですか？」

　部活のミーティング……？　いや、それならレギュラーの俺も呼ばれるはずだ。

　佐倉先輩を見ながら目を細めて俺を見て、にっこりと効果音がつきそうな笑顔で口を開く。

「今から、静香ちゃんと会うんだ。ゆっくり話したいから」

　さらっと告げられた言葉に、あからさまに眉を動かしてしまった。

　……部室で会うってことか？　静香先輩と……？

「……別に、部室じゃなくてもいいじゃないですか」

　そんな密室で、何を話すことがある……？

　この人、本当に何を考えてるんだ。

「もう待ち合わせしてるからね。ってことで、今日はまっすぐ帰りな」

「じゃあね」と言い、教室を出ていった佐倉先輩。

　俺はカバンを握る手に、無意識に力を込めていた。

　……くそ。

あの人はいつだって、俺を掌の上で転がすように子供扱いしてくる。

何がまっすぐ帰りな、だ……。

……でも、まだそこまで劣等感を覚えずにいられるのは、静香先輩の好きな人が佐倉先輩ではないとわかっているから。

今までは、静香先輩より年下なことがコンプレックスのように感じていたけど……あの人が年下もいけるとわかってからは、年を気にすることはあまりなくなった。

あんなふうに余裕ぶってるけど、どうせキャプテンだって俺と同じ一方通行だ。

……でも、わざわざ部室で何を話すんだ……？

付き合うことになるからっていうあの言葉も……正直まだ少し引っかかってる。

あー……。

俺、なんかストーカーみたいじゃないか……。

どうしても気になって、来てしまった。部室に……。

電気がついてるから、多分中には、佐倉先輩と静香先輩がいるはず。

何を話しているのか気になって、扉をじっと見つめる。

何も聞こえない……つーか、これじゃほんとにストーカーみたいだろ……。

ああくそ、静香先輩のことになるとどうしてこんなに消極的になるんだ。

　気になるなら入ればいい。俺の中の強気な自分が、心の中でそう言った。

　ドアノブに手をかけ、ゆっくりと扉を開く。

　俺の目に飛び込んできたのは——。

　佐倉先輩と静香先輩がキスをしている光景だった。

　衝撃の光景に、その場から動けなくなる。

　……なんだ、これ……。

　結局、ふたりは付き合っていたのか……？

　年下の好きなやつっていうのも嘘で……実は佐倉先輩と付き合ってることを隠すための嘘、とか……？

　俺に気づいた佐倉先輩が、こっちを見る。

　どこか放心状態のように見える静香先輩が、俺のほうを見た。

「……すみません」

　俺は咄嗟にそう口にして、急いで部室を出ていこうとした。

「……待って和泉」

　今すぐこの場から去りたいのに、佐倉先輩の呼び声に反射的に立ち止まってしまう。

「俺と静香ちゃん、付き合おうと思ってるんだけど……和泉はどう思う？」

　……は？

　この人は本気で、意味がわからない……。

「なんで俺に聞くんですか？　別に……いいんじゃないですか」

どうして、俺に聞くんだよ。

キスしてたってことは……もうお互い同じ気持ちってことだろ……。

やるせない気持ちのまま、部室をあとにする。

目的地もわからないまま、とにかく部室から離れようと早足で歩いた。

……あの人、絶対計画した。

さっき、俺にわざわざ言いに教室に来たのも、そうすれば俺が部室に来るだろうってわかってて……。

まんまと乗せられた自分が恥ずかしい。

……最悪だ。

あんな光景、見たくなかった。

でも……。

ぴたりと、足を止める。

付き合おうと思ってるって言ってた。……ってことは、まだ付き合ってないってことだ。

それなのにキスをしてたって……どういうことだ?

それに、一番気になったのは……。

静香先輩が、酷く動揺している様子に見えたこと。

きっと今までの俺なら、やっぱり静香先輩は嘘ばかりだと決めつけて、このまま逃げていた。

でも……俺は知ってしまった。

あの人は嘘をつけるような人ではないし、軽い人なんかではない。

むしろ、心配になるほどお人好しで、慎重で、誰に対し

ても真剣に向き合ってくれる人。

　……いいのか？

　このまま帰って、キャプテンと静香先輩が付き合うことになっても。

　俺は結局、何も知らないまま……何も聞かないまま、この感情を捨てるのか？

　今思えば、俺が静香先輩にちゃんと向き合ったことはなかった。

　噂を信じて、酷い態度をとった。

　俺が嫌いな人種だと、決めつけた。

　結局、どれが本当の静香先輩なのか、何が真実なのかはわからない。

　でも、今ひとつだけわかることがある。

　ここで戻らなければ……俺はきっと、一生後悔する。

　今まで、いろんなものを諦めてきた。

　突き放して、耳を塞いで、背を向けてきた。

　でも……。

　──あの人のことだけは、諦めたくない。

　俺は来た道を戻るため、振り返る。

　そのまま、全速力で走った。

　頼む、間に合え……。

　一度出ていったはずの部室のドアを、再び開けた。

　俺の中には、少しの迷いもなかった。

　もういっそ静香先輩がどんな人だってかまわない。

　俺は静香先輩が好き。とにかく、それだけは伝えたい。

　ドアの先には、さっきとは違う光景が広がっていた。

　泣いている静香先輩と、そんな静香先輩に迫るように壁に手をついている佐倉先輩。

　佐倉先輩が勢いよく入ってきた俺を見て、いつもとは違う余裕のない表情をしている。

「……何？」

　まるで邪魔とでも言いたげな顔だったけど、俺は気にせずに静香先輩の手を掴んだ。

　佐倉先輩から奪うように手を引いて、自分の元へ抱き寄せる。

「やっぱり、無理です」

　さっきの言葉は、訂正する。

　あんたと静香先輩が付き合うなんて──許せない。

　佐倉先輩に、取られたくない。

　いや、あんただけじゃない。

「──この人は、渡さない」

　他の、誰にも。

初恋のゆくえ

「やっぱり、無理です」

和泉くんが、私の手を掴んだ。

……これは、夢……？

そう思うくらい衝撃的な出来事に、私は息をするのも忘れて和泉くんを見つめる。

「――この人は、渡さない」

そう言って、私の手を掴んだまま、部室から抜け出した和泉くん。

……何が、起きてるんだろうっ……。

わからない……わからない、けど……もうずっと、この手を離さないでほしいなんて、強欲なことを思った。

私の手を引いて、和泉くんが入ったのは初めて来る場所だった。

「ここ、空き教室で……あんまり誰も、知らないんですよ。ひとりになりたい時、よく使ってて……」

そう、なんだ……。

こんな場所があるなんて、知らなかったな……。

でも……どうしてここに、私を連れてきてくれたんだろう……？

さっきも……どうして部室に戻ってきて、くれたんだろう……。

「……あの、すみません、強引に連れ出して……」

　わからないことだらけで戸惑っていた私に、和泉くんが
申し訳なさそうに謝ってきた。

　そんな、謝罪の言葉なんていらないのに……。

「い、いえ……ありがとうございます……」

　むしろ、あのまま佐倉先輩とふたりでいるのは正直怖
かったから、連れ出してくれて……本当に助かったっ。

　お礼を言った私を見て、和泉くんが眉間にシワを寄せた。

「……ありがとうございますってことは、あれは合意じゃ
なかったってことですか?」

「……え?」

「……キス、されてたじゃないですか」

　……っ。

　やっぱり、見られてた……。

　和泉くんにはっきり見られていたという事実に、また泣
きたくなった。

「あ、れは……」

　和泉くんにだけは……見られたく、なかったっ……。

「その、突然、で……わからなくって……」

　佐倉先輩がどうして急にキスなんてしたのか……告白は
されたけど、同意もなくあんなことをされると思わなかっ
た。

　でも……それだけ私は、佐倉先輩を傷つけてしまったっ
てことかな。

　佐倉先輩の気持ちにも気づかずに、今まで無神経なこと
をしてしまったのかもしれない。

　これは、私への罰なんだ、きっと……。

　そう受け入れようと思うのに、涙が溢れて止まらなかった。

「泣かないでください」

　和泉くんの指が、すっと伸びてくる。

　その指が、私の涙を拭った。

　驚きのあまり、涙が一瞬で引いてしまう。

　和泉くんは私の頬から手を離し……そのまま、優しく抱きしめてくれた。

「その……もう怖くないですから」

　……っ、え……？

　私、どうして和泉くんに、抱きしめられてっ……。

「い、和泉くんっ……」

　思わず、和泉くんの胸を押して離れた。

　和泉くんに抱きしめられているという事実に、頭の中の整理が追いつかなかったから。

「すみません、嫌でしたよね」

「い、嫌なわけじゃないです……！　ただ、びっくりして……」

　嫌だなんて、そんなことあるはずないっ……。

　でも……。こんな近くにいたら……心臓の音が聞こえてしまう……っ。

　きっと今も、情けないくらい顔が赤くなっているだろう。

　見られたくなくて、下を向く。

「さっき……何話してたのか、聞いてもいいですか？」

　さっきって、佐倉先輩とってことかな……？

「え、えっと……」

　話していいことじゃない気がして、言葉に詰まる。

　告白されましたなんて告げるのは……佐倉先輩に失礼な気が……。

「キャプテンと付き合うっていうのは本当ですか？」

　……え？

　事実とは異なる質問に、慌てて首を横に振った。

「ち、違いますっ……！　ちゃんと、断りました……！」

　あ……これじゃあ、告白されたって自分で言ってるようなものだ……。

　私の返事に、なぜか和泉くんはほっとしたような表情をした。

「断ったんですか？」

「は、はい……」

「それって……好きなやつがいるからですか？」

　……っ。

　思わぬ図星を突かれ、小さく口を開いたまま固まってしまった。

「……ど、どうして、知って……」

「偶然聞きました」

　そ、んな……。

　和泉くんは、私が和泉くんを好きなことを……。

　知られているなんて、気づかなかった……。

「その……すみません……」

　すみませんって……私の気持ちに対して、ってこと、かな……？

　和泉くんが私を嫌いなことはもう嫌ってほどわかっていたけど、改めてそう言われて、胸が張り裂けそうなほどの痛みに襲われた。

　また……フラれて、しまった……。

　わかっていても、悲しいものなんだな……。

　和泉くんにも、謝らせてしまって……悪いことをしてしまった……。

「ご、ごめんなさいっ……」

　思わず、そう口にしていた。

「い、和泉くんに迷惑かけるつもりはなくて、嫌ならもう目の前に現れないように、するので、その……」

　……ダメだ、また、泣いてしまいそうっ……。

　悲しくて、苦しくて……止まれと思うのに涙が抑えられない。

　そばにいるのも恥ずかしくて、もう耐えられなかった。

　教室を出ようと立ち上がる。

「……待ってください」

　逃げようとした私の手を、和泉くんが掴んだ。

「どういう意味ですか？　どうして俺が迷惑なんですか？」

　……え？

「だって、すみませんって……」

　私の気持ちは、迷惑ってことじゃないのかな……。

「それは、偶然でも聞かれたくなかったかなって思って。

勝手に聞いてすみませんっていう意味の謝罪だったんです
けど……」

　和泉くんはそう言って、一度考えるように口を閉ざした。

　そして……。

「……静香先輩、もしかして……」

　真剣な表情で、私をじっと見つめた。

「年下の好きな男って……俺じゃないですよね？」

　……っ。

　てっきり、私が和泉くんを好きだと聞いてしまったって
ことだと思ったのに。

　それは、知らなかったってこと……？

　ということは、自分で墓穴を掘ってしまった。

　あからさまにびくりと反応してしまった私に、和泉くん
の瞳の色が確信に変わった。

「……え？　……は？　本当に……？」

　どうし、よう……。

「ち、違います……！　ごめんなさいっ……」

　掴まれている手を振り払い、今度こそ逃げようと教室の
扉を開ける。

「待ってくださいってば」

　それなのに、和泉くんが許してくれない。再び手を掴ま
れ、身動きが取れなくなってしまった。

「お願いです、行かないでください」

　掴まれた手を、グイッと引かれる。

　そのまま……私はまた、和泉くんに抱きしめられた。

「俺、あなたとちゃんと話したいです」

　……っ。

　大好きな人の胸の中で、頭が真っ白になる。

　や、めて……。

　こんなことをされたら、私は……。

　もっともっと、好きになってしまう。

　もう……忘れられなくなってしまう……っ。

「す、すみません、ごめん、なさい……」

　和泉くんの胸を押して、距離を取る。

「なんの謝罪ですか？」

　もう、自分でもわからないっ……。

　理由が、ありすぎて……。

「……好きに、なって……もうフラれているのに、しつこ
くて、ごめんなさいっ……」

　涙が止まらなくて、振り絞った声は情けないくらい震え
ていた。

　もう、ここから消えてしまいたい。

　和泉くんにこんなぐちゃぐちゃな顔……見られたく、な
いっ……。

「……は？」

　教室の内に響いた、困惑を含んだ声。

「すみません、話が全く見えません」

　和泉くんは困ったようにそう言って、私の肩を掴んだ。

　視線を合わせようとしてるのか、顔を覗き込んでくる。

　私は涙をゴシゴシと服で拭って、さっと前髪を整えた。

　こんな状況だけど、和泉くんの瞳に映る自分は、少しでも綺麗でいたかったから……。

「静香先輩の好きな人って、本当に俺なんですか？」

　確認するように問い詰められ、私は誤魔化しても無駄だと諦めた。

　もう、言い逃れることもできない。

「……え……マジで待ってください。フラれたってなんのことですか？」

　なぜか酷く困惑している和泉くんに、私のほうが疑問に思う。

「和泉くん、一度図書室で……私みたいな軽い女、嫌いだって……」

　思い出すだけで苦しくなって、また涙が溢れそうになる。今日はもう、涙腺がおかしくなっているのかもしれない。

　すぐにぐっと下唇を噛んで、涙をこらえた。

　和泉くんは、私の返事に思い出したようにハッとした表情になる。

　そして、苦しそうに顔を歪めた。

「……っ、それは、すみません……」

　違う……そんな、謝ってほしいわけじゃないっ……。

　私が勝手に好きになって、勝手にフラれただけだから、和泉くんは何も悪くないのに……。

　首を何度も、横に振った。

　好きな人に謝らせてしまったことが、心苦しい。

「……でもそれって、そんな前から俺のこと好きだったっ

てことですか？」

「……っ」

「いつからですか？」

　まだ問い詰めてくる和泉くんに、顔を伏せたまま口を開く。

「図書室で、男の人たちに絡まれてる時……助けて、くれました……」

　私の答えに、和泉くんは驚いた様子で息を飲んだ。

「……っ、そんな前から？　あれ、５月とかじゃなかったですか……？」

　和泉くん……覚えてるんだ……。

　きっと和泉くんにとってはなんでもないことだっただろうから、記憶にすらないと思っていた。

「じゃあ、佐倉先輩と付き合うとかの話は？」

「あれは……佐倉先輩に、フリで恋人になってほしいって言われたんです……。佐倉先輩は、私が和泉くんのことを好きなことも、知っていて……」

　もう何を隠しても無駄だと思い、正直に話す。

　それに……和泉くんに誤解されるのは、嫌だった。

　他の誰に誤解されたって、和泉くんだけには……。

「……ちょっとずつ話が見えてきました」

　和泉くんは、少し不機嫌そうに眉を寄せた。

　……？

「……ひとつだけ聞いてもいいですか？」

「え？」

「合宿で俺が倒れた時、静香先輩……気づいてくれましたよね。あれは……俺のことを、見てたからですか?」

　あ……。

　和泉くんの言っている通りだ。

　あの日、私はずっと和泉くんを見ていて、それで……心配になってあとを追った。

「……ご、ごめんなさい……」

　気持ち、悪がられてしまう……。

　ずっと見られていたなんて……それに、私みたいな、女に……。

「謝らないでください。……顔、上げてください」

　和泉くんの大きな手が、私の両頬に重ねられた。

　そのまま目線を合わせるように、ぐっと持ち上げられる。

　視界に映った和泉くんの顔は……。

「俺の話、聞いてくれますか?」

　とても優しく、私には向けられたことのないような穏やかな表情だった。

「和泉くんの、話……?」

　恐る恐る、首を縦に振る。

　一体私になんの話をしてくれるんだろう……。

　わからないけど、和泉くんの視線が優しくて、このまま時間が止まってしまえばいいのにと思った。

　この綺麗な瞳に自分だけが映っているという事実だけで、幸せになれた。

「俺……あなたが好きです」

　それは、真っ先に『ありえない』という言葉が浮かぶほど、衝撃の言葉だった。

　和泉くんが、私を好き……。

　ありえない、そんなの、絶対にありえない。

　さっきからおかしいとは思っていたけど、これは夢に違いない。

　だって、和泉くんはこんなにも優しい眼差しを私に向けたりしない。

　和泉くんは私が嫌いで、避けていて、なのに……信じ、られない。

　夢だと確信した私を置いて、和泉くんは話を続けた。

「初めてあなたが花壇に水をあげているのを見た日から、本当は惹かれていました」

　花壇……？

　私が花に水をあげているのを、どこから見ていたんだろう……？

　……って、ダメだ。これは都合のいい夢。

　現実じゃないんだから、信じちゃダメ。

　そう思うのに、私の頬に重なる手から伝わってくる温もり。

「でも……そんな時、静香先輩の悪い噂を聞いたんです」

　噂って……私が軽いとか、愛人がいるとかの……？

「勝手にいい人だと思っていた俺は、あなたに裏切られた気になって、酷いことを言いました」

　後悔の念に駆られているような、悔しそうな和泉くんの

表情。

「合宿であなたのことを知って……自分が噂に惑わされていたことに気づいたんです」

　これは本当に、夢……？

　逆にそう思うくらいリアルで、思考回路が曖昧になってくる。

「本当に反省してます。勝手にあなたを疑って、すみませんでした。しかも、俺を好いてくれていることにも気づかずに……きっとすごく、傷つけましたよね」

　そんな……悪いのは和泉くんじゃない。

　私の悪い噂はたくさんあるそうだから、信じて当然だ。

　接点も、なかったから……。

「ごめんなさい。……ずっと、謝りたかったんです」

　和泉くんが、苦しそうに目を細めて私を見つめてくる。

「謝らないでください……」

「……いや、もっと怒ってください」

「怒ってなんていません……」

「静香先輩は、優しすぎるんですよ。だから、俺みたいなやつに……」

　そこまで言いかけて、一度言葉を飲み込んだ和泉くん。

「……まだ、チャンスがあるなら……」

　私はその先の言葉に、じっと耳を傾ける。

「俺のこと、信じてくれませんか……？」

　和泉くんの瞳が、切実に訴えかけてくるみたいに見えた。

「自分勝手なことを言ってるのはわかっています。でも、

もう絶対に、あなたを傷つけたりしないって約束します」

「……」

「俺の……」

　じっと見つめてくる瞳があまりにも情熱的で、真剣で。

　私はごくりと息を飲んだ。

「恋人になってください」

「……っ」

　……こんなのありえない……。

「あ、あの……」

「……はい」

「これは、現実ではないと、思いますっ……」

「え？」

　ずっと思っていたことを口にした私を見て、和泉くんが
パチパチと瞬きを繰り返した。

　そして、ふっと微笑んで優しく頬を撫でられる。

「……現実ですよ」

　和泉くんの手の感触が、温もりが──本当に現実なのだ
と、教えてくれた。

「静香先輩が好きです。あなたの特別になりたいです」

　とっくに願うことを諦めた。

　願っても無駄だと、想うだけの恋にしたはずだった。

　それ、なのに……──こんな幸せなことが、私に起こっ
て、いいのかな……。

　だって、和泉くんが……きっとこの世界で一番素敵な人
が、自分を好きだと言ってくれるなんて。

　それだけで、自分のことも好きになれる気がした。

　心の中がいっぱいいっぱいになって、うまく言葉が出ない。

　小さく深呼吸をして涙を拭き、拙くも言葉を紡いだ。

「噂は、本当にどこから流れたのかわからなくて……」

　少しだけ、和泉くんの服の袖を握った。

　誤解だけは解いておきたくて、和泉くんには本当の私を知ってもらいたくて、握る手にぎゅっと力が入る。

「私、あ、愛人？だとか、言われているみたいなんですけど、そんな事実はないんですっ……」

　本当に、私が好きなのは、あなた、だけで……。

「男友達も、好きな人も今までできたことがなくって……だから、あの……」

　たどたどしく話す私に、和泉くんが優しい瞳を向けてくれる。

「和泉くんのことだけが、好き、です……信じて、くださいっ……」

　泣きながら伝えた私の頭に、和泉くんがそっと手を置いた。

　壊れ物に触れるかのように優しく、撫でてくれる大きな手。

「……静香先輩の口からちゃんと聞けて、嬉しいです」

　和泉くんはそう言って、見たことのないくらい柔らかい笑みを浮かべた。

「信じます。他ならないあなたの言葉だから」

……っ。

「……まさか静香先輩が俺を好きでいてくれてるなんて、全く気づきませんでした……」

嬉しそうに笑う和泉くんに、私まで笑顔が伝染する。

きっと涙でぐしゃぐしゃだろうけど、今まで生きてきた中で一番、心からの笑みがこぼれた気がした。

私のほうこそ、まさか和泉くんが私のことを……好きになってくれるなんて……思ってもいなかった……。

こんなふうに世界一幸せだと思える瞬間が自分に訪れるなんて。

「……ていうか、俺が初めてってことですか?」

さっき、好きな人ができたことがないって言ったからだろうか。

「初恋……ですか?」

そんな質問をしてくる和泉くんに、顔が熱くなる。

私の反応で察したのか、和泉くんは口角を上げた。

「……俺もです」

え……?

和泉くんも、初めて……?

和泉くんが自分のことを好きになってくれたというだけで幸せなのにっ……。

感極まって、言葉が出ない。

嬉しいって伝えたいのに、この喜びをうまく伝える言葉が思い浮かばない。

代わりに、じっと目で訴えるように見つめた。

「……喜びすぎです。静香先輩って、意外とむじゃきですよね」

「えっ……」

　ど、どうしよう、子供っぽいって思われた、かな……。

「……ふっ、そんな困った顔しないでください。褒めてます」

　ほ、褒め言葉だったの……？

　そ、それなら、いいのかな……。

「……そのウブな反応見たら、噂も全部嘘だったってわかります」

　愛おしそうに、見つめてくる和泉くんにさらに顔がかあっと赤くなる。

　甘い和泉くんに耐性なんてあるはずもなく、その瞳に見つめられるだけで溶けてしまいそう。

「……もしかして、さっきのキスも……ファーストキス、でしたか？」

　さっきの佐倉先輩とのキスを思い出して、ビクッと肩が跳ね上がった。

　そうだ……和泉くんの告白が衝撃すぎて、忘れてしまっていた。

　佐倉先輩を責める気も、責められる立場ではないこともわかっているけど……。初めては和泉くんがよかったと思わずにはいられない。

「……すみません、全部俺のせいですね」

「……え？」

　どんな顔をすればいいかわからず俯いた私に届いた、少

し低い声。

「噂話なんか鵜呑みにして、勝手に敵視して、静香先輩の
ことを遠ざけて……子供すぎました。本当にすみません」

　苦しそうな声に顔を上げると、和泉くんは悔しそうに顔
を歪めていた。

「俺がもっと早くに自分の気持ちを認めていたら、佐倉先
輩に奪われずに済みました。静香先輩が怖い思いするこ
とも、なかったのに……心底自分が情けないです」

　そんなっ……。

「情けなくなんてないですっ……」

　和泉くんはいつだってかっこよくて堂々としていて、私
にないものを全部持っている人。

　助けてくれたあの日から……手を伸ばしても絶対に届か
ない場所にいた、眩しい存在。

「和泉くんは……誰よりも素敵な人だと、思います……」

「……っ」

「少なくとも、私にとっては一番、かっこいい人ですっ……」

　だから、情けないなんて言わないでほしい。

「なんなんですか、さっきから」

「ご、ごめんなさい、気にさわるようなこと──」

「いちいち可愛すぎるんですよ。どうすればいいかわから
なくなる……」

　和泉くんの表情は困っているように見えるけど、嫌がっ
ているようには見えない。

　よく見ると、頬が赤くなっていた。

「静香先輩って、ほんとに男の趣味悪いですね」

　……あれ？

　和泉くんもしかして……照れてる……？

「いいんですか？　本当に俺で……」

「え？」

「きっと静香先輩みたいに素敵な人には、俺なんかよりもいい男、この先山ほど現れますよ」

　そう告げてくる和泉くんが、なんだか切なそうに見えた。

　私みたいな人間に素敵なんて言葉、分不相応すぎるのに……でも、和泉くんにそう言ってもらえるなら、少し自分に価値を見出せたような、そんな気分になる。

「私は……」

　和泉くんの瞳の奥に見えた、抱えなくていい不安を払拭してあげたくて、口を開く。

「和泉くんがいいですっ……和泉くんじゃないと、嫌なんす……」

　きっとこの先、和泉くん以上に素敵に思える人なんて現れない。

　私の言葉に、和泉くんは安心したようにふっと表情を緩める。

「じゃあもう、離しません」

　そう言って、ぎゅっと抱き寄せられた。

「ていうか俺じゃ嫌って言われても、もう離せなかったです。ずるい質問してすみません」

　耳元で囁かれた言葉に、心臓は痛いほど高鳴る。

　離さないでほしいと願いながら、私も強く抱きしめ返した。

　どのくらいの間抱き合っていたかわからなくなった時、和泉くんがゆっくりと私から手を離した。

　温もりを手放すことが寂しかったけれど、そんなことを言えるわけもなく私も手を離す。

「静香先輩」

　名前を呼ばれて顔を上げると、視界いっぱいに映った和泉くんの優しい微笑み。

「俺と、付き合ってください」

　自分には一生告げられるはずのなかった言葉。

　何度も頭の中で反芻して、その言葉を噛みしめる。

　そして。

「は、いっ……」

　大きく頷きながら、私は返事をした。

夢見心地

　和泉くんと、両想い……。

　和泉くんが……私の、恋人に……。

　信じられないような展開に、まだ夢見心地な気分だった。

　放心状態の私を、和泉くんがじっと見つめていることに気づく。

　私は顔を隠すように、慌てて両手で覆った。

「み、見ないでくださいっ……。泣きすぎて、いつも以上に変な顔になってるので……」

　こんなみっともない顔、和泉くんには見られたくないっ……。

「いつも以上って何ですか。静香先輩が変な顔だった時なんてありませんけど」

　くすっと笑いながら、私の髪をそっと耳にかけてくれた和泉くん。

　あらわになった私の顔を見ながら、頬を緩めた。

「それに……俺のためにこんなふうになってる静香先輩、どんな顔してても可愛いです」

　……～っ。

「か、可愛いはずがありません……」

「先輩はいつも、自己評価が低いですね」

　自己評価は……自分では客観的にできていると思っている。

「静香先輩が自分のことをもっと好きになってくれるように、俺も頑張ります」

　優しい微笑みと言葉に、嬉しさよりも恥ずかしさが優った。

　もう、顔が熱くて……ダメだ……。

「い、和泉くん……」

「はい?」

「……あ、あの……優しすぎます……」

　今まで、和泉くんのこんな一面を見たことはなかった。

　どちらかといえばクールで、甘い言葉を言うイメージがなかったのにっ……。

　もちろん、どんな和泉くんでも素敵で、和泉くんがくれるどんな言葉も嬉しいけれど、私の心臓がもたない。

「そうですか?　そんなこと言われたことないですけど」

　不思議そうにきょとんとしながら、首をかしげた和泉くん。

「でも、好きな人には優しくしたいと思いますよ。特別な相手なんで」

　も、もう、キャパオーバーです……。

「静香先輩?　どうして顔背けるんですか?」

「和泉くんが眩しすぎて、直視できないんです……」

「なんですかそれ」

　和泉くんははははっと笑っているけど、本気でそう思った。

　前までは、気軽に話しかけることもできなかったのに。

　今こうしてふたりきりで話せているのは、奇跡でしかな

い。

　昨日の私が見たら、驚きすぎて心臓が止まってしまうかもしれない。

　恥ずかしさを紛らわせるように和泉くんから視線を逸らそうと斜め上のほうを見た時、ふと教室の時計が目に入った。

「あっ……私、リナちゃんを待たせてるんです……！」

　どうしよう、結構時間が経っちゃってる……！

　名残惜しいけれど、これ以上待たせるわけにはいかない。

　ここで……バイバイかな……。

「じゃあ、リナ先輩のところまで一緒に行きましょう」

　寂しく思った時、当たり前のようにそう言ってくれた和泉くん。

「え……でも……」

「俺が少しでも一緒にいたいだけなんで。行きましょう？」

　さらりと私の心臓を騒がせることを言う和泉くんに、案の定鼓動が速くなる。

　私、早死にしてしまいそう……。

　お礼を言って、和泉くんと空き教室を出る。

　教室に戻る途中にある、サッカー部の部室。

　佐倉先輩、もう帰ったかな……。

　明日、ちゃんと謝りたいな……。

　そう思い横目で部室を見た時、私の視界にふたりで話しているリナちゃんと佐倉先輩の姿が目に入った。

　……え？

「静香先輩？」

　驚いて立ち止まった私を見て、「どうしたんですか？」と振り返ってくれる和泉くん。

　すると、リナちゃんが私たちのほうに気づき、「おーい！」と手を振ってくれた。

「あれ……リナ先輩と、キャプテン？」

　和泉くんの顔色が一瞬曇ったように見える。

　私は恐る恐る手を振り返し、リナちゃんたちのほうへ歩み寄った。

「リナちゃん、待たせてごめんね……」

「いいのよそんなの」

「あ、ありがとうっ……。あの、えっと……佐倉先輩……」

　さっきのことがあって、気まずい。

　なんて言えばいいかわからずに視線を泳がせていると、手を握られた。

　和泉くん……。

「あーあ、やっぱりくっついた？　早速見せつけないでよ」

　佐倉先輩が、口角をあげながら私と和泉くんを交互に見ている。

　どういう反応をしていいかわからず戸惑っていると、佐倉先輩が私を見つめて視線を止めた。

「静香ちゃん、さっきは無理やりあんなことしてごめんね」

　佐倉先輩のこんな表情、初めて見た……。

　こんな顔をさせてしまったことに、私の方が申し訳なく

なる。

　でも……ごめんなさいと謝るのは、違う気がした。

　それは、佐倉先輩にも失礼な気がしたから。

「今日言ったことは、全部忘れて。でも、これからも友達として仲良くしてほしいな」

　そう言って、今度はいつもと同じ、優しい微笑みを向けてくれた佐倉先輩。

　そんな……私の、セリフだ。

「も、もちろんです……！　こちらこそ……！」

　心の中で『ありがとうございます』と呟いて、頭を下げた。

　佐倉先輩は……本当にどこまでも、優しい人。

　すごく自分勝手だけど……佐倉先輩には素敵な人と、幸せになってほしいなと思った。

　私の返事に、満足げに微笑んだ佐倉先輩。

「ありがとう。あ、でも……」

　……ん？

「ファーストキスが俺ってことは、忘れないでね」

「……っ」

　急に佐倉先輩の顔が近づいてきたと思ったら、耳元でそう囁かれた。

　その言葉と意味深な言い方に、かあっと顔が熱を持つ。

「近寄らないでください」

　佐倉先輩を少し押して、壁になるように私の前に立った和泉くん。

「えー、こっわいなぁ」

「もう静香先輩は俺のものなので」

　和泉くんのその言葉に、私の顔はますます赤く染まっていく。

　きっとゆでダコみたいになってるに違いない。

「さんざん酷い態度取ってたくせに、都合がいいね」

「そのことに関しては否定しません。だから、これからは精一杯大切にします」

　和泉くん……っ。

「俺、和泉に劣るところなんてないと思うのになぁ……」

「ほんとよ。あたしも佐倉先輩派だったのに」

　じっと黙って話を聞いていたリナちゃんが、そう言ってため息をついた。

　そして、鋭い目つきになり、和泉くんを睨みつけたリナちゃん。

「和泉‼　あんたみたいな男が静香みたいな天使と付き合えたこと、誇りに思いなさい‼‼　泣かせたら消すから‼‼」

　えっ……。

　て、天使？

　褒めてくれるのは嬉しいけれど、過剰な物言いに「リナちゃん……！」と止めに入った。

　むしろ、誇りに思うのは私のほうなのにっ……。

「わかってます」

　アタフタしてしまった私の隣で、和泉くんがリナちゃん

にそう返事をした。

　その表情は真剣そのもので、驚きのあまり私の動きが止まる。

「……あら、珍しく素直じゃない」

　リナちゃんも予想外だったのか、珍しいものを見るような目を向けていた。

　和泉くんが、リナちゃんから私に視線を移す。

「もう泣かせません」

　……っ。

　じっと見つめながら微笑まれて、いろんな感情が湧き上がってくる。

　自然と、涙が溢れてしまっていた。

「え？　し、静香先輩……？」

「あ、あの、これは嬉し涙で……」

「ちょっと、言ってるそばから……」

　泣く私と、戸惑う和泉くんと、呆れた表情のリナちゃん。

　なんだか変な光景だなと思いながらも、私は幸せだなと心の底から思った。

「……あれ、静香さんたち……！」

　少し離れたところから、名前を呼ばれた気がして顔を上げる。

「健太くん……」

　部室に用事があったのか、ひとりでいる健太くんの姿があった。

　健太くんは私の顔を見るなり、すごい形相で駆け寄って

くる。

「何してるんですか！　……と、というか、どうして静香
さん泣いてるんですか……!?」

　あっ……そ、そっかっ……。

　心配をかけてしまったことに気づいて、慌てて涙を拭い
た。

「これにはふかーいワケがあるのよ」

　私が答える前に、リナちゃんが意味深な言い方をする。

「深いワケ……？」

「静香ちゃんと和泉、付き合うことになったんだって」

　首をかしげた健太くんに、今度は佐倉先輩が口を開いた。

「……え……」

　驚いている健太くんの姿に、気恥ずかしくて目を伏せた。

「そ、そうだったんですか……！　お、おめでとうござい
ます……!!」

　健太くんは驚いているのか、大きな声でそう言った。

　自分の友達が私みたいなのと付き合うなんて、お、驚く
よね……。

　反対されたらどうしようと、少しだけ不安になった。

「え、ええっ、ほんと意外なカップルというか……ま、ま
あ和泉が静香さんを気に入ってることはなんとなく想像つ
いてたんですけど……！　そ、そっかぁ……いやあ、ほん
とにおめでとうございます……!!」

　私の不安とは裏腹に、祝福の言葉をくれた健太くん。

　それに安心して、笑顔が溢れた。

　けど、なぜか私以外のみんなは表情を曇らせた。

「柴原、あんた……」

「……」

　リナちゃんは何か言いたげに健太くんを見ていて、和泉くんに至っては無言のまま。

　一方、佐倉先輩はにこりと笑顔を作って健太くんを見た。

「失恋仲間だね」

「えっ……!!!」

　佐倉先輩の言葉に、酷く動揺している健太くん。

「健太くん……?」

「あ、な、なんもないですよ!!　ほんとにおめでとうございます!」

　あははと誤魔化すように笑いながらそう言って、健太くんは和泉くんの肩を叩いた

「和泉、絶対静香さん幸せにしろよ!!」

「お前に言われるのはムカつく」

「なんでだよ!!!」

　仲のいいふたりの姿が微笑ましくて、笑みがこぼれた。

　佐倉先輩にも健太くんにも祝福してもらって……嬉しいなっ……。

　リナちゃんも、和泉くんにはあたりが強いけど、きっと心の中ではおめでとうと言ってくれているように思えた。

　いい人に恵まれているなと、改めて感謝の気持ちが溢れる。

「もう帰りましょう、静香先輩」

　健太くんと佐倉先輩にからかわれたのか、少し不機嫌そうな和泉くん。

「あ……ごめんなさい、今日はリナちゃんと帰る約束をしてて……」

　そう言うと、和泉くんはリナちゃんのほうをじっと見つめた。

「何よその顔。はぁ……不本意だけど、今日は譲ってあげるわ」

「え？」

「一緒に帰りなさいよ。話したいこともあるんでしょ」

　リナちゃん……。

「ありがとうございます、リナ先輩。じゃあ、帰りましょうか？」

「は、はいっ……」

　また今度、埋め合わせしなきゃっ……。

　ありがとう、リナちゃんっ……。

　みんなにバイバイをして、和泉くんと下駄箱のほうに向かって歩き始めた。

「話したいことがたくさんあるんで……どっかカフェでも入りませんか？」

　和泉くんの言葉に、こくこくと何度も頷いた。

　私も……たくさん、お話ししたい……。

「行っとくけど和泉、静香の門限は６時だからね！！」

　まるで会話が聞こえていたかのように、姿が小さく見えるくらいの距離でリナちゃんの大きな声が聞こえた。

　私は振り返って、もう一度手を振った。

「……え？」

　隣を歩く和泉くんが、驚いたように目を見開く。

「門限あるんですか……？」

　ん？　門限があるのって、そんなに珍しいのかな？

　当たり前のことだったから、和泉くんの反応に私のほう
が驚いてしまった。

「はい。高校生になってからは、６時になったんですよ」

　笑顔でそう伝えると、和泉くんはますます目を大きくさ
せる。

「……それまでは何時だったんですか？」

「中学生の時は５時でした」

「破ったことは？」

「ないです。お父さんとお母さんが心配するので……」

　そう言ってから、あることを思い出す。

「あ、でも一度だけ、高校に入学してすぐの時に道に迷っ
てしまって、６時を過ぎたことがあるんです」

　あの日のことは……今も記憶に新しい。

　元々少し方向音痴なところがあり、一度道を誤ってから
戻れなくなってしまった。

「その時両親が警察に連絡したみたいで……すごく大ごと
になってしまって……」

　私は携帯も持っていないから連絡手段もなく、お父さん
とお母さんも焦ったんだと思う。

「結局、迷子になっていたところをすごい形相をしたお兄

ちゃんに発見されました……」

　そのあと、泣きながらお父さんとお母さんも迎えにきて
くれて、門限は絶対に守らなきゃと改めて心に誓った。
「あの時は家族にも警察の人たちにも、申し訳なかったで
す……」
「……ふっ、なんですかそのエピソード」

　和泉くんが、吹き出すように笑った。

　あははと声をあげて笑っている姿に、見入ってしまう。

　こんなふうに笑う和泉くんの姿を見たのは初めてで、な
んだか感動してしまった。

　笑っている姿も、かっこいいっ……。

「静香先輩って、意外っていうか……ほんと、面白いですね」

　そ、そうなのかな……？

　面白いと言われたことなんて滅多にないから、首をかし
げてしまった。

「じゃあ、門限までには送りますね」
「え？　ひ、ひとりで帰れますよっ……」

　そんな、送ってもらうなんて悪い……。

　和泉くんのお家がどの辺りなのかも知らないし、もしか
したら真逆かもしれない。

「送らせてください。俺、彼氏ですよね？」

　少し照れくさそうに、私を見てくる和泉くん。

　そんなふうに言われたら、断れない……。

「は、はい……」

　正直、できるだけたくさんの時間を共有したいと思って

いたから、嬉しかった。

　恋人って……すごい。

「あの」

　何か言いかけた和泉くんに、耳を傾けた。

「誰かと付き合うとか初めてなんで、いろいろわからない
こともあると思うんですけど……嫌なとことかあったらす
ぐに直すんで、言ってください」

　まっすぐに目を見つめてくれる和泉くんに、やっぱりま
だどこか夢見心地な気分。

　和泉くんの、初めての恋人が……私なんかでいいのかな。

　そんなネガティブなことも思ってしまうけど、それ以上
に嬉しくて、この夢から醒めたくない。

「わ、私も、初めてなので……何かダメなことをしてしまっ
た時は、いつでも言ってください」

　和泉くんにずっと好きでいてもらえるように、ずっとそ
ばにいられるように、なんだって頑張りたい。

　そのためなら、どんな努力でもできる気がした。

「……え？」

　なぜか驚いている様子の和泉くんに、どこに驚くタイミ
ングがあったのか疑問に思う。

「どうして驚くんですか……？」

「いや……あの、俺が初めての恋人なんですか……？」

　え？

「は、はいっ……さっき、初めて好きになった人は和泉く
んだって言いましたよね……？」

　初恋ってことは、初めて付き合う人だと思うけど……。
「……いや、最近は好きじゃなくても付き合うとかよく聞くんで、そこまで考えが回りませんでした……」
　あっ……そ、そうだったんだ……。
「……嬉しいです、俺が初めての男とか」
　顔を少し赤く染めながら笑う和泉くんは、本当に嬉しそうに見えた。
　私の言葉なんかで喜んでくれることが、嬉しくって仕方ない。
「静香先輩って、ほんとに印象と真逆ですね」
「そ、そうでしょうか……？」
「どうして困った顔するんですか？　褒めてます。……知れば知るほど、好きになる」
「……っ」
「そうやってすぐに真っ赤になるところも、可愛いと思います」
　まじまじとこっちを見ながら、甘い言葉ばかりを投げてくる和泉くんに耐えられなくなる。
「も、もう容量オーバーです……」
　真っ赤な顔からふしゅ〜……と湯気が出ている気さえして、両手で顔を覆った。
「なんのですか」
　和泉くんはそんな私を見てまた、おかしそうに笑う。
　よく知る道、よく知る風景。
　それなのに……隣にいるのが和泉くんというだけで、世

界が輝いて見える。

「……これから、先輩のこともっと教えてください」

　和泉くんの笑顔は眩しくて、やっぱりまだまだ直視できないけど……。

「私にも……和泉くんのこと、教えていただけると嬉しいです……」

「そんなかしこまらないでください。敬語も禁止です」

「が、頑張りますっ……」

「少しずつ、恋人らしくなっていきましょうね」

　──この日常が当たり前になる日が来るといいなと、私は強く願った。

無自覚な誘惑

「静香せんぱーい！　タオル持ってきましたー！」

　マネージャーさんの声に、振り返る。

「ありがとうございます！　あと数分で休憩に入るので、お願いします」

「はい！」

　タオル配りを他のマネージャーさんにお願いして、私はスポドリをボトルに補給する作業を続けた。

　和泉くんと恋人になって、1ヶ月が経った。

　あのあと、コウくんと仲直りしたリナちゃんは、サッカー部のマネージャーに戻ることになった。

　復縁する気はないそうだけど、サッカー部には思い入れがあり、他のみんなにも引き留められて決断したそう。

　そして私も……正式にマネージャーになってほしいとお願いされた。

　和泉くんも、そうなったら嬉しいと言ってくれて、今は正式にサッカー部のマネージャーをしている。

「静香先輩が入ってきてくれてから、練習はかどるな〜」

「俺らの士気も上がるしな」

「お、お前らっ……そんなこと言ってたら和泉にやられるぞ……！」

　部員さんたちが私のほうを見ながらこそこそ話をしていて、首をかしげる。

　いつも何か言われている気がするけど……も、もしかして私、嫌われていたりしないかなっ……。

　和泉くんとお付き合いを始めてからは、悪い噂が立たないようにと前以上に注意している。

　私のせいで和泉くんも悪く言われてしまうことだけは、嫌だったから。

　……よし、補給終わり。

「休憩明けたらミニゲームなので、コーン取ってきます！」

　近くのマネージャーさんにそう告げて、体育館倉庫へと急ぐ。

　えっと、赤コーンが４つ……あれ、３つしかない。

　あっ、あんな上に……！

　倉庫の中の上の段に、ひとつだけ置かれた赤いコーン。

　手を伸ばしても取れなくて、近くにあった脚立に恐る恐る足をかける。

　もうちょっと……きゃっ！

　足を滑らせてしまい、脚立から身体が傾いた。

　そのまま下に落ちる……と覚悟し目をきつく瞑った時、ふわりと抱きとめられる。

「……っ、あぶな……」

　この声は……和泉くん……っ。

　目を開けると、視界に安堵の表情を浮かべた和泉くんがいた。

「はぁ……よかった」

「い、和泉くん、どうして……！」

こんなところにいるんだろうっ……。

今は休憩中のはずなのに……。

「コーンですか？」

そう聞かれて、とっさに頷く。

和泉くんは脚立も使わず軽々と、赤いコーンを取ってくれた。

「はい、どうぞ」

「あ、ありがとうございます……！　ごめんなさい、休憩中に手伝ってもらって……それに、助けてもらってしまって……」

「このくらい手伝ううちに入りません。それに、恋人を助けるのは当然です」

恋人……。

まだ、その通称に慣れない。

いつまで経っても……和泉くんが私の恋人になってくれたなんて、信じられない奇跡だ。

「い、和泉くんも、何か取りにきたんですか？」

体育館倉庫に、何か用事があったのかな……？

「いえ。静香先輩が行くの見えて、追いかけてきました」

えっ……？

「ここなら、誰にもバレないし……静香先輩充電させてください」

和泉くんは、私の頬に手を添えて、柔らかい笑みを浮かべる。

その笑顔に、心臓が大きく高鳴った。

　恋人になってからというもの、和泉くんはびっくりする
ほど優しくなった。

　前が優しくなかったというわけではないけど、今の和泉
くんを一言で表すなら、『甘い』。甘すぎて、私は毎日溶け
てしまいそう。

　和泉くんといると、ずっと心臓がうるさいほどドキドキ
している。

「って、俺汗臭いから抱きしめられない」

　悔しそうに頭をかいた和泉くんに、首を横に振った。

「和泉くんはいつもいい匂いがします！」

　汗臭いなんて思ったことがないし、いつも爽やかな匂い
がする。

　香水も何もつけていないって言ってるから、和泉くん自
身から香る匂いかもしれない。

　……って、今の言い方、なんだか変態みたいだったかも
しれないっ……。

「へ、変な意味じゃないですよ……！」

　慌てて訂正した私に、和泉くんはふっと笑う。

「静香先輩だって」

「え？」

「いつも、花のいい香りがします。この匂い、俺好きです」

「……っ、ひゃっ」

　私の首筋に顔をうずめ、息を吸った和泉くん。

　息が当たってくすぐったくて変な声が出てしまった。

　ち、近いっ……。

「おいコラ和泉!!! 部活中はいちゃつくなって言ってんでしょ!!!」

扉が勢いよく開く音が響いたと同時に、リナちゃんの怒り声が。

み、見られたっ……。

私は慌てて和泉くんから離れた。

「……ちっ」

「舌打ちすんな!! 全く……遅いから見にきてみれば、油断も隙もないわね……」

よく見ると、リナちゃんの後ろには佐倉先輩もいる。

「ほんと。体育館倉庫で一体何するつもりだったんだろうね。和泉って意外とむっつり?」

「別に、恋人なんでいいじゃないですか」

離れた私の手を握って、見せつけるようにそう言った和泉くん。

私の顔は、一瞬で赤く染まる。

リナちゃんが、眉間にシワをぎゅっと寄せた。

「ムカつく〜!!!」

「静香ちゃんと付き合い始めてから、ますます生意気になったんじゃない?」

呆れたようにそうこぼすふたりの顔を、私は恥ずかしくて見れなかった。

「早く戻るわよ!!」

「はぁ……まだ休憩残ってるじゃないですか」

「もう終わるわよ!! ったく、早く!!」

　怒っているリナちゃんの姿に、和泉くんははぁ……と盛大にため息をついた。

　も、戻らなきゃっ……。

　歩き出そうとした時、和泉くんに腕を掴まれ引っ張られた。

「部活終わったら、補充させてくださいね」

　耳元に顔を近づけられ、囁かれた言葉に肩が跳ね上がる。

「は、はい……」

　和泉くんが甘すぎて、私の心臓は毎日悲鳴をあげていた。

　部活が終わり、和泉くんとふたりで帰る。

「俺の家来ませんか？」

　……え？

　和泉くんの……家？

「ぜ、ぜひっ……！」

　少しでも和泉くんのことが知りたい私は、何度も首を縦に振った。

「……別にやましいことは考えてないですけど、そこまで意識されてないのも……」

「……？」

「いえ、何もないです。行きましょっか？」

　和泉くんの家は、学校から歩いて30分くらいのところにあるそう。

　私がいるから気を使ってくれたのか、バスで家に行くことになった。

　ここが、和泉くんの家……。

　着いたのは、アパートの2階の1室。

「汚いところですみません」

「汚くなんてないです……！」

「ありがとうございます。どうぞ」

　「おじゃまします……」と言って、家の中に上がらせて
もらう。

　普通のお家のはずなのに、和泉くんの家だと思うとまる
で博物館に入るような緊張感があった。

　1LDKの間取りで、玄関に入ってすぐにリビングが。

　テーブルとタンスだけの、質素な室内。

　和泉くんは、そのすぐ隣にある部屋に案内してくれた。

　ここ、和泉くんの部屋……？

「どうぞ、適当に座ってください」

「は、はいっ……」

　水色のカーペットの上に、正座する。

「くつろいでください。何もない部屋ですけど」

　和泉くんはそう言って、荷物を置いてリビングに戻った。

　飲み物を持ってきてくれたのか、お茶の入ったグラスを
テーブルに置いてくれる。

「どうぞ」

「ありがとうございます」

「俺、ちょっとシャワー浴びてくるので、待っててもらっ
ていいですか？」

「は、はい」

「すぐ戻ってきます」

　和泉くんはそう言って、荷物を置き部屋を出ていった。

　和泉くんの部屋にいるなんて、不思議な気分……。

　あんまり見てはいけないと思いながらも、キョロキョロと見渡してしまう。

　壁には、好きな選手だろうか。サッカーのポスターが貼ってある。

　それ以外は目立つインテリアはなく、青と白で揃えられたシンプルな部屋。

　なんだかとっても和泉くんらしい……。

　私はセンスとかがないから詳しいことはわからないけど、すごくかっこいい部屋に思えた。

「お待たせしました」

　落ち着かずそわそわしていると、もう上がったのか少し髪が濡れたままの和泉くんがいた。

　和泉くんは私の隣に座ったかと思うと、手を伸ばしてくる。

　そっと肩を掴まれ、抱き寄せられた。

「やっと抱きしめられます」

　……っ。

　もしかして、抱きしめるためにシャワーに……？

　汗なんて気にしないのにっ……。

「静香先輩、顔真っ赤です」

「だ、だって……」

　和泉くんに抱きしめられているから、仕方ないっ……。

「今もまだ、和泉くんが自分の恋人だなんて……夢、みたいなんです……」

　もう何度もこうされたのに、いつまで経っても慣れない。

「何でですか。俺なんかどこにでもいる普通の男です。ていうか……それを言うなら俺だってそうですよ」

　え？

「静香先輩と恋人になってから、毎日幸せです」

　大きな手が、私の頬を撫でた。

　見つめてくる瞳が優しすぎて、息が苦しくなる。

　私だって……こんなに幸せでいいのかなって、毎日思ってる。

　私といることで和泉くんが幸せを感じてくれているんだとしたら……これ以上に嬉しいことはない。

「部活ばっかで、まともにデートとかもできなくてすみません」

　申し訳なさそうな和泉くんに、首を左右に振った。

　もちろんデートも嬉しいけど、今のままで十分すぎるほど幸せ。

　だって、理由なくそばにいられる権利をもらえたんだ。

　毎日話して、当たり前のようにおはようとさよならが言えることが、幸せで幸せでたまらなかった。

　和泉くんの胸に、頭を預ける。

「一緒にいるだけで、幸せです」

　本心を伝えると、和泉くんがごくりと息を飲んだのがわかった。

「それは反則です」

「……？」

「そんな可愛いこと言われたら、困ります」

　か、可愛いってっ……。

　和泉くんはよく、その言葉を口にする。

　私には似合わなさすぎる言葉なのに……。

　でも、和泉くんに言われたら、嬉しいとも、思ってしまう……。

「先輩、りんごみたい」

「……っ」

「そんなに緊張しなくても、何もしないので安心してください」

　何もしない……？

　まるで私が何かされることを怖がっているみたいな言い方が引っかかる。

　何か勘違いさせてしまった……？

「あ、ち、違うんです……」

「ん？」

「和泉くんの家にいると思うだけで、ドキドキしてしまって……」

　緊張してるのは、和泉くんのお家にいるからで……。

「……ただのボロアパートですよ」

「好きな人のお家は特別です……」

　知らない一面が見えるたび。

　知っていることが増えるたび、嬉しくなる。

　片想いしている時は、恋は辛いものだと思っていた。

　でも、和泉くんとお付き合いを始めてから、恋がこんなに素敵なものだと知った。

　全部全部──和泉くんが教えてくれた。

「私、こんなに幸せで大丈夫でしょうか……」

　なんて贅沢な悩みなんだと自分でも思うくらい……。

「だからそれは、俺のセリフですってば」

「い、いえ、私のセリフです……！　これだけは譲れません……！」

　絶対に、私のほうが好きな気持ちが大きいと断言できる。

　気持ちは競い合うものではないけれど、和泉くんへの気持ちだけは、誰にも負けない自信があった。

「どうしてそこで頑固になるんですか」

　ふはっとおかしそうに笑う和泉くんに、私もつられて笑う。

「もうちょっと抱きしめていてもいいですか？」

「は、はいっ……」

　ぎゅっと抱きしめる腕に力が入って、少し苦しい。

　でも、その苦しさが現実だと教えてくれるみたいで、心地いい。

「和泉くんにこうされると、すごくドキドキするのに、落ち着きます……」

　和泉くんの胸に頭を預けると、心臓の音が聞こえた。

　あ……鼓動が、速い……。

　和泉くんもドキドキしてくれているのだとわかって、頬

が緩んだ。

「そんなこと言われたら離せなくなりますけど」

「離さないで、ください……」

　普段は甘えたりはまだ恥ずかしくてできないのに、きっと浮かれていたんだと思う。

　無意識に、和泉くんの胸に甘えるように頬をすり寄せた。

「……。はぁ……」

　頭上から聞こえたため息に、慌てて顔を上げる。

　い、嫌だったかなっ……。

　不安に思った私の視界に映ったのは……。

「無自覚に誘惑すんの、ほんとやめてください」

　──焦れったいように顔をしかめる、和泉くんの表情。

　その瞳の奥に、密かに揺れる欲望のようなものが見えた。

「ゆ、誘惑……？」

　なんのこと、だろう……？

　和泉くんをじっと見つめて首をかしげる。

「だから、そういう顔も……。そんなふうに煽るなら、今すぐ押し倒しますよ？」

「きゃっ……！」

　い、和泉くんっ……？

　視界が反転して、目の前には和泉くんと、白い天井。

　頭を打たないように、後頭部には和泉くんの手が添えられていた。

　私……和泉くんに、押し倒されてるっ……？

「せっかくいろいろ我慢してるのに、なんで可愛いことばっ

412

かり言うんですか……？」

「そ、そんなことしてないです……！」

　と、というより、我慢って……？

「だから自覚がないって言ってるんです。俺の理性がどれだけ揺さぶられてるか、わかってください」

　そう告げてくる和泉くんの表情は、切羽詰まっているような、余裕のない顔。

　何を我慢しているのかはわからない。

　でも……。

「どうして嬉しそうなんですか？」

「え、えっと……和泉くんが向けてくれる感情は、どんなものでも嬉しい、です」

　正直にそう言うと、和泉くんはますます眉間にシワを寄せた。

「……もう、勘弁してください」

　和泉くんは何かを噛みしめるように、下唇を噛んでいた。

　意味がわからなくて呆然とする私を見て、懇願するように目を細めた和泉くん。

「自覚がないのはわかってますけど……誘惑するのは、俺だけにしてくださいね」

　わ、私、いつ誘惑なんてしたんだろうっ……。

　わからないけど……でも、そんなこと他の人になんてするはずがない。

　好きになってもらいたいのは、和泉くんだけ。

　和泉くんが私に誘惑されてくれるのなら……。

　和泉くんの首に、手を伸ばす。

　ぎゅっと引き寄せると、バランスを崩した和泉くんが覆いかぶさってきた。

　全体重がかかって苦しいけど、私と和泉くんの間に距離がなくなる。

　私は耳元に口を寄せて、そっと伝えた。

「和泉くんだけが……大好きです」

【END】

☆

afterword

あとがき

はじめまして、こんにちは、＊あいら＊です！

このたびは、数ある書籍の中から『無自覚な誘惑。』を
お手にとってくださり、ありがとうございます！

この無自覚な誘惑は、私が2016年ごろに執筆した作品
です。当時は大学1～2回生くらいだったのですが、片道
3時間かけて通学していたので、電車の中で執筆していま
した……！

あとがきを書くにあたり、連載当初のことを思い出した
のですが、連載中は佐倉先輩を支持してくださる読者様も
多く、佐倉先輩とくっついてほしい！というお声をけっこ
ういただいていました。登場人物に対してそのように言っ
ていただけるのは非常にありがたいことでしたが、連載当
初からの静香ちゃんは和泉くんと結ばれるという考えがぶ
れることはありませんでした。というのも、個人的に静香
ちゃんを幸せにしてくれるのはどちらかと考えた時、私の
中で和泉くんに軍配があがっていたからです。

決して佐倉先輩が良くないというわけではないのです
が……！　ここに関しては、むしろ和泉くんの一途さに確
信を持っているという感じでした！

最初は噂だけで判断してしまったりと、未熟な一面を見
せていた和泉くんですが、付き合ってからはありったけの

優しさと包容力で静香ちゃんを守ってくれると確信しています！

　きっとこの先は誰よりも静香ちゃんを信じて、まっすぐな愛情を注いでくれると思いますので、これからの和泉くんにご期待いただけると幸いです……！

　そして個人的にサッカー部男子といえば爽やかなイメージがありますが、和泉くんは執着型独占欲強め男子だと思っています。

　付き合ってからは、静香ちゃんの周りにいるありとあらゆる人物に嫉妬し、最終的にはリナちゃんにまで矛先が向きそうな未来が見えます。

　サイトの方で続編（カップルになった後のお話）や番外編、告白シーンの和泉くん視点のお話などを公開しておりますので、その後のふたりに興味を持ってくださった方は是非サイトもチェックしていただけると嬉しいです！

　改めて、ここまで読んでくださりありがとうございました！　最後に、本書に携わってくださった方々にお礼を述べさせてください！

　イラストを担当してくださった古里こう先生。デザイナー様。『無自覚な誘惑。』を読んでくださった読者様。

　すべての方に心よりお礼申し上げます……！　これからも＊あいら＊を応援していただけると嬉しいです！　またどこかでお会いできることを願っております！

2022年12月25日　＊あいら＊

読むたび何度でも恋をする…全力恋宣言！
毎月25日はケータイ小説文庫の日♥

心に沁みるピュアラブやキラキラの青春小説、
「野いちご」ならではの胸キュン小説など、注目作が続々登場！

ケータイ小説文庫　2022年12月発売

『クールなイケメン総長さまの溺愛には注意です！』鈴乃ほろん・著

高2の愛華は男子が苦手で読書をこよなく愛する女の子。ある日愛華の通う学校に、茶髪＆ピアスでいかにも不良なイケメン転校生・太陽がやってきた。自分には関わりのない人だと思っていたのに、初日から愛華にだけ微笑みかけてくる太陽。しかも太陽はどうやら、全国 No.1 暴走族の総長らしく…？
ISBN978-4-8137-1368-5
定価：638円（本体580円＋税10%）　**ピンクレーベル**

『無自覚な誘惑。』＊あいら＊・著

圧倒的な美貌をもつ高2の静香が一途に想い続けているのは、1つ年下でサッカー部のエース、モテ男の悠。ある日、サッカー部の臨時マネージャーになった静香は、思いがけず悠と大接近!! 優しい先輩も現れて三角関係に…!?　クール硬派年下男子とセクシー純粋先輩の恋の行方に胸キュン♡
ISBN978-4-8137-1369-2
定価：715円（本体650円＋税10%）　**ピンクレーベル**